Tochter des Windes

Stacy Gregg war schon immer ein Pferdefan und bekam mit neun Jahren ihr erstes eigenes Pferd. Sie arbeitete lange Jahre als Modejournalistin und ist heute freie Autorin. Mit ihrem Lebensgefährten, ihrer Tochter und vielen Tieren lebt sie in Auckland/Neuseeland.

Stacy Gregg

Tochter des Windes

Aus dem Englischen von Fiona Weisz

CARLSEN

Veröffentlicht im Carlsen Verlag
Juli 2018
Mit freundlicher Genehmigung des Franckh-Kosmos Verlages

Originalverlag: HarperCollins Children's Books, Great Britain
Originaltitel: The Princess and the Foal

Umschlaggestaltung: formlabor / Init Kommunikationsdesign
Corporate Design Taschenbuch: bell étage
ISBN: 978-3-551-31730-8

Du willst wissen, ob das alles wahr ist? Und ich sage: Ja. Insbesondere die merkwürdigsten Dinge, sie sind von allen am meisten wahr.

Für Eure Königliche Hoheit Prinzessin Haya Al Hussein und all die anderen Prinzessinnen, die es zu träumen wagen.

Dieses Buch ist ein Stück Literatur, inspiriert von den ersten Lebensjahren Ihrer Königlichen Hoheit Prinzessin Haya Bint Al Hussein. Jede historische Begebenheit, jede lebende Person und jeder reale Ort in diesem Roman wurde fiktiv geschildert. Manche Namen, Charaktere oder Ereignisse sind allein der Fantasie der Autorin entsprungen und jede Ähnlichkeit mit den tatsächlichen Geschehnissen und Orten sowie lebenden oder verstorbenen Personen ist rein zufällig.

Mitternacht, 23. August 1986

Liebe Mama,
ich verstecke mich mit einer Taschenlampe unter der Bettdecke, während ich dies schreibe. Ich traue mich nicht, das Licht anzumachen, denn Frances könnte bemerken, dass ich noch wach bin. Und die Letzte, mit der ich mich jetzt rumschlagen möchte, ist Frances.

Eigentlich sollte ich schlafen, aber ich bin zu aufgeregt wegen morgen. In Santis Büro im Stall gibt es einen Kalender, und ich habe die Kästchen eins nach dem anderen durchgestrichen. Der Klumpen in meinem Magen wurde immer schwerer, je näher der Tag kam. Für eine lange Zeit schien er noch sehr weit weg gewesen zu sein. Und jetzt ist er plötzlich da. In einigen Stunden wird der Tag anbrechen, und ich werde zum Stall gehen und Bree vorbereiten. Ich werde ihren Schweif einflechten und ihre Fesseln bandagieren, dann verladen wir die Pferde auf den Hänger und fahren los durch die Wüste, begeben uns auf eine Reise, die entweder in der Niederlage oder in Ruhm und Ehre für das Königlich Jordanische Gestüt enden wird.

Ich zittere, während ich dir schreibe, und ich rede mir ein, dass das nicht von der Angst kommt, sondern von der Aufregung. In der gesamten Geschichte des *King's Cup* hat noch nie eine Reiterin teilgenommen. Aber ich bin nicht einfach nur ein Mädchen. Ich bin eine Beduinin vom Stamm der Haschimiten und eine geborene Reiterin. Vor Tausenden von Jahren schon saßen die Frauen meines Stammes auf ihren Pferden und kämpften Seite an Seite mit ihren Männern. Nun ja, ich will nicht kämpfen – ich will nur gewinnen.

Tausend Gesichter werden morgen von der Zuschauertribüne aus auf mich hinabstarren. Baba wird mich – mit Ali an seiner Seite – von der königlichen Loge aus beobachten, und Frances wird sich dort zweifellos ebenfalls hineingedrängt haben. Sie wird nur darauf warten, dass ich scheitere, dass ich mich vor all diesen Leuten zum Narren mache. Die ganze Zeit über wird sie mich vor Baba schlechtmachen und ihm einreden, es gehöre sich nicht für eine Tochter des Königs von Jordanien, ihre gesamte Freizeit im Stall zu verbringen und auszumisten. Ständig will sie mich zu etwas machen, das ich gar nicht bin.

Ginge es nach Frances, wäre ich eine Prinzessin wie aus dem Märchenbuch – eingesperrt in meinen Turm, in Ballkleidern und mit einer Krone und einem gläsernen Schuh. Ganz ehrlich: Wer um Himmels willen würde je gläserne Schuhe tragen? Wenn es nach mir ginge, würde ich den ganzen Tag in meinen Reithosen herumlaufen.

„Deine Mutter hat sich *immer* wie eine echte Dame benommen." Das sind exakt Frances' Worte. Manchmal drückt sie sich so etepetete aus, als wäre sie diejenige königlichen Geblüts und nicht nur meine Gouvernante.

Immerzu ermahnt Frances mich, mich mehr zu benehmen wie du. Das ist so nervig. Denn wenn du noch hier wärst, bräuchte ich sie ja gar nicht. Dann könnte ich einfach so sein, wie ich mag; ich müsste nie irgendwelche blöden Kleider zum Abendessen tragen oder mich an irgendeine der doofen Regeln halten, die Frances sich ständig ausdenkt.

Auf Frances' Aufforderungen, mich mehr wie du zu verhalten, erwidere ich immer, dass du zwar eine Königin warst, aber trotzdem Jeans und T-Shirt getragen hast. Ich kann mich noch genau an deine roten Lieblingsjeans erinnern. Die, die du in Rom gekauft hast, als du noch ganz jung warst, bevor du Baba geheiratet hast.

Du hast diese roten Jeans getragen und dein langes Haar fiel dir offen über die Schultern. Meine Haare sind mittlerweile genauso lang, aber sie sind einfach nur braun. Baba sagt immer wieder, dass ich genau wie du aussehe, aber in meinen Augen sahst du immer wie ein Filmstar aus mit deinen grünen Augen und den dunkelblonden Haaren. Manchmal, wenn ich die Augen schließe, kann ich dein Gesicht sehen, und dein Lachen erfüllt die Luft wie Musik den Palast von Al Nadwa.

Ich weiß noch, dass ich dich immer gefragt habe: „Werde ich eines Tags eine Königin sein?", und du hast jedes Mal dasselbe geantwortet. Du hast gesagt: „Haya, du bist eine jordanische

Prinzessin. Vielleicht wirst du einmal eine Königin sein, *Inschallah*. Aber denk immer daran, dein Titel existiert nur auf irgendeinem Stück Papier, auf einer Seite im Geschichtsbuch. Mehr nicht. Nur das, was in dir steckt, ist wirklich wichtig. Du musst immer du selbst bleiben, Haya, du darfst nie nur eine Rolle spielen. Verstehst du das?“

Dann habe ich dich immer sehr ernst angesehen, aber du hast mich hochgenommen und mein Gesicht mit Küssen bedeckt, bis ich angefangen habe zu kichern. Und dann haben wir uns zusammen kaputtgelacht, während du mich ganz fest im Arm gehalten hast.

Das letzte Mal, als ich dir diese Frage stellte, waren wir in den Gärten von Al Nadwa. Es war an einem Sommertag, und ich hatte eine Decke auf dem Rasen ausgebreitet, im Schatten des großen Granatapfelbaumes. Ali war auch bei uns und hat mit seinen Spielsachen gespielt. Oder zumindest glaube ich, dass Ali auch da war. Manchmal frage ich mich, ob ich nicht manche Einzelheiten dazuerfinde. Ich bin jetzt zwölf, und dieser Tag ist in meiner Erinnerung schon so verblasst wie ein altes Foto.

Ich erinnere mich an noch etwas, und dieses Bild ist gestochen scharf. Wir stehen vor Babas Arbeitszimmer, du, Ali und ich. Du kniest vor Ali auf den Marmorfliesen und hältst seine kleinen Hände, während er auf seinen speckigen Beinchen herumtapst.

Er fängt sich wieder, und dann lässt du ihn sanft und vorsichtig los. Du hältst deine Arme schützend um ihn, als Ali vor und zurück schwankt, aber er fällt nicht hin, und du lachst vor Freude und nimmst ihn auf den Arm. „Oh, mein Ali-Schatz. Jetzt kannst du auf deinen eigenen Beinen stehen, und ich kann dich für eine Weile alleine lassen“, sagst du.

Mama, ich habe mein Bestes getan, um auf eigenen Füßen zu stehen, mich zu behaupten, obwohl du nicht da bist und meine Hand hältst. Am Anfang waren meine Beine noch nicht stark genug, aber dann kam Bree, und seitdem trägt sie uns beide mit ihren vier Beinen. Ihr Wille und ihr Mut haben mir die Kraft gegeben, die ich brauchte.

Ich wünschte so, du könntest morgen dabei sein und mich auf ihr reiten sehen. Baba sagt immer, wenn ich dir etwas Wichtiges zu sagen habe, soll ich dir schreiben. Aber das konnte ich bis jetzt nicht. Nicht bis heute Abend. Ich hätte dir so viel zu erzählen, über mich und Bree und alles, was passiert ist, seit du von uns gegangen bist. Aber es ist schon sehr spät, und ich bekomme einen Krampf in der Hand. Es ist gar nicht so leicht, auf einer Matratze zu schreiben, während man in einer Hand eine Taschenlampe hält und versucht, unter der Decke zu atmen. Wenn du jetzt hier wärst, würdest du mir raten, den Brief morgen zu beenden und lieber etwas zu schlafen.

Mama, weißt du noch, wie ich gesagt habe, ich hätte keine Angst? Na ja, vielleicht habe ich doch welche, nur ein kleines bisschen. Das ist der wichtigste Wettkampf in unserem Königreich – was, wenn Bree und ich nicht gut genug sind?

Es ist mir egal, ob Frances und ihre Gefolgschaft denken, es gehöre sich nicht für eine Prinzessin zu reiten. Aber ich weiß, wie wichtig das Turnier für unser Volk ist, und ich spüre das Gewicht der Erwartungen, die auf mir lasten. Wenn ich auf diesen Reitplatz reite, nehme ich ihre Hoffnungen mit mir, und ich bin fest entschlossen, sie nicht zu enttäuschen. Ich mache das, um Baba mit Stolz zu erfüllen, aber auch um mich zu beweisen. Um zu beweisen, dass ich – sobald ich auf einem Pferd sitze – jedem Mann ebenbürtig bin.

Ich bin eine Prinzessin, aber das hier ist kein Märchen. Wenn es eins wäre, wüsste ich, was auf mich zukommt – mein ganz eigenes *Und-sie-lebten-glücklich-bis-ans-Ende-ihrer-Tage.* Aber ich weiß noch nicht, wie die Geschichte ausgehen wird. Alles, was ich weiß, ist, dass diese Geschichte über Bree und mich anfängt wie jedes andere Märchen auch:

Vor langer, langer Zeit in Arabien …

Der Sturm

Zwei Löwen stehen Wache am Eingang zum königlichen Palast. Sie stehen aufrecht auf allen vieren, wachsam und zu allem bereit. Ihre kraftvollen, geschmeidigen Körper glänzen golden in der Nachmittagssonne.

Wenn sie sich umdrehen würden, auch nur um Haaresbreite, würden sie das kleine Mädchen sehen, das sich mucksmäuschenstill von hinten an sie heranschleicht. Aber sie bewegen sich nicht, ihre Augen bleiben fest auf die Stufen unterhalb gerichtet.

Das Mädchen huscht in eins, zwei, drei flinken Schritten auf Zehenspitzen heran. Sie hat ihren Löwen ausgewählt, und mit einem wagemutigen Satz schwingt sie sich auf seinen Rücken. Mit rasendem Herzen streckt sie beide Hände aus, greift in seine Mähne und drückt ihre kleinen Fersen fest in die Flanken des Löwen.

„Hüa!", befiehlt sie. „Los jetzt, hüa!"

Sie beugt sich dicht über seine Mähne und treibt ihn vorwärts, so wie sie es bei ihrem Onkel beobachtet hat, wenn er seine Poloponys reitet. Keine zehn Meter von hier steht eine massive Mauer aus Stein, die den Palast umgibt. Wenn sie nur schnell genug darauf zureitet, kann der Löwe über die Mauer springen, und sie werden weiter über die grünen Wiesen des Schlossgartens fliegen. Über die nächste Mauer und dann weiter, bis die rosafarbenen Sandsteinhäuser Ammans hinter ihnen liegen und vor ihnen nur noch der weiße, sonnenverbrannte Sand der Arabischen Wüste. Ein Löwe kann sich mit seinen großen Tatzen rasch über den Sand fortbewegen, aber zuerst muss er über die Mauer springen!

Sie treibt den Löwen weiter an, tief über seinen Hals gebeugt, mit strampelnden Beinen und rudernden Armen, als sie einen großen, dunklen Schatten über sich aufragen spürt.

„Eure Königliche Hoheit!"

Das kleine Mädchen schaut auf und blickt in das freundliche Gesicht von Zuhair, dem Chef des Hauspersonals.

„Prinzessin Haya", sagt Zuhair. „Königin Alia schickt nach dir."

Haya schwingt ihr Bein über den Rücken des Löwen und lässt sich an seiner Seite heruntergleiten. Sie landet sicher auf den Füßen und rennt an Zuhair vorbei. Sie ist drei, hat aufgeweckte braune Augen und schulterlanges dunkles Haar. Sie ist klein für ihr Alter, und ihre dünnen Ärmchen sind gerade stark genug, um die schwere Palasttür aufzudrücken. Diese ist aus massivem Teakholz und mit Messingkugeln von der Größe von Hayas Kopf besetzt.

In den Korridoren schauen die Porträts von Königen auf sie herab, während sie mit tapsenden Schritten über den kühlen Marmorboden hopst. Sie liebt es, wie die Augen ihrer Vorfahren ihr zu folgen scheinen, wenn sie an ihnen vorbeirennt. Ihr Vater ist der gegenwärtige König, aber sein Bild hängt nicht an der Wand. Wann immer jemand sein Porträt dort hinhängen wollte, hat ihr Baba dankend abgelehnt und gesagt, er habe nicht den Wunsch, den ganzen Tag von sich selbst angestarrt zu werden. Er bevorzugt Fotos von Panzern und Schiffen. Und Pferden natürlich. Ihr Baba liebt Pferde, genau wie Haya.

Ihr Vater wird „Der Löwe Jordaniens" genannt, aber Haya hat ihn noch nie brüllen hören. Er hat eine leise, weiche Stimme und sieht sehr gut aus mit seinen kurz geschnittenen dunklen Haaren und dem Schnurrbart. Seine Augen sprühen nur so vor Scharfsinn, und er lächelt immer sanft und freundlich.

Aber als Haya heute den Kopf zu seiner Tür hereinsteckt und in sein Arbeitszimmer lugt, lächelt ihr Baba nicht. Mit vor Sorge gerunzelter Stirn sitzt er an seinem Schreibtisch. Hayas Mutter ist auch dort, sie steht auf dem großen Bärenfell in der Mitte des Arbeitszimmers ihres Vaters. Den kleinen Ali trägt sie auf der Hüfte.

„Ich habe mit den Funktionären in Tafilah gesprochen", sagt die Königin. „Die Bedingungen dort verschlimmern sich von Stunde zu Stunde. Flüchtlinge strömen in die Stadt, die meisten von ihnen sind Frauen und Kinder, und sie benötigen dringend Medikamente und Nahrung. Die Mitarbeiter des Krankenhauses sind erschöpft und überlastet. Die Patienten liegen schon auf dem Fußboden, und sie haben keine Decken mehr. Sie können nicht noch einen Tag länger warten. Ich könnte heute Nachmittag mit dem Hubschrauber dorthin fliegen und ihnen Medikamente und Vorräte bringen, während du die ausländische Delegation in Aqaba empfängst."

Prinz Ali zappelt und windet sich im Arm der Königin, während sie spricht. Gerade an diesem Nachmittag ist er zum ersten Mal ein paar Schritte ganz alleine gelaufen und mag sich nun nicht mehr von den Armen seiner Mutter bändigen lassen. Er strampelt fest mit seinen knuffigen kleinen Beinen, während er versucht, sich aus ihrem Griff zu winden.

Dieser Vorschlag seiner Frau lässt den König nicht weniger besorgt aussehen. „Alia, wir haben uns beim Frühstück darauf geeinigt, dass du, wenn überhaupt, mit dem Auto fährst. Es ist zu gefährlich, zu fliegen, wenn ein Sturm aufzieht."

„Aber wenn ich den Hubschrauber nehme, kann ich vor Einbruch der Dunkelheit wieder zurück sein", erwidert die Königin. Und noch bevor ihr Mann ihr widersprechen kann, fügt sie hinzu: „Badr Zaza hat angeboten, mich zu fliegen."

Badr Zaza ist der persönliche Pilot des Königs, es gibt keinen besseren in ganz Jordanien. Der König nickt langsam. „Wenn Badr Zaza bereit ist, diesen Flug zu unternehmen, weiß ich, dass du sicher bist …"

„Ich will mit!"

Das ist Haya. Sie steht mit vor Aufregung leuchtenden Augen im Türrahmen.

„Haya", ermahnt ihre Mutter sie sanft. „Was haben wir gestern beim Abendessen besprochen? Ich habe dir gesagt, wenn du mich begleiten möchtest, musst du dein Steak und den Rosenkohl aufessen."

„Aber Ali hat seinen auch nicht gegessen!", verteidigt sich Haya.

„Und Ali bleibt auch zu Hause", antwortet ihre Mutter und wiegt Hayas kleinen Bruder sanft auf ihrer Hüfte. „Grace wird sich um euch kümmern, bis ich heimkomme. Aber nächstes Mal darfst du mich begleiten, wenn du deinen Teller immer schön leer isst, einverstanden?"

Ein Sturm zieht auf, aber noch brennt die Sonne auf den Palast herab. Auf dem Rasen, nicht weit von dem Granatapfelbaum entfernt, unter dem Haya an diesem Morgen noch mit ihrer Mutter gespielt hat, hockt ein Hubschrauber wie eine Taube auf ihrem Nest.

„Fliegst du weg?", will Haya von ihrer Mutter wissen.

„Ja", erwidert die Königin, „aber Grace wird sich um euch kümmern, solange ich nicht da bin."

Ihr Kindermädchen Grace steht neben ihnen auf der Terrasse, die auf den Rasen hinausführt. Sie hat Prinz Ali auf dem Arm. Grace ist nett, findet Haya, sie backt am Nachmittag mit ihnen Plätzchen.

Haya zieht die Stirn kraus. „Aber *du* bringst mich ins Bett, ja?"

„Heute nicht, mein Schatz. Aber Baba kommt rechtzeitig heim, um euch ins Bett zu bringen, und wenn du morgen früh aufwachst, bin ich wieder da."

Grace greift nach Hayas Hand. Es ist Zeit, sich voneinander zu verabschieden.

„Sei ein liebes Mädchen, Haya", flüstert ihre Mutter ihr ins Ohr, während sie sich herabbeugt, um sie zu küssen.

Die Königin gibt auch Ali einen Kuss, dann läuft sie über den Rasen auf den Hubschrauber zu.

„Warte! Mama!", ruft Haya, doch das Triebwerk des Helikopters heult auf und übertönt ihre Worte. Grace hält sie fest an der Hand und verankert sie so auf der Terrasse. Auf einmal greift Grace' Hand ins Leere. Haya hat sich losgerissen und rennt Hals über Kopf hinter ihrer Mutter her auf den saftig grünen Rasen.

Als die kleine Prinzessin ihre Mutter einholt, hat diese schon fast den Hubschrauber erreicht.

„Mama!" Hayas kleine Händchen krallen sich in den Stoff der Hose der Königin. Erschrocken schaut diese an sich herab und entdeckt ihre Tochter, die sich fest an ihr Bein klammert. Über ihren Köpfen beginnt sich der Rotor des Helikopters zu drehen. Die Taube erwacht zum Leben.

Haya muss ihrer Mutter dringend noch etwas sagen, aber ihre Stimme ist zu schwach, um gegen das Getöse des Triebwerks über ihnen anzukommen. Ihre Worte gehen im selben Moment unter, in dem sie ihre Lippen verlassen.

„Geh nicht!", ruft Haya. „Bleib bei mir. Ich hab dich lieb, Mama!"

Dann sieht sie zu ihrer Mutter auf und begreift, dass sie nichts weiter sagen muss. Ihre Mutter versteht sie auch so.

Die Königin beugt sich herab und hebt ihre Tochter hoch, nimmt sie auf den Arm und drückt sie ganz fest. Sie drückt ihr einen letzten Kuss auf, und Haya spürt die weiche Haut ihrer Mutter auf ihrer. Dann steht Grace neben ihnen, und ihre Mutter reicht Haya an ihr Kindermädchen weiter. Grace, die auch Ali immer noch auf dem Arm hat, schafft es irgendwie, Haya auf ihrer einen Hüfte zu balancieren und Ali auf der anderen, während sie durch den Garten zurück zur Terrasse geht.

Die Rotorblätter des Hubschraubers kreisen erst langsam, dann immer schneller, bis man sie nur noch ganz verschwommen sieht. Der Wind, den der Helikopter erzeugt, wird immer stärker. Er zerzaust Hayas Haare und biegt die Blumen im Garten flach zu Boden. Zuerst hüpft der Hubschrauber nur kurz in die Höhe und plumpst dann wieder zu Boden, als könne er sich nicht entschließen abzuheben. Dann steigt er plötzlich doch auf wie ein Blatt, das von einem Windstoß erfasst wird, und fliegt geradewegs hinauf in den Himmel. Einen Augenblick schwebt er noch über ihnen, dann zieht er über die Palastmauern und die Baumwipfel davon und nimmt Kurs auf die Hügel am Horizont.

Haya versucht, ihm nachzusehen, aber die Sonne blendet sie. Sie kneift die Augen zu, nur für einen winzigen Moment, und als sie sie wieder öffnet, ist der Hubschrauber schon verschwunden.

*

Haya rollt sich fest zusammen, wie ein Igel. Es ist stockfinster hier drinnen, aber auch kuschelig warm. Ihre Lieblingspuppe Dolly, die mit dem rosa Hut, den aufgenähten Augen und den weichen Stoffbeinen, leistet ihr Gesellschaft.

„Sssssch!", flüstert sie Dolly zu. „Ich kann hören, dass sie näher kommen. Sei jetzt leise, sonst finden sie uns noch."

Draußen sind Stimmen zu hören, dann werden Autotüren zugeschlagen. Hayas Herz schlägt ihr bis zum Hals, als sie den Motor schnurren hört. Sie fahren weg!

Oh-oh! Der Wagen hat noch mal angehalten. Sie hört wieder die Stimmen, dann Schritte, und auf einmal wird die Kofferraumklappe weit aufgerissen, und sie wird von gleißendem Tageslicht geblendet.

„Haya! Nicht schon wieder!"

Das ist Babas Stimme. Er hat den Kofferraum geöffnet und sie gefunden!

„Haya." Der König scheint wenig überrascht, seine Tochter im Kofferraum seines Wagens zu finden. „Raus mit dir, wenn ich bitten darf. Ich muss jetzt los."

Beim ersten Mal, als sie sich im Kofferraum von Babas Mercedes versteckt hat, ist sie bis nach Aqaba gekommen. Aber seitdem ist der König immer auf Nummer sicher gegangen und hat jedes Mal in seinen Kofferraum geschaut, bevor er losfuhr.

Langsam und widerstrebend rappelt sich Haya auf, als ob es etwas nützen würde, Zeit zu schinden.

„Kann ich mitkommen? Bitte!“, bettelt Haya hoffnungsvoll. „Ich werde auch artig sein.“

Der König versucht, sich ein Grinsen über ihren Streich zu verkneifen, während er sich über den Kofferraum beugt und seine Tochter heraushebt. „*Das* kann ich mir nur schwer vorstellen.“

Also fährt Haya nirgendwo mit hin, und es ist an Grace, sie bei Laune zu halten. An diesem Nachmittag backen sie zusammen Plätzchen in der großen Palastküche. Grace macht welche mit Datteln und Mandeln, und es ist Hayas Aufgabe, den Teig zu kleinen Kugeln zu formen, sie in Zucker zu tauchen und dann mit einer Gabel platt zu drücken, bevor sie auf das Backblech gelegt werden.

Ismail, der Küchenchef, ist griesgrämig, weil sie seine Küche in Beschlag nehmen. Er schimpft zwar nicht – wie könnte er der Tochter des Königs einen Wunsch abschlagen? –, aber er klappert und scheppert extra laut mit seinen Pfannen und Töpfen herum, während er das Essen zubereitet. Es gibt Mansaf zum Abendessen: ein reichhaltiges Gericht aus Lammfleisch mit Reis und scharfem Joghurt. „Beduinenessen“ nennt Ismail es stolz – ein Gericht, das so gehaltvoll ist, dass es einen über Tage sättigt.

Damit haben Hayas Vorfahren die Zeiten überstanden, in denen sie noch als Nomaden durch die großen Wüsten gezogen sind. Ihr Urgroßvater, König Abdullah, hat einmal mit Lawrence von Arabien Mansaf gegessen, als dieser die Beduinenarmee während der Arabischen Revolte angeführt hat.

Haya hat ihren Urgroßvater nie kennengelernt, aber sie hat sein Bild schon oft an der Wand mit den Königsporträts betrachtet. Baba war bei ihm an dem Tag, als er starb. Er wollte seinen Großvater zum Gebet begleiten, sie stiegen gerade die Treppe der Moschee in Jerusalem hinauf, als der Attentäter das Feuer auf sie eröffnete. König Abdullah wurde erschossen, und Hayas Vater wäre ebenfalls getötet worden, wenn er an diesem Tag nicht seine neue Uniform getragen hätte. Der Orden, der ihm für sein Können im Schwertkampf verliehen worden war und den er genau über dem Herzen angesteckt hatte, rettete ihm das Leben. Die Kugel, die ihn hätte töten sollen, prallte am Metall des Ordens ab, und er blieb unversehrt.

Hayas Vater, Hussein, ist mit siebzehn Jahren König von Jordanien geworden. Seitdem kommen Präsidenten und Premierminister, Königinnen und Könige nach Al Nadwa, um ihn zu treffen. Da sitzen sie dann und reden stundenlang, aber keiner von ihnen bringt je seine Kinder mit, sodass Haya mit ihnen spielen könnte. Sie findet das alles sehr, sehr langweilig.

Bei diesen Staatsbesuchen werden auch große Bankette veranstaltet, und in der Küche geht es dann drunter und drüber, wenn bis zu sechs Köche gleichzeitig an die Arbeit gehen. Deswegen kann Haya gar nicht verstehen, warum Ismail so missmutig darüber ist, dass er heute mit ihnen die Küche teilen muss. Es ist doch mehr als genug Platz für sie drei, sodass Grace und sie Plätzchen backen können, während er das Abendessen zubereitet.

Als die Plätzchen fertig sind, lassen sie sie sich im Blauen Salon schmecken. Der ist viel kleiner und gemütlicher als der große Speisesaal, und hier hat nur die Familie Zutritt. Alles in ihm ist sehr blau – blaue Wände, blaue Vorhänge, sogar die Teller und Wassergläser sind blau. Haya liebt es, die Gläser gegen das Licht zu halten und hindurchzusehen, sodass ihr das Essen auch blau vorkommt.

Egal, wie beschäftigt ihr Vater ist, er nimmt sich jeden Morgen die Zeit, mit seiner Familie zu frühstücken. Dafür ist er jedoch nicht jeden Tag rechtzeitig zum Abendessen zurück. Könige haben immer viel zu arbeiten.

„Dein Vater ist der König unseres Volkes", hat ihr ihre Mutter erklärt. „Die Einwohner Jordaniens sind alle deine Brüder und Schwestern, deswegen müssen wir sie alle so lieben und für sie sorgen, wie wir es für dich tun."

Haya hat Millionen von Brüdern und Schwestern, aber meistens hat sie doch nur Ali. Heute sind wieder nur drei Plätze am Esstisch eingedeckt, für Haya, Ali und Grace, denn ihr Baba ist noch nicht aus Aqaba zurück, und ihre Mutter ist immer noch im Krankenhaus in Tafilah. Normalerweise reden und lachen immer alle beim Abendessen, aber heute Abend sind alle ruhig, und Grace benimmt sich sehr seltsam, so als ob sie sich wegen irgendwas Sorgen machen würde. Haya fragt sich, ob das mit dem Telefonat zu tun hat, das Grace kurz vor dem Essen angenommen hat.

Ein Sturm zieht auf. Draußen vor den Fenstern von Hayas Zimmer biegen sich die Kronen der Palmen und tanzen im Wind. Als Grace Haya ins Bett bringt, bleibt sie ungewöhnlich lange bei ihr sitzen, denn die Geräusche, die von draußen hereindringen, sind sehr unheimlich – sogar für ein so tapferes Mädchen wie Haya.

„Ich will so lange aufbleiben, bis Baba und Mama nach Hause kommen“, sagt Haya, als Grace sie zudeckt. Hayas Zimmer ist im oberen Stockwerk, und ihr Bett steht direkt am Fenster. Sie liebt es, dort zu liegen und zu den Flugzeugen hinaufzuschauen. Der Palast liegt so nahe am Flughafen, dass es Haya so vorkommt, als müsse sie nur ihre Hand ausstrecken, um die Unterseite der abhebenden Flieger berühren zu können. Sie liebt es, auf die rot, grün und weiß blinkenden Lichter an den Flügelspitzen der Flugzeuge zu starren, während sie über sie hinwegfliegen. Nur heute Abend kann sie keine Flugzeuge beobachten. Der Wind ist schon zu stark, und der Flughafen wurde vorsorglich geschlossen.

Grace streicht ihr über das Haar und legt ihr Dolly in den Arm. „Schlaf jetzt. Ich bin nebenan bei Ali im Zimmer.“

Haya wälzt sich im Bett herum, um es sich bequem zu machen, und ringt mit Dolly unter der Decke. Sie kann einfach nicht schlafen. Der Wind ist jetzt so stark, dass er um den Palast heult. Draußen vor ihrem Fenster werden die Palmen hin und her geschüttelt wie Marionetten.

In der Dunkelheit ihres Zimmers klammert sich Haya an Dolly fest. Donner grollt über den Himmel, und sie will gerade schon nach Grace rufen, da hört sie von unten Stimmen. Sie sind zu Hause!

Haya schnappt sich Dolly an einem Arm, schwingt ihre Beine über die Bettkante und flitzt über den Flur.

Als sie die Treppe herunterkommt, sieht sie ihren Vater. Er ist daheim und hat Besuch mitgebracht. Der König spricht mit einem Mann in Uniform, einem vom Königlichen Regiment. Der Mann hält den Kopf gesenkt und überreicht ihrem Vater einen Gegenstand, etwas Kleines und Glänzendes.

„Baba!“

Haya springt im Schlafanzug und mit Puppe im Arm die Treppe hinunter. Als sich der König zu der kleinen Prinzessin umdreht, stellt Haya erschrocken fest, dass er weint.

Haya hat ihren Vater noch nie weinen sehen. Er weint unverhohlen, lässt die Tränen an seinen Wangen herunterlaufen und versucht nicht, sie wegzuwischen.

„Haya!“ Ihr Baba nimmt sie hoch, und sie spürt, wie sich seine starken Arme schützend um sie legen. „Ist schon gut ...“

Haya drückt sich fest an ihn und vergräbt verwirrt ihr Gesicht an seiner Schulter, und als sie das tut, erhascht sie einen Blick auf das, was ihr Vater in der rechten Hand hält. Das kleine, glänzende Ding, das ihm der Mann gegeben hat. Jetzt erkennt Haya auch, was es ist.

Die zerschmetterten Überreste der Armbanduhr ihrer Mutter.

Die Legende von Khamsa

Baba wiegt Haya hin und her, während sie schluchzt. Sie weint so sehr, dass sie keine Luft mehr bekommt und die Tränen sie zu ersticken drohen. Sie klammert sich an ihren Vater, und dieser hält sie mit starken Armen fest und eng an sich gedrückt, aber trotzdem reicht das nicht aus, um sie zu trösten. Sie sehnt ihre Mama herbei. Aber die wird nicht nach Hause kommen. Nicht heute. Und auch sonst nie wieder.

Das hat Baba Haya gerade gesagt. Er hat gesagt, es sei sehr mutig von ihrer Mutter gewesen, nach Tafilah zu fliegen, obwohl sie gewusst hat, dass ein Sturm aufzieht. Sie habe den Menschen im Krankenhaus geholfen, habe ihnen Decken, Medikamente und Essen gebracht. Der Himmel war schon rabenschwarz, als sie das Krankenhaus wieder verließen, aber der Pilot habe gehofft, dass sie vor dem Gewitter herfliegen könnten. Sie waren hoch oben über der Wüste in der Gegend um Amman, als der Sturm sie einholte und ein Blitz in den Hubschrauber einschlug.

In dieser Nacht weicht Haya ihrem Vater nicht von der Seite.

Selbst als ihr Baba eine Radioansprache halten muss, um die Bevölkerung zu informieren, dass die Königin ums Leben gekommen ist, behält er sie immer in seiner Nähe. Sie sitzt auf seinem Schoß, während er die Worte aufschreibt, die er an die Nation richten will. Und als er im Radio seine Ansprache hält, ist im Hintergrund ein leises, verwaschenes Geräusch zu hören. Es ist Ali, der gleichmäßig ein- und ausatmet, während er friedlich in den Armen des Königs schlummert.

Haya übernachtet gemeinsam mit Ali und ihrem Vater in dem großen Bett ihrer Eltern. Als sie aufwacht, ist auch der Sturm längst eingeschlafen. Genau wie ihre Mama.

Zuerst kann sie es gar nicht glauben. Es kommt Haya so vor, als müsse ihre Mama jede Sekunde hereinkommen, die Arme weit geöffnet, und in ihrem üblichen Singsang sanft ihren Namen rufen.

Sie wird zurückkommen, glaubt Haya. *Sie kann nicht wirklich für immer gegangen sein.*

Aber da kommt keine Mama zum Frühstück oder um ihr die Haare zu kämmen und ihre Kleider herauszusuchen. Und Ali will einfach nicht aufhören zu weinen. Er weint, weil er nicht versteht, warum seine Mama nicht mehr zu ihm kommt.

„Ssssch, Ali! Ich bin's. Ich bin da." Haya klappt das Gitter an seinem Babybett herunter und krabbelt hinein, neben ihren Bruder. Alis winziges Gesicht ist tränenüberströmt, und seine kleinen Händchen klammern sich fest an seine Decke. Haya kuschelt sich eng an ihn, bis er aufhört zu weinen.

Bis zum Abendessen hat Haya beschlossen, dass es ihre Schuld ist. Sie ist der Grund, warum ihre Mama weg ist, aber das ist nicht schlimm, denn sie kann das wieder in Ordnung bringen. Als an diesem Abend ihr Essen aufgetragen wird, isst sie alles auf. Sie muss fast schon würgen, so hastig kaut sie auf ihrem Steak herum, aber sie isst den ganzen Teller leer und ist sehr zufrieden mit sich. Es muss einfach klappen. Jetzt wird ihre Mama ganz bestimmt zurückkommen.

Aber das mit dem Aufessen scheint doch nicht zu funktionieren. Nicht mal, als sie am nächsten Abend wieder ihr Fleisch ganz aufisst und den Rosenkohl noch dazu, kehrt ihre Mutter zurück. Und Haya beginnt langsam zu begreifen, dass sie nie mehr nach Hause kommen wird, egal wie brav sie aufisst. Am dritten Abend schiebt Haya ihren Teller von sich und starrt das Fleisch an, als ob es etwas dafürkönnte. Sie will nie wieder davon essen.

Jeden Abend bleibt ihr Baba an ihrem Bett sitzen und streicht ihr übers Haar, bis sie eingeschlafen ist, aber er kann nicht verhindern, dass sie von Albträumen heimgesucht wird. Keine Nacht vergeht, in der sie nicht hochschreckt und schluchzt, ganz allein in der Dunkelheit. Es sind Albträume, in denen sie ihre Mama im Sturm sieht, der Moment, in dem der Blitz in den Hubschrauber einschlägt. Ob ihre Mutter sich gefürchtet hat, als sie vom Himmel gefallen ist? Ob es wehgetan hat?

In den ersten paar Tagen nach dem Absturz war der gesamte Palast wie betäubt und verstummt. Aber jetzt wird alles wieder geräuschvoller, während der ganze Wirbel um das Staatsbegräbnis losgeht. Würdenträger aus ganz Arabien und der Welt kommen, um ihre Anteilnahme zu bekunden. Hayas Tanten und Cousinen sind alle furchtbar lieb zu ihr und Ali. Auf eine merkwürdige Art fühlt es sich an wie eine große Party, solange alle hier versammelt sind. Und dann sind plötzlich alle wieder weg, und der Palast ist kalt und leer ohne Mamas Lachen.

Hayas Schritte hallen durch die Korridore. Der ganze Palast hat sich verändert. Sie versucht Plätzchen zu backen wie immer, aber es fühlt sich falsch an, dass Ismail kein einziges Mal sauer wird, nicht einmal, wenn sie ihm im Weg ist. Er schaut Haya immer nur mit glasigen Augen an, als ob er gleich in Tränen ausbrechen würde. Über allem hängt so viel Trauer, dass Haya es kaum aushält.

„Schon in Ordnung", sagt Baba. „Ich weiß einen Ort, an den wir fahren können."

Als der Mercedes vorfährt, steigen Haya, Grace und Ali hinten ein, und der König setzt sich zu seinem Leibwächter nach vorne auf den Beifahrersitz. Sie fahren durch das Palasttor hinaus auf das königliche Anwesen.

Ganz am Rande des Anwesens gibt es eine Kontrollstelle, an der der Fahrer anhält und mit den Wachen am Tor spricht. Die Wachen salutieren, winken sie hindurch und schon bald haben sie das königliche Anwesen sowie die Vororte Ammans hinter sich gelassen und fahren hinauf in die bewaldeten Hügel. Die Straße windet sich zwischen Pinien und Kiefern hindurch. Es ist ein heißer Tag, aber im Inneren des Wagens sorgt die Klimaanlage für Kühle.

Grace versucht, sich mit ihr zu unterhalten, aber Haya wendet ihr den Hinterkopf zu, starrt aus dem Fenster und beobachtet das Wechselspiel zwischen dem Schatten der Bäume und den Sonnenstrahlen auf der getönten Scheibe. Ihre Gedanken scheinen irgendwo ganz tief im Wald verloren zu sein. Sie hat keine Worte mehr übrig. Sie will nicht reden, nicht über ihre Mutter und auch über sonst nichts.

Am Gipfel des Hügels markiert ein Tor mit weißen Pfosten und leuchtend blauen schmiedeeisernen Gittern den Eingang. Der Wagen passiert das Tor. Hier und da flankieren hohe Palmen die Auffahrt, und vor ihnen erstrecken sich die weiß getünchten Gebäude von Al Hummar, dem Königlich Jordanischen Gestüt.

Das Stallgebäude ähnelt einem spanischen Schloss, ganz in Weiß mit blau gestrichenen Türen und Fensterrahmen. Leuchtend rote Blumen wuchern üppig in großen Terrakottatöpfen, und purpurrote Weinranken klettern an den Bogengängen empor, die zu den Stallungen führen. Es gibt zwei Innenhöfe, und mitten auf dem ersten steht ein Trinkwasserbrunnen mit blau bemalten Kacheln und einer Fontäne in der Mitte, an dem die Pferde jeden Tag Rast machen und ihren Durst stillen können. Der Boden rings um den Brunnen ist steinhart, von der Sonne ausgedörrt und von den Hufen der Pferde ebenmäßig festgestampft. Das Einzige, was hier wächst, ist ein uralter graugrüner Olivenbaum, dessen knorrige Äste tagsüber in der Gluthitze Schatten spenden.

Die beiden Innenhöfe sind umgeben von einer Reihe großzügiger Ställe, welche im Schatten der spanischen Bogengänge verborgen liegen. In den Boxen stehen die Pferde.

Die Pferde von Al Hummar sind die prächtigsten in ganz Arabien. Für Haya sind sie verzauberte Wesen mit seidigen Mähnen, samtweichen Nüstern und kohlschwarzen Augen, die einem direkt in die Seele blicken können.

Fünfzig Pferde stehen hier, alles reinrassige Araber. Santi ist der Verwalter von Al Hummar. Sein bürgerlicher Name ist Señor Santiago Lopez, er hat das Gestüt für Hayas Vater nach einem Vorbild aus seiner spanischen Heimat gebaut. Zu jeder Tageszeit dringt Musik aus Santis Büro im ersten Innenhof. „Dann wollen die Pferde tanzen", sagt er, und Haya ist sich nicht sicher, ob sie das glauben soll.

Dreikäsehoch. So nennt Santi sie immer. „Ah, Dreikäsehoch, wie gut, dass du endlich da bist. Die Pferde haben mir schon den ganzen Morgen Löcher in den Bauch gefragt, wann du endlich kommst!", ruft er ihr jetzt entgegen.

Haya sagt kein Wort, doch davon lässt Santi sich nicht beeindrucken.

„Du redest zu viel, Dreikäsehoch!", sagt er zu ihr. „Halt mal die Luft an, Kleine, du machst mir mit deinem Geplapper ja die Pferde ganz scheu!"

Auf einmal kann Haya nicht anders, als zu grinsen, aber nur ein kleines bisschen. Santi macht nicht viel Aufhebens um sie, nicht so wie alle im Palast. Er sieht sie nicht an, als sei sie ein bemitleidenswertes Etwas. Er lässt sie zwischen den Ställen frei herumlaufen, während er sich mit dem König unterhält und Grace mit dem schlafenden Ali im Arm in der Sonne sitzt.

Bei Santi steht immer eine Kanne voll mit heißem Kardamom-Kaffee auf der Wärmeplatte neben seinem Schreibtisch. Er schenkt je eine Tasse für den König und Grace ein und setzt den Tonabnehmer vorsichtig auf den Plattenteller. Fetzen von spanischer Musik erfüllen den Innenhof.

Sie sitzen draußen vor dem Büro und beobachten, wie sich einige Fohlen am Wassertrog versammeln wie eine Clique junger Mädchen, die sich kichernd ihre Geheimnisse anvertrauen. Wenn diese Fohlen mit ihren rosig grauen Flecken auf dem Körper und ihren zierlichen, feingliedrigen Ballerinabeinen einmal ausgewachsen sind, wird ihre Zeichnung verblassen und ihr Fell reinweiß sein wie das ihrer Mütter, die ihre Fohlen aus dem Schatten der Ställe heraus im Auge behalten.

Die Stuten, Fohlen und Hengste leben alle miteinander. Haya kennt die meisten beim Namen und dreht eine Runde, um ihnen Hallo zu sagen. Sie ist noch zu klein, um über die halbhohen Türen zu schauen, also muss sie an ihnen hochklettern, um einen Blick in die Boxen werfen und den Pferden Guten Tag sagen zu können.

Natürlich hat sie auch ein paar Lieblingspferde. Da ist zum

einen die Fuchsstute Jamila, die mit ihren geblähten Nüstern und der breiten Stirn wie ein Seepferdchen aussieht. Jamila ziert eine hübsche weiße Blesse und eine lange goldene Mähne, die ihr bis über die Schulter reicht. Sie hat aufgrund ihrer Schönheit schon viele Preise gewonnen. Neben Jamila steht Bahar, ein eleganter, grau gesprenkelter Hengst mit großen dunklen Augen, die von langen, dichten Wimpern umrahmt sind wie bei einem Filmstar. Bahar gibt sich gern unnahbar, er mag sie nicht immer begrüßen, aber Haya besteht darauf und hält ihm so lange eine Handvoll Klee hin, bis er sich schließlich doch dazu herablässt, ihn zu fressen.

Die Box mit dem Pferd, das Haya von allen am liebsten mag, hebt sie sich bis ganz zum Schluss auf, die der Stute Amina.

Um zu Aminas Box zu gelangen, muss Haya die Auffahrt bis zum zweiten Innenhof durchgehen. Amina ist eine braune Stute mit einem dunkel kastanienbraunen Fell, einer glänzenden rabenschwarzen Mähne und schwarzen Beinen bis hinauf zu den Sprunggelenken.

Die meisten Araber haben zierliche Mäuler, aber Aminas Maul ist nicht so zart und hübsch. Sie ist ein wild geborener, reinrassiger Wüstenaraber und hat deshalb ein gröberes Äußeres, ein flacheres Profil und einen kräftigeren Unterkiefer. Amina ist das geborene Springpferd. Sie ist eines der besten im ganzen Gestüt, schnell und furchtlos.

Wann immer Haya zu Besuch kommt, bettelt sie Santi an, auf ihr reiten zu dürfen, doch der schüttelt immer nur den

Kopf. „Amina ist kraftvoll und überspannt, viel zu viel Pferd für so einen kleinen Dreikäsehoch wie dich."

„Ich bin kein kleiner Dreikäsehoch!", versucht Haya jedes Mal zu protestieren, aber Santi bleibt hart.

„Du kannst auf Dandy reiten, wenn du willst", bietet er stattdessen an.

Aber Haya will nicht auf Dandy reiten. Er ist ein launischer Shetlandponywallach mit kurzen Beinen und einer buschigen Mähne. Er ist so klein, dass sich Haya nicht mal auf die orangefarbene Kiste stellen muss, um ihn zu striegeln. Und wann immer sie seine Flanken bürstet, versucht er, sie zu zwicken. Er ist definitiv kein Pferd für sie.

*

Eines Tages kommen Haya, Grace und Ali alleine nach Al Hummar. Seit ihre Mutter gestorben ist, ist Haya fast jede Woche hergekommen, und jetzt ist sie schon fast vier. Wie immer wartet Santi schon am Tor auf sie, um sie zu begrüßen, und dann lädt er Grace in sein Büro auf einen Kaffee ein, während Ali eine Schallplatte aus dem Stapel hervorzieht und sie Santi reicht. Haya zieht derweil alleine los, um den Pferden Hallo zu sagen.

Heute geht sie ohne Umwege direkt zum zweiten Innenhof, um Amina zu begrüßen.

Die Stute hat den Kopf bereits über die halbhohe Boxentür hinausgestreckt, sie spielt aufmerksam mit den Ohren und lauscht dem Geräusch von Hayas Schritten, die immer näher kommen. Santi hat die alte orangefarbene Kiste für sie neben Aminas Box stehen lassen. Haya schiebt sie gegen die Tür und klettert hinauf, sodass sie zu Amina hereinschauen kann.

„Amina!“

Die Stute wiehert sanft zur Antwort und stupst sie mit dem Maul an. Normalerweise füttert sie die Pferde mit einer Handvoll Klee, aber heute hat sie Amina etwas Besonderes mitgebracht. Sie steckt die Hand in ihre Tasche und holt runde weiße Pfefferminzbonbons hervor. Auf Zehenspitzen wackelt sie auf der orangen Kiste herum, streckt den Arm weit in die Box hinein und hält der Stute die Leckerei auf der flachen Hand hin. Amina schnuppert interessiert an ihrer Hand, tastet sie vorsichtig mit ihren Lippen ab und kitzelt Haya dabei mit den kratzigen Haaren an ihrem Maul, bis alle drei Minzbonbons aufgefressen sind. Haya kichert darüber, wie kräftig Amina auf den Bonbons herumkaut. Die Stute beginnt, den Kopf auf und ab zu werfen und reißt die Augen weit auf, während sie kaut. Haya versucht, mit ihren kleinen Händen den Riegel vor der Stalltür wegzuschieben.

Dann klettert sie an der Boxentür empor, und als sie die oberste Sprosse erreicht hat, springt sie ab! Amina macht einen Schritt zur Seite, als sie spürt, wie Haya mit ganzem Gewicht auf ihrem Rücken landet. Sie schnaubt empört, aber Haya drückt ihr die Fersen in die Flanken und versucht sie anzutreiben wie die Löwen an der Treppe von Al Nadwa.

Im Gegensatz zu den steinernen Löwen fühlt sich Amina nicht kalt an; ihr Fell ist warm und weich an Hayas nackten Beinen. Haya drückt noch einmal die Fersen in Aminas Seiten und greift mit den Händen in die Mähne der Stute, um sich festzuhalten. Dann trotten sie über die Auffahrt hinüber zum ersten Innenhof.

Als sie in den Innenhof einreiten, strecken die anderen Pferde die Köpfe über die Stalltüren und wiehern ihnen zur Begrüßung entgegen. Amina ist eine selbstbewusste Stute und würdigt die anderen Pferde keines Blickes, während sie zum Brunnen hinüberschreitet und ihr Maul in das kalte Wasser im Trog taucht. Hoch oben auf ihrem Rücken thront Haya mit baumelnden Beinen und schwatzt auf die Stute ein, während diese schnaubt und ins Wasser prustet.

Auf einmal fliegt die Tür zu Santis Büro auf. Grace steht in der Tür und sieht sehr besorgt aus. „Haya!“, schreit sie. Sie will schon in Richtung Brunnen davonrennen, als Santi sanft ihren Arm festhält.

„Alles in Ordnung“, hört Haya ihn sagen. „Sie sind schon bis hierher gekommen, die Stute wird ihr jetzt auch nichts mehr tun. Komm wieder rein, trink deinen Kaffee aus und gib den beiden noch einen Moment.“

Auf dem Heimweg ist Haya alles andere als still. Sie schäumt fast über vor Freude über ihr kleines Abenteuer und plant bereits, wieder auf Amina zu reiten, wenn sie das nächste Mal nach Al Hummar kommt.

„Wir werden sehen“, erwidert Grace und versucht, dabei hart zu bleiben. Aber sie ist so erleichtert, die Prinzessin endlich wieder lachen zu sehen, dass sie auch nicht Nein sagt.

An diesem Abend kann Haya es kaum erwarten, ihrem Vater davon zu erzählen, sobald er nach Hause gekommen ist.

„Ich bin heute auf Amina geritten“, berichtet sie, während sie mit Dolly unter dem Arm ins Bett klettert.

Ihr Vater zieht überrascht eine Augenbraue hoch. „Tatsächlich?“

„Santi sagt, ich bin ein Naturtalent“, erklärt Haya ihm voller Stolz. Und fragt dann: „Was ist ein Naturtalent?“

Baba lacht. „Der Umgang mit Pferden liegt dir im Blut, Haya. Seit vielen Generationen schon züchten die Beduinen die besten Pferde der Welt. Die Araber in unserem Gestüt gehen zurück auf die fünf Stuten des Propheten, die Al Khamsa.“

Haya kennt die Legende von den Al Khamsa. Ihr Vater hat sie schon viele Male erzählt, aber sie will sie noch einmal hören. Also lässt sie sich in ihr Kissen sinken und ihr Vater schlägt ihre Decke fest um sie, bevor er beginnt.

„Vor zweitausend Jahren wollte dein Vorfahr Mohammed – Friede sei mit ihm – das perfekte Pferd züchten. Eines, das die Ausdauer, die Schnelligkeit, den Mut und die Treue besaß, ihn durch die großen Wüsten zu tragen. Also trieb er hundert seiner besten Stuten zusammen und unterzog sie einer Prüfung: Drei Tage lang pferchte er sie unter der heißen Wüstensonne ohne Wasser und Futter ein, um ihre Zähigkeit zu prüfen.

Dann ließ er die Stuten frei und ließ sie zur Wasserstelle einer weit entfernten Oase galoppieren.

Die Stuten galoppierten immer weiter, kamen der Oase immer näher. Doch dann, als sie beinahe schon die Wasserstelle erreicht hatten, blies er sein Schlachthorn und rief damit die Stuten zu sich zurück.

Von den hundert Tieren waren nur fünf mutig und treu genug, um umzudrehen und an seine Seite zurückzukehren. Diese Pferde wurden als ‚die fünf des Propheten' bekannt. Jedes von ihnen hatte eine andere Fellfarbe – ein Schimmel, ein Rappe, ein Rotschimmel, ein Fuchs und ein Brauner. Es heißt, ihr edles Blut fließt in den Adern von jedem echten Wüstenaraber."

„Aber warum waren es nur Stuten?", will Haya wissen. „Hatte er keine Hengste?"

„Oh, doch, er besaß sogar sehr viele Hengste", erwidert ihr Vater. „Aber für die Beduinen haben die Mütter – also die Stuten – den höchsten Wert."

„Hatte Mohammed – Friede sei mit ihm – eine Lieblingsstute?", fragt Haya.

„Man sagt, er habe die Fuchsstute am liebsten gemocht", erklärt ihr Vater.

„Amina hat auch braunes Fell", stellt Haya erfreut fest. Einen Augenblick ist sie still, dann fragt sie: „Haben Kamele auch edles Blut?"

Ihr Vater muss wieder grinsen. „Kamele sind großartige Tiere. Ohne sie hätten die Beduinen niemals die Große Wüste erobern können. Aber die Pferde sind mit uns verbunden, sie sind tief in unseren Herzen verwurzelt. In der Wüste lässt ein Beduine seine Kamele draußen vor dem Zelt, während sein Pferd bei ihm im Zelt schläft, in Sicherheit neben seinem Bett."

„Das würde ich auch gerne machen", sagt Haya. „Ich wünschte, Amina könnte hereinkommen und mit mir in meinem Zimmer schlafen."

„Ich denke, Amina wird ihren Stall vorziehen", meint ihr Vater. „Und ich glaube auch nicht, dass Zuhair besonders glücklich wäre über Hufabdrücke auf den Teppichen."

Der König zieht Hayas Decke noch ein bisschen weiter hoch und streicht ihr übers Haar. „Schlaf schön, meine Beduinenprinzessin."

In dieser Nacht weint Haya zum ersten Mal seit langer Zeit nicht. Sie kuschelt sich in ihr Kissen, sieht zu den Sternen hinauf und stellt sich vor, wie sie auf Amina dahingaloppiert. Sie kann das Schlachthorn hören und die Geschwindigkeit der Stute spüren, während sie sich mit den Beinen an Amina festklammert und sie weiter antreibt. Sie fühlt das seidige Fell an ihrer nackten Haut, das raue Büschel Mähnenhaar um ihre Finger gewickelt und Aminas wunderbaren, warmen, süßen Duft in der Nase, während sie langsam einschläft.

Aqaba

Eines Morgens nach dem Frühstück eröffnet ihr Vater Haya, dass Grace sie verlassen wird.

„Grace' Mutter ist sehr krank", erklärt der König, „und es gibt sonst niemanden, der sich um sie kümmern kann. Deswegen muss Grace nach Hause fahren."

Grace' Mutter lebt sehr weit weg von Amman, daher kann Grace nicht im Palast bleiben und weiter auf Haya und Ali aufpassen.

„Wird das neue Kindermädchen auch mit uns Plätzchen backen?", will Haya von Grace wissen.

Grace lächelt. „Das wird es bestimmt."

„Aber woher soll sie wissen, welche wir gerne mögen?", erkundigt sich Haya.

Grace drückt Haya fest an sich und wischt die Tränen von ihren kleinen, heißen Wangen. „Vielleicht wird sie sie etwas anders zubereiten", sagt sie, „aber ich bin sicher, ihr werdet ihre Plätzchen auch mögen."

Sie umarmt Haya noch einmal fest. „Euer neues Kindermädchen wird euch genauso sehr lieb haben wie ich“, wispert sie. „Du wirst schon sehen.“

*

An dem Tag, an dem Grace sie für immer verlässt, fährt der König mit Haya und Ali in ihre Sommerresidenz nach Aqaba. Sie fahren ganz alleine in dem blauen Sportwagen, nur sie drei – mal abgesehen von den Sicherheitsleuten, die sie in zwei Fahrzeugen begleiten, eins vor ihnen und eins hinter ihnen.

Hupend bahnen sie sich einen Weg durch die schmalen Straßen des Marktbezirks, in dem die Händler ihre Buden mit farbenfrohen Teppichen und Schals behängt haben, und schon bald lassen sie die cremeweißen Häuserblocks der Stadt hinter sich. Hier draußen, zwischen den kahlen Hügeln verstreut, liegen nur kleine Ansammlungen von Häusern mit Satellitenschüsseln auf den Flachdächern. An den Straßenrändern haben Kamelhirten ihre Zelte aus bunten Decken aufgestellt, während zottelige braune Ziegen frei über die Straßen laufen und sich nicht um den Verkehr scheren, der an ihnen vorbeirauscht.

Auf der Schnellstraße tönen ohne Unterlass Hupen und Lkws donnern an dem kleinen blauen Sportwagen vorbei, aber Hayas Vater lässt sich von ihnen nicht einschüchtern, sondern überholt unbeirrt und fädelt sich zwischen ihnen ein. Auf einmal zieht er an seinen Sicherheitsleuten vorbei und Haya beobachtet durch die Heckscheibe, wie die beiden schwarzen Mercedes kaum eine Chance haben, an ihnen dranzubleiben, während ihr Vater Vollgas gibt.

Die Straße steigt immer weiter an, bis sie schließlich ganz oben auf dem Kamm ankommen und auf die Bergketten der Wüste hinabschauen können, die sich bis zum Horizont erstrecken. Die Berge haben eine rostbraune Farbe, doch der Boden am Straßenrand ist kreideweiß und die einzigen Pflanzen, die hier wachsen, sind Dornenbüsche.

Haya spürt, dass es ihr gleich laut in den Ohren knacken wird, während sie die Passstraße hinabfahren zu einem Stück brettebener Autobahn, die bis nach Aqaba führt, dorthin, wo der Wüstensand schließlich auf das Meer trifft.

Die Sommerresidenz ist sehr schlicht gehalten im Vergleich zum königlichen Palast, aber sie ist freundlich und lichtdurchflutet, mit einem Blick über das Meer und Türen, die direkt auf den Strand hinausführen. Haya kann sich noch gut an frühere Urlaube hier erinnern, in denen sie den ganzen Tag im Badeanzug und mit sandigen Füßen herumgelaufen ist.

Die Leute von der Königlichen Garde sind vor ihnen angekommen und haben schon geprüft, ob alles in Ordnung ist und das Hausmädchen und der Koch das Mittagessen vorbereiten. Haya und Ali haben noch Zeit, schwimmen zu gehen, bevor das Essen fertig ist. Es gibt ein Festessen aus reifen Tomaten und Hummus, Baba Ghanoush und Tabbouleh und einen gestürzten Auberginenauflauf. Haya zeigt ihrem Vater beim Essen Muscheln, die sie am Strand gefunden hat. Ihre Lieblingsmuschel ist strahlend weiß und gewunden wie eine Eiswaffel.

Am Nachmittag macht Haya mit Ali einen Spaziergang durch den Garten und hebt ihn hoch, damit er an die Orangen, die dort wachsen, heranreicht und welche pflücken kann.

Als sie mit einem Arm voller Orangen zurück in die Küche kommt, will Haya schon nach ihrer Mutter rufen, denn es kommt ihr so vor, als müsse sie dort bereits auf sie warten – so wie sonst auch immer. Doch dann erinnert sie sich plötzlich und die Worte bleiben ihr im Hals stecken und die Orangen kullern auf den Boden.

Auf der Heimfahrt am nächsten Tag ist Haya ganz still. Sie starrt aus dem Fenster, während ihr Vater ihr von Frances erzählt. Diese wird Hayas neues Kindermädchen und soll am nächsten Tag schon ankommen.

„Frances wird bei uns wohnen, genau wie Grace", erklärt ihr Vater.

Haya hat noch nie ein neues Kindermädchen bekommen. Sie schaut weiter aus dem Fenster, während ihr Vater ihr vorschwärmt, wie schön es mit Frances sein wird. Haya schmeckt ihre Tränen auf den Lippen, salzig wie die Wellen am Strand von Aqaba.

*

„Da ist sie, Ali. Siehst du?" Haya hebt ihren kleinen Bruder vor dem Fenster hoch, damit er sehen kann, wie Frances aus ihrem

Wagen steigt und auf die Tür zugeht. „Das ist sie", erklärt Haya ihm. „Sie wird sehr nett sein und uns genauso lieb haben wie Grace. Das hat Grace versprochen."

Alles, was Haya von ihr sehen kann, ist ihr Scheitel, das rotbraune Haar, das ordentlich zu einem Dutt hochgesteckt ist. Sie trägt ein dunkelblaues Kleid aus Baumwollpikee, dessen steifer Saum um sie herum absteht. Während sie die Stufen zur Tür hinaufgeht, bewegen sich die beiden steinernen Löwen keinen Millimeter. *Sie würden nicht mal dran denken, dich zu fressen,* denkt Haya. Frances sieht knochendürr aus, nicht genug Fleisch dran für die beiden.

Der König ist sehr glücklich darüber, dass er Frances' Dienste so kurzfristig in Anspruch nehmen kann. Bis vor Kurzem noch hat Frances für eine Familie in Zürich gearbeitet, wo sie sich in internationaler Gesellschaft bewegt hat. Sie spricht Englisch und Französisch – *bien sûr* – und ein wenig Deutsch, aber kein Arabisch. Es hat also keinen Zweck, sie zu bitten, es zu versuchen. Sie hat für die besten Familien gearbeitet, die *Crème de la Crème*. Haya weiß das, weil sie hört, wie Frances es Zuhair erzählt, während sie die Korridore von Al Nadwa entlanggehen und ihre Absätze hörbar auf den Marmorböden klackern.

Frances setzt Zuhair in Kenntnis, dass er sie mit Miss Ramsmead anzusprechen hat. Und sie erklärt ihm, wie sie ihren Tee trinkt: mit Milch, ohne Zitrone oder Zucker. Der Tee selbst muss exakt zwei Minuten ziehen – nicht länger, nicht kürzer – und sie hätte gerne genau jetzt eine Tasse, auf ihr Zimmer, bitte.

Haya, die oben auf dem Treppenabsatz gelauscht hat, muss schnell in ihr Zimmer huschen, denn Frances kommt mit Zuhair im Gefolge direkt die Treppe hinaufgerauscht.

Nachdem sie sich kurz in Grace' altem Zimmer umgesehen hat, erklärt sie es für „adäquat“ und lässt Zuhair wissen, dass er jetzt ihr Gepäck und den Tee heraufbringen könne.

Zuhair ist es nicht gewohnt, dass man so von oben herab mit ihm spricht. Nicht einmal die Königin hat sich ihm gegenüber je so benommen. Doch sein Gesicht lässt keine Regung erkennen, während er „Natürlich, Miss Ramsmead“ antwortet, hinuntergeht, um die Koffer zu holen und das Küchenpersonal über die besonderen Bedürfnisse des neuen Kindermädchens zu informieren.

Haya starrt Frances an, während die geistesabwesend in ihrer Handtasche kramt. Doch plötzlich hält ihre neue Gouvernante inne und dreht den Kopf. Die Prinzessin duckt sich hinter die Tür, doch es ist zu spät.

„Guten Tag. Du musst Ihre Königliche Hoheit Prinzessin Haya sein, richtig?“

Haya kommt nicht hinter der Tür hervor.

Frances seufzt. „Es gehört sich nicht für eine Prinzessin, jemanden auf diese Weise zu begrüßen“, stellt sie fest. „Korrekt wäre es, wenn du dich so vorstellen würdest, wie ich es jetzt tue. Mein Name ist Miss Ramsmead, aber du darfst mich Frances nennen, wenn du möchtest.“

Sie steht erwartungsvoll da und harrt darauf, dass Haya sich zeigt. Als die Prinzessin schließlich in der Tür auftaucht, reißt Frances beim Anblick von ihren schmutzigen Shorts, dem fleckigen T-Shirt und den nackten Füßen die Augen auf.

„Du siehst eher aus wie der Sohn eines Obdachlosen als die Tochter eines Königs“, sagt sie.

Haya trägt nicht gerne Kleider – die sind bloß unpraktisch beim Spielen. Sie liebt es, Shorts zu tragen, genau wie Ali. Aber sie hat langes dunkles Haar, das ihr über die Schultern fällt, und noch nie zuvor hat sie jemand für einen Jungen gehalten.

Frances sieht sie prüfend an, von oben bis unten, und plötzlich fällt Haya ein, dass sie heute noch gar nicht ihre Haare gebürstet und sie niemand gebadet hat, seit sie von ihrem Ausflug in die Sommerresidenz zurück sind.

„Dein früheres Kindermädchen war ganz offensichtlich kein guter Umgang für dich“, meint Frances und Haya spürt, wie ihre Wangen rot und heiß werden. Es ist diese Art, wie Frances das sagt – als ob Haya ihr nicht direkt gegenüberstehen würde, als ob sie nicht hören könnte, was Frances sagt!

„Ist das dein Zimmer?“ Frances deutet über Hayas Schulter. Sie geht schnurstracks an Haya vorbei in deren Zimmer. Sie sieht sich kurz um, dann entdeckt sie das Foto von Haya und ihrer Mutter auf der Kommode.

„Ich war mit Königin Alia bekannt, wusstest du das?“, fragt sie. Sie hält den Bilderrahmen in der Hand und Haya muss sich sehr beherrschen, ihn ihr nicht aus der Hand zu reißen.

„Wir sind uns mehr als einmal in Europa begegnet“, fährt

Frances fort, das Bild immer noch in der Hand. „Bevor du geboren wurdest, sogar noch bevor sie deinen Vater geheiratet hat. Damals dachte ich schon, sie ist ein junges Mädchen bester Herkunft, das es einmal weit bringen wird. Deine Mutter war der Inbegriff von Anmut, so wunderschön …“ Während sie das sagt, bleibt ihr Blick an Hayas Beinen hängen. Sie starrt auf Hayas vom Gras grün gefleckte Knie, die unter dem Saum ihrer Shorts hervorschauen.

„Mein armes Kind“, schilt sie. „Wie du nur aussiehst.“ Sie atmet tief ein. „Aber keine Sorge, es wird sich einiges ändern, jetzt, wo ich da bin.“

Frances schaut auf ihre Uhr. „So, wann fangen denn normalerweise deine Lektionen an?“

„Lektionen?“

„Ja“, erwidert Frances. „Du weißt schon, dein Unterricht.“

Haya versteht gar nichts. Sie ist erst fünf. Damit ist sie doch bestimmt viel zu jung für irgendwas anderes, als den ganzen Tag zu spielen?

In diesem Augenblick kommt ein Küchenjunge mit einem Silbertablett herauf, auf dem er eine Teekanne, Tasse und Untertasse sowie ein Kännchen Milch trägt. „Ihr Tee, Miss Ramsmead“, sagt er.

Frances nimmt das Milchkännchen argwöhnisch hoch und befühlt es mit den Fingern. „Das ist warme Milch?“

Der Junge nickt eifrig. „Ja! Heiße Milch!“

Frances rümpft die Nase. „In Tee gehört kalte Milch“, sagt sie.

Der Küchenjunge starrt verlegen auf das Silbertablett, das er auf dem Tisch abgestellt hat.

„Also?“, meint Frances. „Nimm sie wieder mit und bring mir kalte Milch.“

Der Küchenjunge tritt hastig heran, schnappt das Milchkännchen und zieht sich nervös rückwärts Richtung Tür zurück, dann dreht er sich um und flitzt die Treppe hinunter. Frances schüttelt den Kopf, während sie ihm nachsieht, und wendet sich dann wieder Haya zu.

„Ich sehe schon, hier gibt es mehr als genug für mich zu tun“, stellt sie fest.

Das Schatzkästchen

Es dauert nicht lange, bis Haya verstanden hat, dass es zwei Frances' gibt. Da ist einmal Frances, das Kindermädchen – sie ist mürrisch, schmallippig und angespannt wie eine Klaviersaite. Und dann ist da noch die Frances, die der König zu sehen bekommt. Haya und Ali nennen sie die „Glückliche Frances".

Die Glückliche Frances spielt ausgelassen Spiele und singt lustige Lieder. Sie näht Dolly den rosa Hut wieder an, nachdem Haya sie tagelang darum angebettelt hat. Und die Glückliche Frances liest richtige Gutenachtgeschichten vor, nicht solche, die nur eine Seite lang sind.

Wenn der König zugegen ist, macht die Glückliche Frances viel Aufhebens um Haya und knuddelt sie ständig. Aber ihre Arme sind so dürr und knochig, dass ihre Umarmungen sich steif und unecht anfühlen. Und alles, was sie damit erreicht, ist, dass Haya Grace umso mehr vermisst.

Haya erzählt ihrem Baba jedoch nie, wie sehr sie Grace vermisst, genau wie sie nie darüber spricht, wie schmerzlich ihr jeden einzelnen Tag ihre Mutter fehlt.

Eines Tages, als Haya gerade bei den Ställen gewesen ist, kommt sie nach Hause und findet Frances, wie sie ihr Personal dabei beaufsichtigt, sich mit drei großen Kartons durch die Zimmer im ersten Stock des Palastes zu arbeiten.

Erschrocken beobachtet Haya, wie Frances einen der Seidenschals ihrer Mutter hochnimmt und in einen der Kartons wirft.

„Was machst du da?"

Frances dreht sich nicht einmal zu ihr um. „Ausmisten."

„Das sind Mamas Sachen!" Haya spürt, wie ihre Wangen vor Zorn heiß werden. „Fass sie gefälligst nicht an!"

Frances schüttelt den Kopf. „Das hier ist ein Palast, kein Schrein. Wenn du etwas rücksichtsvoller wärst, würdest du wissen, dass dein Vater die Vergangenheit hinter sich lassen und in die Zukunft sehen muss."

Wenn Baba jetzt hier wäre, würde Haya sofort zu ihm rennen – aber er ist in Aqaba und Frances hat diesen Moment nur zu sorgfältig ausgewählt. Haya kann nichts anderes tun, als hilflos zuzusehen, wie Frances das Andenken ihrer Mutter einfach wegwischt, als wäre es nichts mehr als gewöhnlicher Hausstaub.

Keine Mama mehr. Das ist die oberste Regel, seitdem Frances hier ist.

Da ist ein Loch. Haya fühlt es in sich, eine Leere, die sie überwältigt. Und in dieses Loch stopft sie alle Gedanken an ihre Mutter. Nur tut sie das etwas zu gründlich, übertreibt es ein wenig.

Wenn sie jetzt versucht, sich an das Gesicht oder die Stimme ihrer Mutter zu erinnern, wird das schwieriger und schwieriger und sie hat das Gefühl, ihre Mutter noch einmal von Neuem zu verlieren. Und dieses Mal kommt es Haya so vor, als würde sie versuchen, Rauch mit ihren Händen einzufangen. Sie will mit aller Macht an ihren Erinnerungen festhalten, und doch steigen ihr Tränen in die Augen, wann immer jemand ihre Mutter erwähnt. Also vermeiden es alle im Palast, vor der kleinen Prinzessin von der Königin zu sprechen. Alle hören auf, über ihre Mutter zu sprechen. Alle, bis auf diejenige, die es am meisten tun sollte.

Frances hat Königin Alia kaum gekannt, aber sie spricht von ihr, als sei sie eine wahre Expertin.

„*Deine Mutter würde niemals ...*“ So fangen alle von Frances' Gardinenpredigten an und schon bald kann Haya sie hören, bevor Frances überhaupt den Mund aufgemacht hat. *Deine Mutter würde niemals ...* wie ein Junge rumlaufen, zu laut lachen, Dreck unter den Fingernägeln haben, ihre Kleider schmutzig machen, vergessen, sich die Haare zu bürsten, alberne Spiele spielen oder – am schlimmsten von allem – ihre Zeit mit stinkenden, dreckigen Pferden verschwenden.

Und Frances ist auch eine Expertin, wenn es um den König geht. Sie behauptet, Seine Hoheit wäre so viel glücklicher, wenn Haya sich bemühen würde, sich mehr wie eine Prinzessin zu benehmen. „Deine Mutter hatte solch hervorragende Manieren, sie war eine richtige Dame.“

Eine Dame? Ist es wirklich das, was sie sein sollte, wenn es nach ihrem Vater ginge? Zu ihr selbst hat er das nie gesagt, aber Frances wiederholt das ständig, und deshalb weiß Haya nicht mehr, was sie glauben soll. Und sie weiß auch nicht, wie sie ihrem Vater von dem dunklen, leeren Loch in ihrem Innersten erzählen soll, das von Tag zu Tag größer wird. Wann immer ihr Baba sagt: „Du bist so still, Haya. Sag mir, was bedrückt dich?“, findet sie keine Worte für ihre Trauer. Stattdessen sagt sie: „Gar nichts, mir geht's gut.“

Haya kann ihre Gefühle nicht laut zum Ausdruck bringen, nicht mal vor Baba. Aber sie hat einen Ort gefunden, an dem sie sie ablegen kann. Sie bewahrt sie sicher in ihrem Schatzkästchen auf. Das Schatzkästchen ist aus purem Gold. Na ja, nicht ganz: Es ist aus Pappe, ein Schuhkarton, den sie golden angemalt und mit ausgeschnittenen Bildern aus Hochglanzzeitschriften beklebt hat. Darin, wo niemand sie sehen kann, bewahrt Haya ihre wertvollsten Schätze sicher auf: ihre Erinnerungen an ihre Mutter und an das Leben, wie es war, bevor Frances an den Palast gekommen ist.

Die Schachtel ist ihr Allerheiligstes und Haya behandelt alles, was sich darin befindet, mit der größtmöglichen Sorgfalt. Da ist die Sonnenbrille ihrer Mutter mit der Schildpattfassung, riesengroß und kastig wie ein Fernseher. Zwei Musikkassetten – Abba und Gloria Gaynor –, die sie zusammen mit der Sonnenbrille im Handschuhfach des Wagens ihrer Mutter gefunden hat, nachdem sie gestorben war. Ein rosafarbener Kiesel vom Strand in Aqaba und die spitze weiße Eiswaffel-Muschel, getrocknete Blumen zwischen den Seiten eines Notizbüchleins, Wildblumenblüten von den Wiesen rund um die Sommerresidenz, einst zart und weich, jetzt spröde wie Pergamentpapier. Darin sind auch ein paar Fotos und leere Patronenhülsen aus kaltem Metall, genau wie diejenigen, die damals vom Orden ihres Vaters abgeprallt sind.

Haya kann Stunden damit verbringen, alles aus ihrem Schatzkästchen herauszunehmen, auf ihrem Bett auszubreiten und es dann wieder in der Schachtel zu verstauen. Das Erinnerungsstück, welches sie immer ganz zum Schluss hineinlegt, ist ein fast leerer Parfumflakon mit einem kleinen Rest des Lieblingsduftes ihrer Mutter. Bevor sie ihn in das Kästchen zurücklegt, zieht sie ganz vorsichtig den Stopfen heraus und tupft einen Hauch Parfum auf ihr Handgelenk, wie ihre Mutter es auch immer gemacht hat. Dann schließt sie die Augen und atmet den Duft tief ein, bis er alle ihre Sinne überwältigt und die Welt um sie herum versinkt.

*

Einige Wochen nachdem Frances angekommen ist, gibt die Gouvernante mit großem Widerwillen endlich doch Hayas Bitten und Betteln nach und sie fahren hinaus zum Königlichen Gestüt.

Wie immer steht Santi schon da, um sie zu begrüßen, als der Wagen in Al Hummar vorfährt.

„Willkommen zurück, Dreikäsehoch!“ Er lächelt Haya an. „Die Pferde haben dich schon vermisst!“

Santi bittet sie in sein Büro, wo wie immer Musik läuft und der Kardamom-Kaffee in seiner Kanne vor sich hin blubbert.

Er bietet Frances eine Tasse Kaffee an. Sie nippt daran und verzieht angewidert den Mund, während sie die Tasse abrupt auf den Tisch stellt. „Ich würde gern die Anlage besichtigen, Señor Lopez.“

Santi ist sehr stolz auf seine Ställe. Er hat schon viele Leute hier herumgeführt; Sultane und Könige waren schon zu Besuch hier. Doch keiner von ihnen hatte je so viel auszusetzen wie Frances. Die Gouvernante inspiziert die Pferde auf dieselbe Art, wie sie Haya am ersten Tag gemustert hat. „Die sind ein klein wenig dürr, oder?“

„Es sind Araber“, erwidert Santi. „Diese Rasse hat einen wesentlich leichteren Rahmen als die Pferde, die Sie aus Ihrer Heimat England gewohnt sind.“

„Ich kenne mich mit Pferderassen aus, Señor Lopez“, gibt Frances zurück. „Wie auch immer, ich würde sie lieber etwas fülliger sehen als jetzt.“

„Mir war nicht bewusst, dass Sie eine solche Pferdeexpertin sind, Miss Ramsmead“, sagt Santi und wirft Haya einen Seitenblick zu.

„Oh, ja“, antwortet Frances. „In England bin ich die Quorn-Jagden geritten. Sind Ihnen die ein Begriff?“

Santi zieht eine Augenbraue hoch. „Das ist eine sehr exklusive Jagdgesellschaft", sagt Santi. Frances schaut sehr selbstgefällig drein, bis er hinzufügt: „Dann müssen Sie mit meiner Frau Ursula bekannt sein. Sie ist jahrelang mit der Quorn-Meute geritten. Ich werde sie fragen, ob sie sich an Sie erinnert ..."

„Oh", stammelt Frances. „Bemühen Sie sich nicht extra deswegen. Ich bin nie ... sehr oft zur Meute geritten. Außerdem ist das schon so lange her, ich glaube kaum –"

Auf einmal schiebt sich neben Frances ein Pferdemaul über die halbhohe Boxentür. Sie stößt einen schrillen Schrei aus und macht einen Satz nach vorne, wobei sie Haya fast umwirft.

„Schon gut", sagt Santi, während er die Hand ausstreckt, um die braune Stute zu streicheln, die ihren Kopf zur Tür hinausgestreckt hat. „Das ist Amina. Sie ist eine ganz Brave, sie wollte Ihnen keine Angst machen."

„Ich habe keine Angst!" Dennoch macht Frances keine Anstalten, auch nur einen Schritt näher an die Stute heranzutreten.

„Für ein Vollblut hat sie aber einen ziemlich grobschlächtigen Kopf, oder?", meint Frances und starrt Aminas flaches Nasenbein und die ausgeprägten Ganaschen an.

„Amina ist ein Wildfang aus der Wüste", erklärt Santi. „Sie hat ein exzellentes Naturell und war früher ein hervorragendes Springpferd ..."

„Araber eignen sich nicht zum Springen", stellt Frances mit Nachdruck fest.

„Das wird gemeinhin so gesagt", stimmt Santi zu. „Aber manche von ihnen, so wie unsere Amina, springen sehr wagemutig und selbstbewusst ..."

„Ja, na ja, vielen Dank, Señor Lopez", sagt Frances rundheraus. „Ich denke, wir fahren jetzt wieder."

„Aber wir sind doch gerade erst angekommen", protestiert Haya.

„Ich finde, wir haben hier schon lange genug unsere Zeit vertan", meint Frances und geht zurück zum Auto. Haya hat gerade noch genug Zeit, sich eine Handvoll Klee zu schnappen und sie Amina hinzuhalten.

„Ich wünschte, du hättest versucht, sie zu beißen", flüstert Haya der Stute zu. „Verdient hätte sie es."

Amina wiehert. „Ich weiß", stimmt Haya ihr zu. „Ich glaube nicht, dass sie dich mag. Und mich kann sie, glaube ich, auch nicht leiden."

„Bleiben Sie doch zum Mittagessen", bittet Santi inständig, als Frances Haya in den Wagen bugsiert. „Ursula kann uns Essen vom Haus heraufbringen."

„Nein, danke."

„Gut, aber dann lassen Sie Dreikäsehoch doch den Nachmittag über hier. Sie liebt die Pferde und meine Stallburschen werden sie nicht aus den Augen lassen."

„Die Stallknechte? Sie ist doch kein Pferd!", erwidert Frances. „Vielen Dank, dass Sie uns herumgeführt haben, Señor Lopez."

Die Heimfahrt ist grauenvoll. „Diese Gäule sind schlecht erzogene Bestien!“, verkündet Frances. „Kein Wunder, mit diesem Señor Lopez als Verantwortlichem! Der Dreck und der Mist überall …“

„Ich finde es toll dort.“ Haya schiebt energisch den Unterkiefer vor. Was soll denn an Mist so schlimm sein? Zu meckern, dass es in einem Pferdestall Mist gibt, ist, wie sich darüber zu beklagen, dass die Wüste voller Sand ist.

Den Rest der Fahrt sagt keine von ihnen mehr ein Wort. Aber als Haya am nächsten Tag darum bittet, zum Gestüt zu fahren, behauptet Frances, sie könne nicht. Stattdessen bekommt Haya eine Klavierstunde. Nach der Klavierstunde stehen Französisch und Ballett auf dem Programm, es bleibt also keine Zeit, zum Stall zu fahren.

*

„Baba? Mir ist nicht gut.“

Der König legt seine Zeitung beiseite und betrachtet seine Tochter. Hayas Gesicht ist ganz rot und sie hat ihr Frühstück kaum angerührt.

„Fieber hast du nicht“, stellt der König fest, nachdem er ihr die Hand auf die Stirn gelegt hat.

„Vielleicht brüte ich ja was aus?“, meint Haya hoffnungsvoll.

„Ja, vielleicht.“ Ihr Vater schaut sie wissend an.

„Frances?“, ruft der König die Gouvernante herbei. „Prinzessin Haya wird mich heute begleiten.“

Haya packt ihr Malbuch und die Buntstifte ein und wartet

mit Dolly bei der Eingangstür darauf, dass der Chauffeur mit dem Wagen vorfährt. Sie bemüht sich, nicht zu fröhlich oder zu gesund zu wirken, während sie neben ihren Vater auf den Rücksitz klettert. Der Wagen schnurrt durch das Tor und über die gewundene Straße durch das Palastanwesen zum Amtssitz des Königs entlang.

„Willkommen, Eure Königliche Hoheit!“ Die Damen, die im Büro ihres Vaters arbeiten, freuen sich immer, Haya zu sehen. Die Sekretärin ihres Vater bringt dem König seinen morgendlichen Kaffee und für Haya Orangensaft und Cracker zusammen mit einem Stapel Papier und noch mehr Buntstiften. In einer Ecke des Arbeitszimmers baut sich Haya eine Burg aus Sofakissen, legt sich bäuchlings auf den Teppich und malt Bilder von Pferden, während ihr Vater telefoniert und die wichtigen Dokumente auf seinem Schreibtisch durchsieht.

Sie ist ganz still, als die Minister des König zu einer Besprechung hereinkommen und sich an den riesigen, spiegelblank polierten Eichentisch in der Ecke setzen. Haya konzentriert sich sehr auf das Ausmalen, aber sie kann die Männer dennoch hören, wie sie mit tiefen, ernsthaften Stimmen über Ägypten, Israel und einen Ort namens Camp David debattieren. Nachdem die Männer wieder weg sind, bittet der König seine Sekretärin um mehr Orangensaft und Schokoladenkekse. Dann zieht er die Schuhe aus und klettert zu Haya in ihre Kissenburg.

„Geht es dir jetzt besser, Haya?“

„Ja, Baba.“

„Du bist in letzter Zeit so still. Warum erzählst du mir nicht, was dich bedrückt?“

Haya zögert. Sie möchte ihren Vater nicht beunruhigen. Er ist ein König und trägt die Bürde einer ganzen Nation auf seinen Schultern.

„Es ist schon in Ordnung“, sagt ihr Vater. „Du kannst mir alles erzählen.“

„Frances weigert sich, mit mir raus zu den Pferden zu fahren“, erwidert Haya. „Ich bitte sie immerzu, aber sie sagt immer nur Nein.“

Ein Missverständnis. So bezeichnet die Glückliche Frances es. Natürlich begleitet sie die Prinzessin jederzeit liebend gern nach Al Hummar, wenn sie das wünscht.

Haya triumphiert, als sie zum Gestüt hinausfahren. Frances indessen macht ein Gesicht, als habe sie in eine Zitrone gebissen. Als sie in Al Hummar ankommen, schlägt sie Santis Einladung zum Kaffee aus und bleibt im Wagen sitzen, während Haya zu den Pferden geht.

Zwei Stunden lang sitzt Frances nur da und liest einen Liebesroman. Erst auf dem Heimweg stopft sie das Buch wieder in ihre Handtasche, aber sie spricht nicht ein einziges Wort mit Haya.

Die nächsten zwei Wochen laufen die Besuche in Al Hummar ganz genauso ab. Und dann, eines Nachmittags, während der Chauffeur vor dem Palast vorfährt, bemerkt Haya, dass Frances ihr Handtasche gar nicht dabeihat.

„Ich habe mit Señor Lopez gesprochen", sagt Frances und Haya fühlt sich auf einmal ganz mutlos, bis sie hinzufügt: „Er hat mir zugestimmt, dass es nicht notwendig ist, dass ich dich zum Stall begleite. Es ist vernünftiger, wenn er sich am Nachmittag um dich kümmert."

Als Haya zum Gestüt gefahren wird, ist sie wie elektrisiert von einem Gefühl der Freiheit. Frances hat sich endlich geschlagen gegeben. Und sie fährt ganz allein nach Al Hummar!

Fünfzig Pferde müssen dort versorgt werden und Santi untersteht ein halbes Dutzend Stallburschen, aber er ist nie zu beschäftigt, um sich um Haya zu kümmern, und wartet jedes Mal schon am Tor auf sie.

„Ich hoffe, du fühlst dich heute stark, Dreikäsehoch", sagt er. „Es ist viel Arbeit zu verrichten."

Auf dem Hof sucht Yusef, der Stallmeister, eine Mistgabel, die klein genug ist für Hayas Hände, und sie folgt den beiden Männern, um ihnen bei der Arbeit zu helfen. Zuerst müssen die Boxen ausgemistet werden. Sie schaufelt das gebrauchte Stroh auf die Schubkarre und hilft, frisches in die Boxen einzustreuen. Dann füllt sie die Heuraufe in jeder Box randvoll mit saftiger, frischer Luzerne.

In der Futterküche hilft sie dem Stallknecht, Radi, den Gerstenbrei umzurühren, welcher in einem riesigen gusseisernen Kessel, der an Ketten über einer Feuerstelle aufgehängt ist, kocht. Sie darf den Kessel nicht berühren, denn er ist sehr heiß, aber Radi lässt sie die getrocknete Gerste mit einer Schöpfkelle in das heiße Wasser geben. Gerstenbrei muss mindestens zwei Stunden kochen, aber am liebsten lässt Radi ihn über Nacht auf dem Feuer. Die Pferde, meint er, haben empfindliche Mägen.

In der Sattelkammer hat Haya ihren eigenen Haken mit ihrem Namen darunter, an den Santi ihr einen kleinen Beutel mit Putzzeug gehängt hat: ein Hufkratzer, ein Mähnenkamm, ein Striegel und eine Kardätsche. Sie holt sich ihr Putzzeug und geht von Box zu Box, um die Pferde zu putzen. Ihre besonderen Lieblinge hebt sie sich dabei immer bis zum Schluss auf. Aminas Fell wird mittlerweile immer länger und flauschiger. Der Winter naht.

Als der erste Schnee in dicken Flocken auf den Innenhof fällt, legt Haya einen Führstrick an Aminas Stallhalfter an und holt sie aus ihrer Box. Amina erschrickt beim Anblick des Schnees und weigert sich, auch nur einen Schritt weiterzugehen, aber Haya hört nicht auf, sie vorwärtszulocken, bis die Stute schließlich doch vorsichtig einen Huf auf den Schnee setzt. Sie tänzelt vorwärts, den Kopf hoch erhoben, schnaubend und ihre pechschwarze Mähne schüttelnd. Jedes Schnauben der Stute wird zu einem Wölkchen glitzernden Dampfes in der kalten Morgenluft.

Der Schnee fällt jetzt dichter und Amina mag es gar nicht, die kalten Flocken auf ihrem Gesicht zu spüren. Sie reibt den Kopf an Hayas Mantel und versucht so, den Schnee abzuwischen. Haya muss lachen und schließlich bringt sie die Stute zurück in ihre Box und belohnt sie mit einem warmen Brei aus Gerste und Spreu.

*

Als es wieder Frühling wird, verliert Amina langsam ihr Winterfell. Zuerst nur ganz leicht, aber als es immer wärmer wird, fällt es in dicken Büscheln aus. Haya striegelt sie sehr sorgfältig, sodass bald schon ihr glänzendes, glattes Sommerfell zutage tritt. Aber der Frühling birgt eine weitere Überraschung. Amina verändert sich zusehends und das muss Haya unbedingt Santi berichten.

„Es gibt ein Problem mit Amina", sagt Haya und versucht dabei, den ernsthaften Tonfall nachzumachen, in dem Santi immer mit den Stallburschen spricht. „Ich glaube, sie bekommt zu viel Gerste, sie ist ganz schön dick geworden."

Santi lacht. „Sie wird nicht zu dick, Dreikäsehoch, sie ist trächtig."

*

Als der König sie an diesem Abend ins Bett bringt, erzählt Haya ihm von der guten Neuigkeit.

„Amina bekommt ein Baby", informiert sie ihren Vater. „Sie ist schon ganz schön dick, also muss es bald so weit sein. Santi hat gesagt, ich darf dabei zusehen, wie sie ihr Kind zur Welt bringt – wenn du es mir erlaubst."

Ihr Vater denkt einen Augenblick darüber nach. „Ich spreche

mit Santi. Wir packen dir schon mal eine Tasche mit Kleidung und einer Taschenlampe, die du in deinem Zimmer aufbewahren kannst. Fohlen kommen oft mitten in der Nacht zur Welt, dann musst du sofort zum Aufbruch bereit sein."

„Aber mitten in der Nacht schlafe ich doch!", sorgt Haya sich. „Weckst du mich dann?"

„Versprochen", erwidert der König.

„Baba, liebst du Pferde?"

„Ja, Haya, das tue ich."

„Und hat Mama auch Pferde geliebt?"

„Sie hat alle Tiere geliebt", antwortet der König.

„Ist sie auch geritten, so wie du?"

„Ja, sie ist auch geritten", sagt der König. „Überhaupt hat sie Sport sehr geliebt. Deine Mutter hat sogar Meisterschaften im Wasserskifahren gewonnen."

„Ich werde auch mal Meisterschaften gewinnen", sagt Haya. „Und zwar im Reiten. Eines Tages werde ich den *King's Cup* reiten!"

Das ist eine gewagte Behauptung. Der *King's Cup* ist die ruhmreichste Sportveranstaltung in ganz Jordanien. Haya weiß noch, wie ihr Baba sie mit ihrer Mutter und Ali einmal mitgenommen hat. Von der königlichen Loge aus haben sie zugesehen, wie die Reiter gegeneinander antraten. Sie kann sich noch an die vielen Banner erinnern, die geschwenkt wurden, an die Sonne, die erbarmungslos herunterbrannte, und an die Geräuschkulisse, die von der Zuschauermenge ausging.

Und natürlich an die Reiter auf den prächtigsten Pferden, die sie je gesehen hat. Die Reiter sprangen von den Rücken ihrer galoppierenden Araber und schwangen sich gleich wieder hinauf und ritten wie der Teufel. *Eines Tages*, dachte sie, *werde ich genauso reiten können.*

„Große Wettkämpfer brauchen ihren Schlaf", meint der König. „Und besonders, wenn sie erst fünf Jahre alt sind."

„Ich bin schon fast sechs", erinnert Haya ihn.

„Was wünschst du dir denn zum Geburtstag, Haya?"

„Ich möchte einmal quer durch die Wüste reiten", murmelt Haya schläfrig. „Und mit meinem Pferd neben meinem Bett schlafen und den Kamelen draußen vor meinem Zelt. Ich möchte eine echte arabische Prinzessin sein."

Ihr Vater drückt ihr einen Kuss auf die Stirn. „Gute Nacht, Haya", flüstert er, während sie bereits einschläft.

Die Geburt des Fohlens

Haya hatte doch gewusst, dass sie Ali lieber nicht in ihrem Zimmer spielen lassen sollte. Kleine Brüder stecken immerzu ihre Nase in die Sachen ihrer Schwestern.

„Hey, was ist das denn?“, fragt Ali und kommt mit dem goldenen Schuhkarton unter Hayas Bett hervorgekrabbelt.

„Nichts“, beharrt Haya. Aber noch bevor sie ihn davon abhalten kann, hat Ali schon den Deckel abgehoben und sich die Sonnenbrille ihrer Mutter aufgesetzt.

„Nein!“ Haya entreißt ihm die Brille. „Du machst sie noch kaputt!“

Sie versucht, ihm die Schachtel aus den Händen zu winden, aber Ali lässt einfach nicht los. „Lass das! Das ist meins!“

„Ich schau ja nur“, meint Ali, während er weiter den Inhalt durchwühlt. „Was ist denn das für Zeug?“

„Mein Schatz“, sagt Haya.

Ali wühlt sich bis zum Boden der Schachtel durch und zieht eins der Fotos hervor. Es ist eine Schwarz-Weiß-Aufnahme, deren Ränder schon ganz ausgefranst sind vom vielen Anfassen.

Eine wunderschöne Frau mit der Sonnenbrille, die Ali gerade anprobiert hat, lächelt mit einem putzmunteren, dunkelhaarigen Baby im Arm in die Kamera.

„Bin ich das oder du?“, will Ali wissen.

„Ich“, sagt Haya leise. „Du warst da noch gar nicht auf der Welt, glaube ich.“

Ali betrachtet schweigend das Foto, als ob er versuchen würde, sich selbst darin wiederzufinden, obwohl Haya ihm gerade gesagt hat, dass er nicht mit drauf ist.

„Gibt es auch welche mit mir drauf?“, will Ali wissen.

„Da drin nicht.“ Haya schüttelt den Kopf.

Ali betrachtet das Foto wehmütig. „Du hattest Mama viel länger als ich“, stellt er fest.

Haya steigen Tränen in den Augen auf. Macht sie das zur Glücklicheren von ihnen?, fragt sie sich. Ali kann sich kaum an die Zeit erinnern, in der ihre Mutter noch gelebt hat. Aber Haya schon, und das lässt ihr ihre Abwesenheit noch viel schlimmer erscheinen.

„Sind die echt?“, fragt Ali, dessen Blick umherschweift wie der einer Elster, die etwas Glitzerndes entdeckt hat. Er fischt die kleinen Patronenhülsen heraus und untersucht sie genau, schaut sogar jeder in ihr leeres Innere. Haya will ihr Schatzkästchen zurückhaben und murrt, dass es sie nervös macht, wenn sein Inhalt einfach so herumliegt. Was, wenn Frances hereinkäme und all das finden würde?

„Frances ist echt fies“, sagt Ali nur.

Für diesen Nachmittag hat Frances – wie immer – ihren Stundenplan mit Mathematik und Englisch, gefolgt von Geigen- und Klavierunterricht und einer Ballettstunde, vollgestopft. So hat Haya kaum Zeit, um Amina zu besuchen.

Aminas Bauch ist mittlerweile sehr dick und stramm wie ein Luftballon. Jeden Tag ist Haya aufs Neue überrascht zu sehen, dass die Stute noch runder geworden ist als am Vortag. Sie ist mittlerweile zu hoch trächtig, als dass man noch auf ihr reiten könnte, aber trotzdem soll sie sich regelmäßig die Beine vertreten. Immer wenn Haya mit dem Striegeln fertig ist, holt sie die Stute aus ihrer Box und macht einen kleinen Spaziergang mit ihr. Manchmal führt Haya Amina die Auffahrt entlang und erlaubt der Stute, anzuhalten und von den Kräutern am Wegesrand zu fressen, so viel sie will.

Auch heute lässt Haya den Unterricht über sich ergehen und als sie im Stall ankommt, ist Santi bei Amina in der Box. Er hockt neben der Stute und schaut sich die Unterseite ihres Bauchs an.

„Komm mal her, Dreikäsehoch", ruft Santi sie herbei. „Siehst du, wie das Euter schon vor lauter Milch angeschwollen ist? Das bedeutet, dass das Fohlen bald kommt. Jeden Tag kann es so weit sein."

„Warum riecht sie an ihrem Bauch?", fragt Haya, als Amina den Kopf dreht, um an ihrem Bauch zu schnuppern.

„Das ist ein weiteres Zeichen dafür, dass es bald so weit ist", erklärt Santi.

Vorsichtig setzt sich Haya ins Stroh in Aminas Box, um darauf zu warten, dass das Fohlen zur Welt kommt. Sie wartet und wartet. Es ist schon später Nachmittag, als sie schließlich den Kopf zur Tür von Santis Büro reinsteckt. „Es passiert gar nichts", berichtet sie ihm.

„Ein Topf, der beobachtet wird, kocht nie über", meint Santi. „Ich bin sicher, das Fohlen wird heute Abend geboren."

„Darf ich dann herkommen und helfen, so wie du es versprochen hast?", will Haya wissen.

Santi nickt. „Ich schicke den Fahrer zurück zum Palast, um deine Tasche zu holen. Du kannst heute bei Ursula und mir zu Hause bleiben und mit uns auf das Fohlen warten."

Natürlich macht Frances viel Aufhebens darum. Seine Majestät ist geschäftlich außer Haus und sie betont immer wieder, dass sie mit diesem Arrangement ganz und gar nicht glücklich ist. Aber schließlich fährt der Chauffeur dennoch vor und liefert ihre Übernachtungstasche ab und Haya macht sich auf den Weg zu Santis kleinem Haus auf dem Hügel mit dem Olivenbaumwäldchen.

Santis Frau Ursula ist blond und blauäugig und lacht sehr viel, aber nicht auf diese falsche Art wie Frances. Ursula läuft immer in Reithosen rum, auch wenn sie gerade gar nicht reitet, und sie hat sie selbst dann noch an, als sie das Gemüse fürs Abendessen schnippelt und Santi Brathähnchen mit Oliven und eingelegten Zitronen zubereitet. Nach dem Essen mag Haya nicht ins Bett gehen, aber Ursula bleibt hart. „Du musst ein bisschen schlafen, damit du uns helfen kannst, wenn das Fohlen kommt", erklärt sie.

„Versprich, mich zu wecken", beharrt Haya, als Ursula sie zudeckt.

Es ist schon fast drei Uhr in der Früh, als Ursula Haya sanft an der Schulter rüttelt, um sie zu wecken.

„Haya", flüstert sie. „Zieh dich rasch an, es ist so weit."

Haya ist froh, dass sie die Taschenlampe dabeihat. Auf dem Trampelpfad vom Haus zu den Ställen ist es stockfinster. Der Lichtstrahl vor ihr auf dem Weg flackert, da ihre Hände vor Aufregung so zittern.

Santi ist schon in Aminas Box, als sie ankommt. Er lehnt an der Wand und beobachtet, wie Amina unruhig in der Box herumläuft und mit dem Huf im Stroh scharrt.

Schließlich stöhnt Amina auf, lässt sich auf die Knie herab und legt sich auf die Seite. Sie ist schweißnass und ihr Fell glänzt feucht. Eine Weile bleibt sie liegen und schnuppert immer wieder an ihrem Bauch.

„Jetzt geht's los", meint Santi erwartungsvoll. Doch Amina rappelt sich wieder auf und stellt sich hin.

„Was ist los?", fragt Haya. „Geht es ihr gut?"

„Alles bestens", beruhigt Santi sie. „Amina macht sich bereit. Das Fohlen kommt jede Minute."

Aber das Fohlen lässt auf sich warten. Minute um Minute verstreicht und Amina legt sich viele Male wieder hin und steht wieder auf. Sie schwitzt jetzt so stark, dass sich weißer

Schaum an ihrem Hals gebildet hat. Auch Santi steht der Schweiß auf der Stirn, als er nach Aminas Stallhalfter greift und sie zum Aufstehen drängt.

Er krempelt den Ärmel hoch. „Ursula“, sagt er, „halt ihren Kopf für mich fest.“

Ursula runzelt besorgt die Stirn. „Meinst du, es gibt Komplikationen?“

Santi wäscht seine Hände in dem Eimer mit Seifenwasser und verteilt dann Vaseline aus einer Dose im Erste-Hilfe-Kasten auf seinem rechten Arm. Er tritt von hinten an die Stute heran und hebt ihren Schweif an.

„Das dauert schon viel zu lange“, sagt er. „Ich werde mal nachsehen, ob das Fohlen richtig liegt.“

Ganz sachte und behutsam steckt Santi seinen Arm in die Stute und tastet nach dem Fohlen. Haya steht vorne bei Ursula, streichelt Aminas heißen, schweißnassen Hals und murmelt ihr fortlaufend zu, dass alles gut werden wird.

Als Santi seinen Arm wieder herauszieht, macht er ein sorgenvolles Gesicht. „Ursula“, sagt er, „geh und hol den Tierarzt. Sofort.“

Während sie darauf warten, dass Ursula mit dem Tierarzt zurückkommt, hilft Haya Santi, die Stute mit einem weichen, trockenen Handtuch abzureiben. Amina zittert und als Haya ihr den Kopf streichelt, kann sie das Weiße in den Augen der Stute sehen. „Hab keine Angst“, flüstert sie. „Der Tierarzt ist gleich da.“ Es ist erst ein paar Minuten her, dass Ursula gefahren ist, aber es fühlt sich wie eine Ewigkeit an. Als Amina erneut versucht, sich hinzulegen, fragt Santi Haya, ob sie kräftig genug ist, die Stute am Halfter festzuhalten, während er sich hinter sie stellen und versuchen wird, sie auf den Beinen zu halten.

„Ich glaube, Aminas Fohlen liegt in Steißlage", erklärt Santi ihr. „Eigentlich sollen Fohlen mit dem Kopf zuerst kommen, aber dieses hier liegt falsch herum. Deswegen muss der Tierarzt kommen und es herausholen."

Sie können nichts tun, außer zu warten. Haya hat die Arme um Aminas Kopf geschlungen. Die Stute zittert und Haya flüstert beruhigend auf sie ein. „Es dauert nicht mehr lange, Amina. Der Tierarzt kommt gleich, versprochen."

Autoscheinwerfer erhellen den Innenhof, als Ursula mit dem Tierarzt zurückkommt. Amina ist pitschnass geschwitzt, sie zittert vor Erschöpfung. Sie wendet nicht einmal den Kopf, als der Tierarzt sich den Arm einfettet und das Fohlen in ihrem Inneren abtastet.

„Sie haben recht, es ist eine Steißlage", bestätigt er. „Ich werde versuchen, es zu drehen."

Santi nickt und fasst das Halfter der Stute mit beiden Händen, während der Tierarzt zurück zu Aminas Hinterteil geht.

Haya steht auf Höhe von Aminas Schulter und beobachtet den Tierarzt bei der Arbeit genau. Er lässt sich viel Zeit und mit jeder Minute, die verstreicht, wirkt Amina schwächer und elender. „Hab keine Angst", wispert Haya. Dennoch hat sie selbst nun Angst, um Amina. Der Tierarzt braucht einfach zu lange.

Schließlich zieht er den Arm wieder aus der Stute heraus und schüttelt den Kopf. „Es tut mir leid“, sagt er, „aber das Fohlen lässt sich nicht drehen.“

Mehr sagt er nicht, aber das braucht er auch nicht. Santi versteht auch so, was jetzt geschehen muss.

„Ursula“, sagt er, „bitte bring Dreikäsehoch nach Hause nach Al Nadwa.“ Haya ist verwirrt. Aminas Fohlen steckt doch noch immer fest! Die Stute braucht Hilfe, aber Santi schickt sie plötzlich nach Hause?

„Nein, bitte!“, sagt Haya. „Ich möchte sehen, wie das Fohlen zur Welt kommt. Ich werde euch auch ganz bestimmt nicht im Weg sein. Ich bleibe ganz hinten in der Ecke der Box, ich kann helfen ...“ Neben Amina beginnt der Tierarzt, seine Arzttasche auszuräumen. Er legt die Spritzen, Skalpelle und andere Instrumente ordentlich in einer Reihe auf ein Stück dunkelgrünen Stoff, das er im Stroh ausgebreitet hat.

„Was macht er?“

„Er wird alles tun, um die Stute zu retten“, erklärt Santi. Er kann Haya dabei nicht ins Gesicht sehen. „Ursula, bring die Prinzessin nach Hause.“

*

Als sie vor dem Eingang zum Palast anhalten, steigt Haya zitternd und erschöpft aus. Ihre Kleider sind ganz fleckig vor

Staub und Pferdeschweiß und ihr Gesicht ist tränenverschmiert. Wenn doch ihre Mutter da wäre, um sie in den Arm zu nehmen und nie wieder loszulassen. Doch stattdessen steht Frances oben am Treppenabsatz, die Arme vor der Brust verschränkt. „Ach, Haya ..." Da ist etwas in dem Blick, den Frances ihr zuwirft, der Haya gleich wieder die Tränen in die Augen treibt. Sie möchte so dringend getröstet werden. Also schluckt sie ihren Stolz herunter und rennt die Treppe hinauf zu ihrer Gouvernante. Aber Frances schüttelt nur den Kopf. „Wie du nur aussiehst! Deine Stiefel sind schlammverkrustet. Und deine Fingernägel! Um Himmels willen, Kind, du bist ja völlig verdreckt, und wie du stinkst –" Das war's. Haya hört ihr gar nicht weiter zu. Die Tränen schnüren ihr fast die Kehle zu. Sie drückt sich an Frances vorbei, rennt in ihren schlammigen Stiefeln vorbei an der Ahnengalerie von Königen und springt die Treppe hinauf. Sie knallt die Tür zu ihrem Zimmer so fest zu, dass es durch den ganzen Palast hallt.

Im Dunkeln lässt sich Haya auf den Boden fallen und kriecht so weit unter ihr Bett, bis sie an ihr Schatzkästchen rankommt. Sie schiebt sich mit dem Karton unter dem Bett hervor und bleibt keuchend auf dem Boden liegen. Ihre Hände zittern so sehr, dass sie den Deckel nicht vom Karton abheben kann. Stattdessen umklammert sie ihn und drückt ihn fest an ihr Herz, während sie schaudert. Ein heftiges Schluchzen schüttelt ihren Körper und sie weint und weint, bis alle Tränen vergossen sind.

Das Geburtstagsgeschenk

Haya öffnet die Augen. Es ist schon Morgen und die Sonne scheint zu ihrem Fenster herein, aber es war nicht die Sonne, die sie geweckt hat. Es waren die Stimmen unten im Erdgeschoss an der Haustür. Haya schlüpft schnell aus dem Bett und rennt über den Flur zu Alis Zimmer hinüber. Er steht schon am Fenster und beobachtet den Tumult, der sich unten vor der Tür abspielt.

„Ursula ist hier", sagt er mit an die Fensterscheibe gepresster Nase. „Sie und Frances streiten."

Haya schaut ebenfalls zum Fenster hinaus. Sie kann Ursula sehen, die auf der Türschwelle steht. Sie hat immer noch dieselben Sachen an, die sie schon am Abend zuvor trug, als sie Haya nach Hause gefahren hat. Vor ihr hat sich – die Hände in die Hüften gestemmt und von den beiden steinernen Löwen flankiert – Frances aufgebaut.

„Das ist doch lächerlich", sagt Ursula. „Lassen Sie mich rein, ich muss mit Haya sprechen."

„Kommt gar nicht infrage", gibt Frances zurück. „Die Prinzessin ist noch nicht aufgestanden. Sie ist nach gestern Nacht sehr erschöpft. Sie ist nicht in der Verfassung, Besuch zu empfangen."

„Gut, dann komme ich später wieder."

„Es wäre mir lieber, Sie täten das nicht", sagt Frances.

„Es ist nicht an Ihnen, das zu entscheiden", erwidert Ursula aufgebracht. „Fragen Sie Haya! Sie muss erfahren, was geschehen ist."

Frances' Miene ist genauso versteinert wie die der Löwen. „Ich werde ganz sicher keine Fünfjährige Entscheidungen treffen lassen. Ich trage hier die Verantwortung. Wenn es nach mir gegangen wäre, hätte sie gar nicht bei Ihnen sein dürfen. Sie war in Tränen aufgelöst, als Sie sie letzte Nacht nach Hause gebracht haben."

„Aber ich muss es ihr sagen!"

„Nein", erwidert Frances. „Sie haben schon genug Schaden angerichtet, auch ohne die Prinzessin noch einmal aus der Fassung zu bringen. Und jetzt sollten Sie besser wieder in Ihr Auto steigen und dieses Grundstück verlassen, bevor ich den Wachschutz hole."

Haya springt von der Fensterbank und rennt los. Durch den Flur und die Treppe hinunter. Ihr Herz hämmert gegen ihre Rippen, während sie zur Haustür rast. Warum müssen Paläste nur so riesig sein? Sie ist schon halb den Korridor entlanggelaufen, da kommt Frances ihr entgegen.

„Wo ist sie?", japst Haya.

„Wenn du Ursula meinst, die ist wieder gefahren", erwidert Frances. „Und nun geh zurück nach oben und kleide dich fürs Frühstück an."

Haya ist völlig außer sich. „Aber ich wollte mit ihr sprechen ..."

„Auf keinen Fall."

„Aber ich will wissen, wie es Amina geht ..."

„Haya, ich diskutiere das nicht", sagt Frances. „Mehr gibt es dazu nicht zu sagen."

*

Was bleibt Haya anderes übrig? Baba wird erst in zwei Tagen von seiner Besprechung in Amerika zurückkommen und Frances lässt Haya nicht noch einmal zum Gestüt fahren, wie sehr sie auch bettelt.

Es ist schon spätabends, als der König endlich nach Hause kommt. Haya ist schon im Bett, schläft aber noch nicht, als er hereinkommt, um nach ihr zu sehen. „Du bist wieder da", murmelt sie.

„Und gerade noch rechtzeitig", antwortet ihr Vater, während er ihr übers Haar streicht. „Ich kenne ein kleines Mädchen, das morgen sechs wird."

*

Die Geburtstagsparty findet auf dem Rasen vor dem Palast statt. Alle Cousins und Cousinen, Onkel und Tanten von Haya sind gekommen. Ihre Tanten bewundern das hübsche Kleid, in das Frances sie gesteckt hat. „Du siehst genau wie deine Mutter aus“, sagen sie zu Haya. Und Haya fühlt, wie ihre Wangen vor Freude und Stolz heiß werden.

An ihrem Geburtstag vermisst sie ihre Mutter immer am meisten. An solchen besonderen Tagen sollte sie auch besonders glücklich sein, doch seit ihre Mutter gestorben ist, liegt für sie immer ein Schatten der Traurigkeit darüber. Aber man kann Geburtstage nicht aufhalten, sie kommen jedes Jahr wieder. Also versucht Haya so gut es geht, tapfer zu sein und vor ihren Gästen zu lächeln, auch wenn sie ihre Tanten tuscheln hören kann. *Wie still sie doch ist. Und wie traurig sie aussieht. Sieh nur, wie sie ganz alleine dasitzt, anstatt mit den anderen Kindern zu spielen. Es ist kein Wunder, wenn sich der König ständig Sorgen um sie macht.*

„Haya“, ruft ihr Vater, „komm her und spiel mit uns Blindekuh.“

Hayas Vater verbindet ihr die Augen und dreht sie so lange im Kreis herum, dass sie das Gefühl hat, sich nicht mehr auf den Beinen halten zu können. Alle anderen Kinder kreischen und kichern, während sie versucht, eines von ihnen zu erwischen, und schon bald lacht Haya auch.

Das Mittagessen wird als Picknick auf dem Rasen serviert, es gibt Geburtstagskuchen und Haya darf die Geschenke auspacken, die auf einem großen Tisch aufgetürmt sind. Das bunte Geschenkpapier knistert zwischen ihren Fingern und sie bedankt sich artig bei ihren Onkeln und Tanten für die Geschenke.

„Mein Geschenk passt leider nicht auf den Tisch", sagt ihr Vater. „Es wartet bei der Haustür auf dich."

Aufgeregt kreischend rennen die Kinder durch den Palast, ihre nackten Füße platschen auf dem Marmorfußboden. Haya läuft allen voran, gefolgt von Ali und ihren Cousins und Cousinen. Sie ist fest entschlossen, als Erste an der Tür zu sein. Die massiven Türflügel stehen bereits weit offen, sodass sie schnurstracks hindurchrennen kann.

„Was ist es?", japst Ali. „Was hast du bekommen?"

Haya antwortet nicht. Sie ist zu aufgewühlt von dem Anblick, der sich ihr bietet. Unten an der Treppe warten zwei Offiziere der Wüstenpatrouille auf ihren Kamelen, die tapfersten und furchtlosesten Soldaten ganz Arabiens.

Die Männer der Wüstenpatrouille tragen gebogene Dolche an den Gürteln. Ihre Gesichtszüge sind edel und sonnengebräunt, sie haben ausgeprägte, hohe Wangenknochen und schwarze Augen, aus denen sie feierlich und ernst dreinblicken. Wenn die steinernen Löwen vor den Palasttüren Al Nadwas in Ehrfurcht erschaudern könnten, würden sie es jetzt tun!

„Gefallen sie dir?" Jetzt hat endlich auch ihr Vater sie eingeholt.

Haya sieht ihn mit weit aufgerissenen Augen an. Neben den beiden Offizieren steht ihr Geschenk. Zwei Kamele mit riesigen pinkfarbenen Schleifen um die Hälse. Eines von ihnen ist schon groß, das andere noch ein Baby, aber dennoch überragt es Haya. Das Kamelfohlen hört nicht auf, den Kopf zu schütteln, um die pinke Schleife loszuwerden, die es offensichtlich stört.

„Sind die für mich? Alle beide?" Haya dreht sich erstaunt zu ihrem Vater um.

„Na, du wolltest doch eine richtige arabische Prinzessin sein", erwidert der König lächelnd. „Und dafür brauchst du nun mal Kamele."

Baba versteht sie. *Eine richtige arabische Prinzessin* ist genau das, was sie sein möchte.

„Werden sie jetzt bei uns im Palast wohnen?"

Haya kann spüren, wie sich die kalten Blicke ihrer Gouvernante in ihren Rücken bohren. Sie weiß genau, dass Frances sich gerade vorstellt, was für eine Sauerei Hayas Kamele auf dem Rasen hinter dem Palast anrichten würden!

Aber zu Frances' Zufriedenheit hält der König das wohl auch nicht für eine gute Idee. „Sie werden bei der Wüstenpatrouille bleiben", erklärt er. „Aber du kannst sie besuchen und füttern und auf ihnen reiten, wann immer du willst."

Zögerlich macht Haya ein paar Schritte auf die Kamele zu. „Darf ich das Kleine mal streicheln?"

„Selbstverständlich, Eure Königliche Hoheit", erwidert einer der Soldaten.

Haya streckt die Hand aus, um das Kamelfohlen zu berühren. Es hat ein zotteliges Fell, das weich wie Samt ist und die Farbe von Karamellbonbons hat.

„Ich werde es Flauschi nennen", sagt sie entschlossen. „Und seine Mama soll Lulabelle heißen."

Dem Offizier, der Flauschi am Führstrick hält, entfährt ein unterdrücktes Kichern. Die Männer der Wüstenpatrouille sind die härtesten Soldaten ganz Arabiens. Sie nennen ihre Kamele nicht Flauschi oder Lulabelle! Aber er verzieht keine Miene und sagt kein Wort. Geduldig wartet er, bis alle Kinder das kleine Kamel gestreichelt haben, und der andere Offizier sitzt von seinem Kamel ab und hebt die Kinder hoch, sodass jedes einmal auf Lulabelles Rücken sitzen darf. Als alle schließlich genug haben, steigen die Soldaten wieder auf ihre Kamele auf und reiten davon. Die beiden Männer sehen erschöpft aus. Die Gefahren der Wüste sind eben nichts im Vergleich zur Geburtstagsparty einer Sechsjährigen!

Auf der Treppe zum Palast machen sich die ersten Gäste bereits auf den Heimweg, als Santi und Ursula ankommen. Sie fahren mit dem Pferdetransporter von Al Hummar und Ursula winkt fröhlich aus dem Fenster. „Herzlichen Glückwunsch zum Geburtstag, Haya!", ruft sie. „Tut mir leid, dass wir so spät dran sind!"

„Alles Liebe zum Geburtstag, Dreikäsehoch", sagt Santi in einem warmen Tonfall.

„Nun, ich fürchte, es ist nichts mehr von der Geburtstagstorte übrig", erwidert Frances knapp.

Santi stellt den Transporter ab, öffnet die Fahrertür und klopft sich auf den Bauch, während er aussteigt. „Ich brauche keine Torte. Ursula kocht ohnehin mehr als gut und reichlich."

Er lächelt Haya an. „Ich bin hergekommen, um Dreikäsehoch ihr Geschenk zu bringen."

Santi wirft dem König einen Blick zu und sieht, wie dieser nickt und ihm bestätigt, dass alles in Ordnung ist.

„Es gibt nämlich noch ein Geschenk für dich", meint ihr Vater und beugt sich zu Haya hinunter. „Und das bringen Santi und Ursula dir."

Haya hat keine Ahnung, warum ihr Herz so schnell schlägt. Ihr Vater nimmt sie bei der Hand und führt sie zum hinteren Ende des Transporters, wo Santi und Ursula bereits die Riegel öffnen und die Rampe herablassen.

Innen im Transporter steht ihr Geschenk und es ist so klein, dass es nicht mal einen halben Pferdestand ausfüllt. Es schaut Haya mit großen Augen an, blinzelt gegen das Sonnenlicht. Es sieht aus wie ein Knäuel flockigen Fohlenfells auf langen, staksigen Beinen.

„Ein Pferd!", ruft Ali. Dann runzelt er die Stirn. „Aber warum ist es so klein?"

„Weil es ein Fohlen ist", erklärt Haya ihm. „Ein Baby, Ali, genau wie du."

„Ich bin kein Baby, ich bin schon vier", erwidert Ali empört. Aber Haya hört gar nicht hin, ihre Aufmerksamkeit ist ganz auf das Fohlen vor ihr gerichtet.

Es ist braun mit schwarzen Beinen und hat eine dicke, kurze schwarze Mähne, die büschelweise in alle Richtungen absteht. Auf der Stirn hat es einen kleinen weißen Stern und an einem der beiden Hinterbeine eine weiße Fessel mit schwarzen Sprenkeln.

Mit seinem gedrungenen Körper und den stämmigen Gliedmaßen ist das Fohlen keine elegante, langbeinige Schönheit wie die Rotschimmel auf Al Hummar. Trotzdem haben sein schwerer Kiefer und sein flacher Nasenrücken ihre eigene ganz besondere Schönheit. Und diese Augen! Dieses Fohlen hat die unglaublichsten Augen, so groß und braun und offen, aufrichtig und gutmütig. Als Haya dem Fohlen in die Augen schaut, schlägt ihr Herz noch schneller. Sie hat noch nie in ihrem Leben so ein schönes Pferd gesehen.

Haya starrt das Pferd so lange an, dass sie ganz vergisst, dass sie Gäste hat. Als sie sich schließlich wieder zu ihnen umdreht, steht ihr der Mund offen, aber sie bringt kein Wort heraus und alle fangen an zu lachen.

„Ist das für mich?“, stammelt sie schließlich.

„Ja, sie gehört dir“, antwortet ihr Vater.

Sie. Das hat ihr Vater gerade gesagt. Also ist es ein Stutfohlen. Ein kleines Mädchen.

Der König nimmt Haya bei der Hand und geht mit ihr die Rampe rauf. Als sie sich dem Fohlen nähern, bemerkt Haya, wie es zittert.

„Ihr ist kalt“, stellt Haya fest.

„Sie ist nur ein bisschen aufgeregt“, meint der König.

„Warum?“, will Haya wissen.

„Sie hat das erste Mal ihre Box verlassen“, erklärt der König seiner Tochter mit liebevollem Blick. „Die Welt kann einem ganz schön furchterregend vorkommen, wenn man noch klein ist und ganz allein.“

Der König geht neben seiner Tochter in die Hocke und legt einen Arm um sie. „Das ist Aminas Fohlen, Haya. Der Tierarzt konnte die Stute nicht retten, aber er hat alles dafür gegeben, dass das Fohlen überlebt.“

Jetzt weiß Haya, was Ursula ihr sagen wollte an dem Tag, an dem Frances sie nicht zu ihr gelassen hat. Und dieses zitternde Fellknäuel ist Aminas Tochter. Sie ist erst drei Tage alt und schon ein Waisenkind.

„Sie wird eine Menge Fürsorge benötigen“, sagt Baba. „Das ist eine große Verantwortung.“

Haya schaut das Fohlen an. Jetzt erkennt sie, wie sehr dieses kleine Stutfohlen seiner Mutter ähnelt. Sein Fell ist noch ganz flauschig, aber es hat schon dieselbe intensive rotbraune Farbe wie das seiner Mutter. Und seine Augen sind genau wie Aminas: von einem tiefen, samtigen Braun, sanftmütig und freundlich.

„Was muss ich machen?“, fragt Haya mit zitternder Stimme.

„Du musst sie füttern, putzen, ihr gutes Benehmen beibringen. Du musst sie lehren, ein gutes Pferd zu werden“, erwidert ihr Vater. „Santi und die Stallburschen werden dir helfen, Haya, aber sie ist dein Fohlen. Du bist ab jetzt ihre Mutter."

Haya spürt die Bedeutungsschwere seiner Worte. Dieses Fohlen, das sich so hartnäckig am Leben festgehalten hat und allen Widrigkeiten zum Trotz auf der Welt ist, ist jetzt in ihre Fürsorge übergeben worden.

Haya streckt eine Hand aus und streichelt das bebende Fohlen. „Schon gut", sagt sie sanft. „Hab keine Angst, meine Kleine. Es wird dir nichts geschehen."

Die Geburtstagsgäste drängen sich um den Transporter und versuchen, einen Blick auf das Fohlen zu erhaschen. „Wenn wir alle ein paar Schritte zurücktreten, kann Ursula sie herausführen", sagt der König.

Die Gäste gehen ein Stück zurück, als Haya und ihr Vater die Rampe herunterkommen und Ursula ihnen mit dem Fohlen folgt. Ganz vorsichtig, Schritt für Schritt, lockt sie es vorwärts, bis es schließlich Hals über Kopf hervorgeschossen kommt und auf wackeligen Beinen die Laderampe hinabstakst, als würde es auf Stelzen gehen.

Als es am Ende der Rampe angekommen ist, bleibt es beim Anblick der Geburtstagsgäste wie angewurzelt stehen. Es spitzt aufmerksam die Ohren und atmet durch weit geblähte Nüstern schnaubend ein und aus. Dann hebt es den Kopf, so hoch es kann, und stößt ein beherztes Wiehern aus. Es soll wohl wie ein Fanfarenstoß wirken, aber es ist doch nicht mehr als ein schrilles Quieken. Die Menge bricht in Gelächter aus und das Fohlen erschreckt sich vor dem Lärm. Es weicht zurück und schnaubt noch einmal, die Augen weit aufgerissen und am ganzen Leib zitternd.

„Möchtest du sie mal halten?“ Ursula drückt Haya den Führstrick in die Hand. Haya nimmt ihn und hält sich eine Armlänge entfernt. Sie kann es immer noch nicht glauben, dass dieses kleine Wesen jetzt ihr gehört. Mit glänzenden Augen schaut sie zu ihrem Vater auf.

„Danke, Baba“, sagt sie ernsthaft. „Ich liebe sie. Sie ist wunderschön.“

„Wirst du sie gleich reiten?“, will Ali wissen.

Haya wendet sich ihrem Bruder zu. „Nein!“

„Kann ich sie dann reiten?“, fragt Ali.

„Ali“, sagt der König, „sie ist noch ein Fohlen. Man kann erst auf ihr reiten, wenn sie ausgewachsen ist.“

„Man muss sie vorher einreiten“, fügt Haya hinzu. Das hat sie Santi schon mal über eines der anderen Fohlen sagen hören.

„Und wie lange dauert das noch?“ Ali runzelt die Stirn.

„In ein paar Jahren wird es so weit sein“, erklärt der König.

Ali seufzt. „Ich wünsche mir ein Fahrrad zum Geburtstag. Darauf kann man wenigstens gleich fahren.“

Das Gelächter der Gäste lässt das Fohlen einen weiteren Satz nach hinten machen.

„Ich glaube, das ist wohl genug Aufregung für einen Tag, oder?“, fragt Santi Haya. „Sie sollte jetzt wieder zurück nach Hause. Außerdem ist für sie bald Abendessenszeit.“

„Was frisst sie denn?“, will Haya wissen.

„Sie trinkt Kamelmilch“, erklärt Santi. „Ich werde dir zeigen, wie man ihr die Flasche gibt. Du musst sie viermal am Tag füttern – und dazu noch dreimal in der Nacht.“

Jemand unter den Geburtstagsgästen räuspert sich lautstark, dann meldet sich die Glückliche Frances in einem zuckersüßen Tonfall zu Wort.

„Señor Lopez“, meint die Glückliche Frances, „Sie werden doch sicher nicht vorschlagen wollen, dass Ihre Königliche Hoheit sogar die Nächte im Stall verbringt, nur um diesen Streuner zu füttern?“

Santi zuckt mit den Schultern. „Das Fohlen gehört Haya. Sie ist dafür verantwortlich“, stellt er fest. „Mehr habe ich nicht gesagt.“

Frances wendet sich dem König zu, um ihren Einspruch einzulegen. „Aber Señor Lopez wird doch einsehen müssen, dass man es der Prinzessin nicht zumuten kann, zu solch nächtlicher Stunde unterwegs zu sein? Sollen doch die Stallburschen die Fütterung übernehmen.“

„Nein, das muss ich selbst machen“, beharrt Haya. „Sie gehört mir. Ich bin diejenige, die für sie sorgt.“

„Kommt gar nicht infrage.“ Frances weigert sich nachzugeben. „Das ist viel zu weit. Im Dunkeln und auf diesen Straßen ...“

„Frances hat recht“, meint der König. Für einen grauenvollen Augenblick glaubt Haya, er würde sich auf die Seite ihrer Gouvernante schlagen, doch dann dreht er sich zur Gästeschar um. „Mein Bruder?“, fragt er. „Erlaubst du uns, das Fohlen in deinen Stallungen unterzubringen?“

Prinz Hassan ist der jüngere Bruder des Königs und außerdem der Kapitän der Polomannschaft. Sein Stall mit den Polopferden befindet sich auf dem königlichen Anwesen, er liegt nur ein paar Minuten zu Fuß den Hügel hinauf.

„Natürlich“, erwidert Prinz Hassan. „Wir haben noch genug freie Boxen und meinen Polostuten wird es sicher gefallen, Gesellschaft zu bekommen.“

Hayas Onkel schickt gleich einen Boten, um seine Stallburschen anzuweisen, für ihren Neuzugang eine schöne Box herzurichten, und Ursula führt das Fohlen zurück in den Transporter. „Willst du sie begleiten?“, fragt sie Haya.

Aufgeregt erklimmt Haya die Laderampe des Transporters. Sie hat die Augen mindestens genauso weit aufgerissen wie das Stutfohlen an ihrer Seite. „Du schaffst das schon“, redet Ursula ihr gut zu. „Alles, was du tun musst, ist, sie am Halfter zu halten und sanft auf sie einzureden, damit sie ruhig bleibt, wenn wir losfahren.“

Ursula lächelt ihr aufmunternd zu, dann springt sie aus dem Transporter und klappt die Laderampe nach oben. Haya kann hören, wie die Türverrieglung draußen einrastet.

„Halt dich an der Stange fest, wenn wir losfahren!“, hört sie Ursula von draußen rufen. „Am Anfang kann es etwas holprig werden.“

Innen im Transporter ist es dunkel geworden, nachdem die Laderampe geschlossen wurde, aber durch die beiden schmalen Fenster an den Seiten fällt genug Tageslicht herein, damit Haya etwas sieht. Mit der einen Hand hält sie sich an einer der Stangen fest, mit der anderen das Fohlen am Halfter.

Nun sind Haya und ihr Fohlen das erste Mal unter sich. Haya starrt das braune Stutfohlen ungläubig an, als ob es ein magisches Wesen wäre, als ob sie ein Einhorn geschenkt bekommen hätte.

„Hallo", sagt sie zu dem Fohlen. „Ich habe dich schon gekannt, bevor du geboren wurdest. Du siehst ganz genau wie deine Mutter aus, weißt du das? Sie war sehr schön und ein großartiges Springpferd. Und du bist wie sie."

Sie streichelt dem Stutfohlen über das breite Maul und drückt in der Dunkelheit ihre Wange fest an die Backe der Stute. „Ich heiße Haya und ich werde mich von jetzt an um dich kümmern", flüstert sie ihr zu. Während sie das Fohlen gewissenhaft am Halfter hält, kommen ihr die Worte ihres Vaters wieder in den Sinn. *Du bist jetzt ihre Mutter.*

„Ich werde gut für dich sorgen", wispert Haya. „Du wirst niemals einsam oder traurig sein, weil ich dich immer lieb haben werde. Ich werde immer für dich da sein, egal was auch passiert, und du wirst deine Mama mit Stolz erfüllen und das beste Pferd in ganz Arabien werden." Hinten in diesem dunklen Pferdetransporter wiehert das kleine Stutfohlen sanft und Haya weiß, dass es jedes Wort verstanden hat.

Bint Al-Reeh

Prinz Hassans Stuten strecken die Köpfe über ihre Boxentüren und wiehern und brummeln, um den Neuankömmling zu begrüßen.

Von so viel Aufmerksamkeit verunsichert, drückt sich das Fohlen auf dem Weg die Laderampe hinunter dicht an Hayas Seite und wirft sie dabei fast um. Es steht mit weit aufgerissenen Augen und zitternden Beinen im Hof und sieht sich aufmerksam um.

Die Polostuten sind Vollblüter mit muskulösen Hälsen und Hechtköpfen. Ihre Mähnen sind raspelkurz, sie wurden bis zum Ansatz des Mähnenkamms abgeschoren, damit die Zügel sich im Eifer eines Spiels nicht darin verfangen können.

Dies ist ein Arbeitsstall. Hier gibt es keine prächtigen graugrünen Olivenbäume oder elegante Springbrunnen wie in Al Hummar. Die Pferde trinken aus abgenutzten Plastiktrögen und vertreten sich die Beine in staubigen Pferchen.

Der Stalltrakt aber ist sehr modern und elegant mit hohen Mauern wie bei einer Festung. Die zwei Dutzend Boxen sind u-förmig um einen großen, zentralen Innenhof mit Betonpflaster angeordnet, auf dem die Pferde geputzt und gesattelt werden.

Haya atmet den Geruch von Mist und Pferdeschweiß ein und ihr Herz macht augenblicklich einen Purzelbaum, genau wie jedes Mal, wenn sie nach Al Hummar kommt. „Also los." Sie lockt das Fohlen vorwärts. „Lass uns mal dein neues Zuhause ansehen."

Das Fohlen tänzelt neben ihr her. Als sie schließlich an seiner Box ankommen, ist sein Fell nass geschwitzt. Kaum hat Haya den Führstrick gelöst, um es in der Box freizulassen, drängt es zur Boxentür, reckt sein winziges Maul so hoch es nur kann und versucht verzweifelt, einen Blick über die Tür zu werfen. Sein klagendes Wiehern hallt durch die lange Stallgasse.

„Es gefällt ihr hier nicht", meint Haya. „Vielleicht will sie zurück nach Al Hummar."

Santi schüttelt den Kopf. „Es ist nicht ihr Zuhause, nach dem sie ruft, sondern ihre Mutter."

Das Fohlen stößt noch ein verzweifeltes Wiehern aus. Seine kleinen Nüstern beben und Haya fühlt sich auf einmal in die Küche der Sommerresidenz zurückversetzt, wo ein Armvoll Orangen über den Fußboden kullert. *Armes kleines Fohlen*, denkt sie. *Sie glaubt, ihre Mutter würde zu ihr zurückkommen, wenn sie nur laut genug nach ihr ruft.*

„Sie wird sich schnell eingewöhnen", versichert Prinz Hassan ihr. „Meine Stallburschen werden dafür sorgen, dass es ihr gut geht.“

Haya ist auf einmal erschöpft und hungrig. Das Letzte, was sie gegessen hat, war ein Stück Geburtstagstorte gegen Mittag, und jetzt steht die Sonne schon ziemlich tief am Himmel. Nichts würde sie jetzt lieber tun, als nach Al Nadwa zurückzufahren. Dort warten ihre Geburtstagsgeschenke auf sie. Aber das Fohlen hört nicht auf, nach seiner Mama zu rufen. Haya dreht sich zu ihrem Onkel um.

„Ich muss hierbleiben“, sagt sie ruhig, aber bestimmt. „Ich muss einfach. Sie braucht mich jetzt.“

*

Es ist eine Sache, am helllichten Tag großherzig und selbstlos zu sein, aber eine ganz andere in der Dunkelheit. Santi und Ursula sind wieder gefahren, um die Abendfütterung in Al Hummar zu machen. Prinz Hassan ist nach Hause gegangen und auch die Stallburschen sind mit ihrer Arbeit bis morgen früh fertig. Jetzt ist nur noch Haya auf dem Hof, mit ihren Bodyguards, die vorne vor den Stalltoren Wache halten.

Nach all der Aufregung ist das Fohlen schließlich müde geworden und eingeschlafen. Die kleine Stute liegt in einer Ecke auf ihrem weichen Strohbett. Haya kuschelt sich im Stroh neben ihr ein. Sie wünschte, sie hätte dran gedacht, um eine Decke zu bitten. Die Sommernächte werden langsam kühler und die Nachtluft ist schon ziemlich frisch, selbst in der Pferdebox.

Die letzte Stunde hat sie angestrengt versucht, die merkwürdigen Geräusche, die von draußen zu ihr hereindringen, zu ignorieren. Sie hört immer wieder ein Kratzen, doch sobald sie den Kopf zur Boxentür herausstreckt, verstummt das Geräusch. Es ist vermutlich nur die Stallkatze auf ihrer nächtlichen Jagd nach Mäusen, redet sie sich ein. Sie rappelt sich aus dem Stroh auf und lugt über die Boxentür. Es ist stockdunkel, viel zu dunkel, um irgendetwas erkennen zu können. Dann setzt sie sich und lehnt sich mit dem Rücken an die Boxenwand. *Es ist alles gut. Da ist nichts. Nur die Katze.*

Einen Augenblick später geht die Notfallbeleuchtung an und Haya hält den Atem an, als sie Schritte auf dem Innenhof hört, die sich nähern. Ein Einbrecher! Sie muss ihr Fohlen um jeden Preis beschützen.

„Haya!"

Die Stimme kennt sie. Es ist bloß Ali!

„Baba hat gesagt, ich darf noch mal herkommen und das Fohlen anschauen", erklärt er hinter der Boxentür und Haya kann sich vorstellen, wie er krampfhaft versucht, auf Zehenspitzen zu balancieren, um über die Tür zu lugen. „Wir haben dir auch Abendessen mitgebracht."

Ihr Vater erscheint im Türrahmen. „Ismail hat dir was ganz Besonderes zum Geburtstag zubereitet", sagt er. „Wo möchtest du essen?"

Die Sattelkammer scheint dafür am besten geeignet zu sein. Der König holt vom Innenhof eine Holzbank, auf der sie das

Essen ausbreiten, und sie nehmen auf den hölzernen Sattelböcken Platz. Es kommt Haya so vor, als würden sie gleichzeitig essen und reiten! Ismail hat die Teller mit dem Essen mit Warmhalteglocken abgedeckt, damit es nicht kalt wird. Es gibt nussig und leicht orangig duftendes Hühnchen und einen großen Teller mit Aprikosenreis.

„Also, wie gefällt dir Hayas Fohlen?“, fragt der König seinen Sohn.

„Na ja, es macht nicht gerade viel, oder?“, meint Ali.

„Sie schläft“, betont Haya.

Ali nagt ein Hühnerbein ab und gibt seinem Sattelbock gleichzeitig die Sporen.

Zum Nachtisch gibt es an diesem Abend *Barazek* – süße Honig-Sesam-Kekse, die so mürbe sind, dass sie einem zwischen den Lippen zerfallen. Dazu gibt es aus einer Thermosflasche ein heißes, würziges Zitronengetränk. Als sie fertig sind, gehen sie zurück zur Box und bemerken, dass das Fohlen aufgewacht ist und sich hochgerappelt hat. Es schnuppert am Stroh und erkundet sein neues Zuhause.

„Wie heißt sie?“, fragt Ali.

Haya betrachtet das Fohlen dabei, wie es versucht, auf seinen schlaksigen Beinen seine Umgebung zu erforschen. Eines Tages werden diese Beine sie in gestrecktem Galopp über den Wüstensand tragen.

„Ich werde sie Bint Al-Reeh nennen“, erklärt Haya ihrem Bruder.

Ali kichert.

Haya wirft ihm einen finsteren Blick zu. „Was ist daran so komisch?"

„Bint Al-Rhee-*a*", erwidert Ali mit einem schelmischen Blitzen in den Augen. „Bint Al-Reeh-*a*!"

Haya starrt ihren Bruder wütend an. *Bint Al-Reeh* ist Arabisch, es bedeutet Tochter des Windes. Aber so, wie ihr Bruder es betont, *Bint Al-Reeh-a*, heißt es Tochter der Fürze.

„Hör auf damit, Ali!", zischt Haya.

Aber es nützt nichts. Ali hat beschlossen, dass dies das Lustigste ist, was er je gehört hat. Immer wieder singt er „Bint Al-Reeh-a, Bint Al-Reeh-a!". Letzten Endes bleibt dem König nichts anderes übrig, als ihn zurück ins Auto zu verfrachten und die Türen zu schließen, damit Haya ihn nicht mehr hört.

„Was hältst du davon, jetzt auch mit uns nach Hause zu kommen, Haya?", fragt ihr Vater. „Einer von Hassans Stallburschen kann die Nachtschicht übernehmen und du kommst gleich als Erstes morgen früh wieder her und siehst nach Bint Al-Reeh."

Haya hat den warmen Pulli angezogen, den ihr Vater ihr gebracht hat, aber selbst jetzt kann sie noch die beißend kalte Nachtluft spüren. Sie muss an ihr warmes Bett im Palast denken. Aber sie schüttelt den Kopf.

„Bint Al-Reeh kennt mich jetzt schon. Sie wird ihre Mutter nicht mehr so sehr vermissen, wenn ich bei ihr bin."

Der König stellt ihre Entscheidung nicht infrage. „Du musst

tun, was dir am besten erscheint.“ Er umarmt seine Tochter fest und drückt ihr einen Kuss auf die Stirn. „Mir gefällt der Name, den du für sie ausgesucht hast“, sagt er. „Er ist eines großartigen Pferdes würdig.“

„Bint Al-Rhee wird ein großartiges Pferd werden“, verspricht Haya. „Eines Tages wird sie das beste Pferd auf dem Königlichen Gestüt sein.“

*

Nachdem der König mit Prinz Ali wieder gefahren ist, setzt sich Haya mit ihrem Schlafsack auf das Feldbett und gießt aus einer Thermoskanne warme Kamelmilch in die Flasche, mit der sie das Fohlen füttern soll. Die Tülle der Thermoskanne setzt sie auf den Flaschenrand, um sie ruhig zu halten und keinen Tropfen zu verschütten. Dann setzt sie den Sauger wieder auf und schraubt ihn fest auf den Flaschenhals. Zeit für ihre erste Fütterung.

„Komm her, Bint Al-Reeh.“ Sie greift das Fohlen fest am Halfter und versucht, ihm den Sauger ins Maul zu schieben. Als Santi es ihr gezeigt hat, hat er dem Fohlen die Flasche genau vors Maul gehalten, ihm den Sauger zwischen die Lippen geschoben und so lange gegen das Maul gedrückt, bis das Fohlen angefangen hat, daran zu saugen.

Genau so versucht Haya es auch, aber das Fohlen hat zu viel Kraft, als dass Haya es gleichzeitig festhalten und die Flasche führen kann. Schon gar nicht, wenn das Fohlen dauernd versucht, sich aus ihrem Griff zu befreien. Haya manövriert die kleine Stute in eine Ecke ihrer Box, mit der einen Hand am Stallhalfter, während sie mit der anderen den Sauger seitlich in das Maul des Fohlens zu schieben versucht. Aber es weigert sich einfach, es zu öffnen, seine Kiefer sind fest aufeinandergepresst. „Aber du musst doch trinken!“ Haya ist den Tränen nahe. „Bitte!“

Sie greift erneut nach dem Halfter, doch das Fohlen windet sich und versucht so lange, sich aus ihrem Griff zu befreien, bis Haya schließlich aufgibt und sich erschöpft ins Stroh plumpsen lässt. Sie schafft das nicht allein, es ist einfach unmöglich!

Tränen der Verzweiflung steigen in Hayas Augen auf. Wenn das Fohlen nicht auch nachts etwas trinkt, wird es zu schwach und dehydriert – es könnte sogar sterben!

Denk so etwas nicht, sagt sie zu sich selbst. *Dies ist dein Fohlen, Haya. Du musst das schaffen!*

Sie nimmt die Flasche noch einmal in die Hand und diesmal rinnt ein Tropfen Milch aus dem Sauger ihren Unterarm entlang. Das fühlt sich warm und klebrig an. Haya beobachtet, wie die Milch herabtropft, und ohne weiter darüber nachzudenken, leckt sie die cremig-süße Flüssigkeit mit der Zunge ab. Mit neuer Entschlossenheit nimmt sie das Fohlen noch einmal am Halfter. Aber diesmal bietet sie ihm nicht die Flasche an. Stattdessen tropft sie ein bisschen Milch auf ihren Daumen und schiebt ihn dem Fohlen vorsichtig vors Maul.

Die kleine Stute schnuppert mit aufmerksam aufgestellten Ohren daran.

„Probier nur", meint Haya. „Du magst doch Milch, oder?"

Die Zunge des Fohlens kommt aus dem Maul geschossen. Sie ist ganz rau und fühlt sich wie warmes, feuchtes Sandpapier auf Hayas Haut an. Sie tröpfelt mehr Milch auf ihren Daumen und hält ihn dem Fohlen hin. Aber als das Fohlen diesmal die Zunge ausstreckt, schiebt sie ihm ihren Daumen ganz locker ins Maul. Das fühlt sich total seltsam an und Haya hat Mühe, keine Angst zu bekommen, dass das Fohlen sie beißen könnte. Aber die kleine Stute zwickt sie nicht, sondern beginnt, an ihrem Daumen zu saugen. Als sie immer fester und fordernder an ihrem Daumen nuckelt, schiebt Haya ihr den Flaschensauger ins Maul und zieht ihren Daumen vorsichtig hervor, damit das Fohlen nichts von dem Austausch bemerkt.

Auf einmal beginnt das Fohlen, wie wild mit seinem kurzen, buschigen Schweif hin und her zu schlagen. Die Milch in der Flasche wird schnell weniger. „Braves Mädchen, Bint Al-Reeh!" Haya muss vor Erleichterung beinahe weinen. Sie muss die Flasche mit beiden Händen umfassen, als das Fohlen immer gieriger saugt und die Flasche sich leert. „Braves Mädchen!"

Noch zweimal steht Haya in dieser Nacht auf, um ihr Fohlen zu füttern. Jedes Mal wendet sie den Daumentrick wieder an und als ihr Vater am nächsten Morgen zu ihr kommt, ist die Thermoskanne leer und Haya schläft tief und fest an ihr Fohlen gekuschelt im Stroh.

Die Wüstenpatrouille

Haya weicht Bint Al-Reeh nicht von der Seite. Sie isst ihre Mahlzeiten in der Box und schläft nachts auf dem Feldbett mit Bint Al-Reeh neben sich im Stroh.

Weil Frances unbedingt darauf besteht, kommt sie jeden Morgen nach Hause, um sich zu duschen, umzuziehen und zu frühstücken, bevor sie schnurstracks zurück zum Stall geht.

„Ich mache mir nur Sorgen um die Gesundheit des Kindes", hört sie Frances zu Baba sagen. „Sie kann so unmöglich weitermachen, sie ist blass und erschöpft."

„Aber sie lächelt", sagt der König, „und lacht und redet. Zum ersten Mal, seit ihre Mutter gestorben ist, ist da wieder ein Funkeln in ihren Augen."

„Aber das Fohlen nimmt so viel ihrer Zeit in Anspruch." Die Glückliche Frances versucht eine andere Strategie. „Ein kleines Mädchen im Wachstum braucht frische Luft und die Gesellschaft von anderen Kindern. Und was ist mit ihrem Unterricht? Die ganze Woche hat sie nichts anderes getan als sich um das Fohlen gekümmert."

„Manche Lektionen sind wichtiger als die Schule", erwidert der König. „Und unsere besten Lehrer haben vier Beine."

*

„Gehst du *schon wieder* zurück in den Stall?", fragt Ali, als er Haya dabei zusieht, wie sie ihre Tasche packt. „Ich verstehe nicht, was an diesem Fohlen so toll ist. Die meiste Zeit schläft es doch nur."

Haya lächelt. Männer und Jungs haben einfach kein Auge für die unzähligen Dinge, die es im Stall zu tun gibt. Ali und ihr Onkel kommen dorthin, um zu reiten und ihre Pferde zu versorgen, sie zu füttern und zu putzen, aber Haya ist schon glücklich, wenn sei einfach nur *dort* sein kann.

Ali hat sich einen Fußball unter den Arm geklemmt. „Bleib doch hier und spiel mit mir", bettelt er.

Haya schüttelt den Kopf. „Ich kann nicht, Ali. Bald ist schon wieder Fütterungszeit."

Ali brummelt etwas von langweiligen Pferden und stapft davon. Haya hat ein schlechtes Gewissen. Sie weiß, dass sie ihrem Bruder fehlt, aber das Fohlen braucht sie genauso. Sie weiß nicht, wie sie Ali erklären soll, wie es sich anfühlt, wenn sie bei ihrem Fohlen ist. Als ob sie die beiden Hälften eines Herzens seien und die eine Hälfte nicht ohne die andere schlagen kann.

„Bint Al-Reeh-a!" Ali streckt seinen Kopf noch einmal zur Tür herein. „Tochter der Fürze!"

„Sie heißt Bree!“, erklärt sie ihm mit Nachdruck. Das ist ihr neuer Spitzname für das Fohlen, eine Kurzform von Bint Al-Reeh.

„Bint Al-Reeh-a“, singt Ali noch einmal und freut sich, seine Schwester lediglich durch das Hinzufügen eines einzelnen Buchstabens ärgern zu können.

Haya seufzt geschlagen und macht sich wieder auf den Weg zum Stall.

Auf Prinz Hassans Hof wartet Bree schon auf sie. Ihr winziges Maul schaut dabei kaum über die Stalltür, man kann nur ihre Nüstern zucken sehen.

Als Haya die Box betritt, wiehert das Fohlen zufrieden, schmiegt sein Maul an sie und drückte es ihr auf der Suche nach Milch in die Seite. Den Daumentrick braucht Haya schon lange nicht mehr anzuwenden. Bree nimmt den Sauger sofort an, sobald sie ihn ihr hinhält, und trinkt mit großem Appetit. Ihr kurzer Stummelschweif wirbelt dabei aufgeregt herum.

Haya beobachtet, wie die Milch in der Flasche immer weniger wird, und ist zufrieden, wenn sie sich vorstellt, wie die Milch Brees Bauch füllt.

Bree hört nicht auf zu saugen, als die Flasche leer ist, sondern nuckelt noch eine Weile optimistisch weiter daran herum. Dann dreht sie die Ohren aufmerksam nach vorne und sieht mit ihren geblähten Nüstern auf einmal ganz wild aus. Haya kennt diesen Anblick schon – das Fohlen ist in Spiellaune. Haya hat gerade genug Zeit, aus dem Weg zu gehen, bevor Bree auf einmal der Hafer sticht und sie vorprescht. Sie fängt an, wie wild in der Box herumzuspringen, und umkreist Haya in einem halsbrecherischen Galopp. Ihre langen schlaksigen Beine versinken bei jedem Galoppsprung tief im weichen Stroh.

Nach ein paar Runden bleibt sie abrupt stehen, lässt ein schrilles Wiehern hören und steigt wie ein Hengst. Ihre Vorderhufe wirbeln wild in der Luft herum, als würden sie nach einem unsichtbaren Angreifer ausschlagen.

Haya lacht sie aus. Bree schnaubt wie beleidigt und legt noch eine halsbrecherische Runde in der Box hin, bevor sie endgültig zum Stehen kommt und sich ins Stroh fallen lässt. Es dauert nur einen kurzen Augenblick, dann ist sie tief und fest eingeschlafen.

Die Polopferde erkennen Haya mittlerweile, wenn sie in den Stall kommt. Dann wiehern sie ihr fröhlich zu in der Hoffnung, dass Haya auch für sie etwas zu fressen hat. Manchmal hilft sie Hassans Stallknechten bei der Morgenfütterung und vermengt die Gerstengrütze mit Lupinenspreu.

„Wie wäre es, wenn ich dir hier einen Job anbiete, Eure Königliche Hoheit?“, fragt der Stallmeister Haya im Scherz. „Ich könnte eine zusätzliche Kraft gut brauchen und du bist immer schon in aller Herrgottsfrühe hier.“

Santi kommt fast jeden Tag vorbei, um sich zu vergewissern, dass es Bree gut geht. Eines Nachmittags fährt er mit einem Pferdehänger an seinem Wagen vor. „Komm und schau dir das an, Dreikäsehoch!“

Die Stute, die er aus dem Hänger herausführt, ist schon so alt, dass ihre grauen Flecken verblasst sind und sie ein ganz weißes Fell hat. Ihre Beine und ihr Hals sind dürr, aber ihr Bauch ist dick und ragt an den Seiten weit heraus.

„Ist sie für mich?", will Haya wissen.

„Nein", antwortet Santi. „Sie ist für das Fohlen. Ich bin den ganzen Weg bis zum Wadi Rum gefahren, um sie zu holen. Ihr Name ist Latihfa und sie kann Brees Ziehmutter werden."

„Aber ich kann Bree doch weiter füttern", sagt Haya abwehrend. „Ich kann schon ganz alleine für sie sorgen."

Santi erkennt an ihrem Blick, dass Haya verletzt ist.

„Dreikäsehoch, ich weiß, dass du in letzter Zeit sehr, sehr hart gearbeitet hast", sagt er. „Wenn du dich in den vergangenen Tagen nicht mit solcher Hingabe um Bree gekümmert hättest, hätte sie niemals überlebt. Ihr Leben ist von dir abhängig geworden, vielleicht hält sie dich auch schon für ihre Mutter. Und das ist wunderbar." Santi zögert. „Aber es kann auch riskant sein. Ein Fohlen lernt von seiner Mutter, wie man sich benimmt, aber bei Waisenkindern wie Bree besteht die Gefahr, dass sie herrisch und angriffslustig werden."

„Aber ich bringe ihr doch gute Stallmanieren bei", beharrt Haya. „Sie hebt für mich brav die Hufe und lässt mich sie striegeln."

„Haya", sagt Santi, „du machst das ganz großartig, aber es gibt einfach Dinge, die nur eine Stute einem Fohlen beibringen kann. Was würdest du machen, wenn Bree plötzlich anfinge, nach dir auszuschlagen, wenn sie mehr Milch will? Eine Stute würde sie zwicken und zurücktreten, um sie in ihre Schranken zu weisen. Dieses Fohlen wird schnell groß. Schon sehr bald wird es dich überragen und seine kleinen Ungezogenheiten, die du jetzt so süß findest, werden für dich gefährlich."

Sie mag es zwar nicht zugeben, aber Santi hat recht. Manchmal saugt und zerrt das Fohlen bereits so fest an der Flasche, dass Haya sie kaum festhalten kann. Und dabei ist die kleine Stute erst eine Woche alt! Kaum auszudenken, wie schwer es erst wird, sie zu füttern, wenn sie noch stärker geworden ist. Wenn Haya wirklich Brees Mutter ist, wie ihr Vater gesagt hat, dann muss sie das tun, was für das Fohlen am besten ist.

„Na gut", stimmt sie widerwillig zu.

Haya erwartet, dass Santi die Stute gleich mit in Brees Box stellt, aber stattdessen führt er sie zur Box nebenan. „Wir gehen es langsam an", erklärt er Haya. „So laufen wir nicht Gefahr, dass die Stute das Fohlen angreift."

Angreift? Davon hat Santi vorher kein Wort gesagt!

Haya beobachtet ängstlich, wie sich die Stute dem kleinen, vergitterten Fenster nähert, durch das man von der einen Box in die andere schauen kann. Die Stute wittert das Fohlen und stupst mit ihrem schlanken Maul gegen die Gitterstäbe, ihre Nüstern sind weit aufgebläht und ihr Atem kommt in kurzen, harten, neugierigen Stößen.

Auf der anderen Seite der Wand wird Bree aufmerksam. Sie

kommt nahe genug heran, um durch das Fenster schauen zu können, und ohne noch näher heranzutreten, reckt sie den Hals so weit, dass ihr Maul ganz dicht an Latifahs herankommt. Sie schnuppert kurz an der Stute und auf einmal fängt ihr Schweif an, vor Freude wie verrückt hin und her zu schlagen. Bree wiehert aufgeregt in Latifahs Richtung, als ob sie sie bitten würde, zu ihr herüberzukommen. Plötzlich hat Haya einen schweren Stein im Magen. Wie unglücklich das Fohlen sein wird, wenn die Stute es nicht annimmt!

„Santi", sagt Haya mit unsicherer Stimme. „Was, wenn Latifah sie nicht will?"

Latifah macht noch einen Schritt auf das Fohlen zu und als sich ihre Mäuler berühren, schnaubt sie tief. Doch plötzlich legt sie die Ohren ärgerlich zurück, stößt ein grauenvolles Quieken aus und schlägt blitzartig mit dem Vorderhuf aus!

„Bree!" Haya bekommt Panik und versucht, die Boxentür zu öffnen, um ihrem Fohlen beizustehen, doch Santi hält sie zurück. „Es geht ihr gut. Die Stute kann sie nicht verletzen, solange die Wand zwischen ihnen ist."

Haya ist sich da nicht so sicher, aber trotzdem tut sie, was Santi ihr sagt. Sie wartet und beobachtet und wagt kaum zu atmen, als sich Latifah dem Fohlen noch einmal nähert, um es durch das Gitter zu beschnuppern. Wie durch ein Wunder scheint die Stute ihre Meinung geändert zu haben. Sie spitzt die Ohren und beginnt, zärtlich zu wiehern und ihr Maul durch die Gitterstäbe an dem des Fohlens zu reiben.

„Sie mag sie!“ Haya fängt vor Erleichterung fast zu weinen an.

Aber Santi mag nichts überstürzen. Er lässt der Stute und dem Fohlen alle Zeit der Welt für ihr Begrüßungsritual, bevor er ein zufriedenes Brummen von sich gibt und Latifah zu Bree in die Box stellt.

Die beiden beschnuppern sich am ganzen Körper. Doch dann gibt es einen heiklen Moment, als das Fohlen zum ersten Mal sein Maul unter den Bauch der Stute steckt und nach dem Euter sucht. Haya hat Angst, dass die Stute doch wieder angriffslustig werden könnte. Aber Latifah steht ganz still da, als Bree zu saugen anfängt. Brees Schweif beginnt zu wirbeln, als die ersten Tropfen Milch kommen.

Santi sieht zu Haya herunter und ist überrascht, dass ihr dicke Tränen über die Wangen kullern. „Was ist denn los, Dreikäsehoch?“

Haya wischt rasch die Tränen weg und schüttelt den Kopf, um sich nicht noch mehr in Verlegenheit zu bringen.

„Was ist los?“, beharrt Santi.

„Jetzt braucht sie mich gar nicht mehr, wo sie eine neue Mutter hat.“

Santi lacht. „Haya, sie hat jetzt eine Ziehmutter, die sie mit Milch versorgt, aber je älter sie wird, umso dringender wird sie dich brauchen. Wer sonst soll ihr denn beibringen, stillzustehen und sich putzen zu lassen oder wie man auf einen Hänger verladen wird, wie man aus einem Futtertrog frisst oder wie man Sattel, Trense und einen Reiter trägt? Dieses Fohlen hat noch sehr viel zu lernen, und du bist diejenige, die es ihm beibringen wird."

Er lächelt beim Anblick, wie die Stute das Fohlen säugt. „Du wurdest nicht ersetzt, du hast jetzt nur ein wenig Unterstützung, das ist alles."

In dieser Nacht bleibt Latifah bei Bree in der Box und zum ersten Mal seit einer Woche schläft Haya wieder in ihrem Bett in Al Nadwa. Die Matratze ist so weich und ihr Zimmer duftet nach Orangenblüten. Haya ist froh, wieder zu Hause zu sein, obwohl Frances sie zwingt, ihre Matheaufgaben zu machen und Geige zu üben.

*

Jetzt, wo Haya wieder da ist, stellt Frances immer mehr Regeln auf. Ihrer Meinung nach ist es nicht angemessen, dass die Kinder im ganzen Haus herumtoben, also dürfen sie plötzlich und ohne jeden ersichtlichen Grund nicht mehr Babas Arbeitszimmer betreten.

„Euer Vater braucht Ruhe, um zu arbeiten", behauptet Frances. „Das Büro eines Königs ist voller wichtiger Dokumente, das ist kein Spielplatz."

Aber Frances kann sie nicht die ganze Zeit überwachen, also schleichen sich Haya und Ali morgens, wenn ihre Gouvernante nicht in der Nähe ist, ins Arbeitszimmer und laufen auf Zehenspitzen über das Bärenfell. Unter dem Schreibtisch, wo

Frances sie nicht entdecken kann, hinterlassen sie geheime Nachrichten für Baba. Und manchmal hinterlässt er ihnen auch welche. Die beiden fühlen sich wie Geheimagenten, die Nachrichten weiterleiten, und Frances ist ihr Gegenspieler.

Heute stehen auf der Botschaft, die Haya für Baba mit pinkfarbenem Filzstift gekrakelt hat, nur drei Worte: „Haya liebt Baba."

Haya hält den Zettel in ihrem Ärmel versteckt, während sie barfuß über den Korridor schleicht. Draußen vor dem Arbeitszimmer ihres Vaters bleibt sie stehen und lauscht, ob irgendwo Schritte zu hören sind. Dann wirft sie einen verstohlenen Blick in Richtung Küche. Es ist niemand in der Nähe. Sie streckt sich nach dem Türgriff, drückt ihn herunter, schlüpft in das Arbeitszimmer und schließt die Tür vorsichtig hinter sich.

Im Arbeitszimmer ist es dämmrig und still. Staubkörnchen wirbeln in den wenigen Sonnenstrahlen herum, die auf der Ostseite bereits durch die Fenster fallen.

Das Bärenfell prickelt unter ihren nackten Füßen, während sie sich lautlos auf Babas Schreibtisch zu durch den Raum bewegt. Sie hat ihre Botschaft bereits an der geheimen Stelle hinterlassen und will sich schon wieder hinausschleichen, als sie die Statue bemerkt. Sie steht auf einem Sockel neben dem Fenster. Es ist ein Falke, lebensgroß und in Bronze gegossen. Er sieht so geschmeidig und kraftvoll aus mit den bronzenen Federn, die in der Sonne glänzen, dem edlen, stolz erhobenen Kopf und dem gebieterischen Ausdruck in seinem Blick.

Haya geht auf die Statue zu, um sie sich genauer anzusehen. Sie ist nicht mehr weit davon entfernt und streckt schon die Hand danach aus, um sie zu berühren, als sie wie angewurzelt stehen bleibt. Die Statue hat ihr gerade zugezwinkert.

Der Vogel lebt! Stechende bernsteinfarbene Augen heften sich auf sie, als ob sie seine Beute wäre.

Langsam geht Haya rückwärts einen Schritt nach dem anderen zur Tür. Währenddessen fixiert der riesige Vogel sie mit seinen Augen und legt den Kopf ein wenig zur Seite, als ob er seinen nächsten Zug überdenken würde. Haya spürt, wie heftig ihr Herz schlägt. Würde er sie angreifen, wenn sie davonrennen würde? So langsam wie möglich schleicht sie zur Tür, doch als sie sie fast erreicht hat, schwingt sie auf und ihr Vater kommt herein.

„Baba!" Haya fürchtet sich so sehr, dass sie glatt vergisst, dass sie eigentlich gar nicht hier sein dürfte. „Deine neue Statue will mich auffressen!"

Der König lacht auf. „Ah, du hast also Akhbar kennengelernt", sagt er. Als seine Stimme ertönt, erwacht der Vogel aus seiner Regungslosigkeit, plustert sein Gefieder auf und stößt einen Schrei aus.

Der König durchquert das Arbeitszimmer und geht auf den Falken zu, beugt seinen Arm, so wie man ihn einer Dame anbietet, die man gerade zum Tanzen aufgefordert hat. „Akhbar!"

Mit einem einzigen, eleganten Flügelschlag erhebt sich Akhbar von seinem Podest und landet auf dem Unterarm des

Königs. Haya sieht zu, wie ihr Vater den Vogel streichelt und mit seinem Finger eine Linie zwischen den wilden bernsteinfarbenen Augen nachzeichnet.

„Akhbar wird uns heute begleiten.“

*

An diesem Morgen nehmen sie den Jeep. Sie fahren in einer Kolonne aus vier Militärfahrzeugen mit Überrollbügeln, aber ohne Dach, die in Tarnfarben lackiert sind. In dem ersten Jeep sitzen drei Soldaten der Königlichen Garde in ihren Kampfuniformen. Vorne in dem zweiten sitzt der König neben seinem Chauffeur. Akhbar fährt auch vorne mit, auf die Schulter des Königs gekauert. Um die Beine des Falken sind lange, dünne Lederriemen gebunden und er trägt eine winzige Lederkappe auf dem Kopf, die seine Augen bedeckt und nur seinen rasiermesserscharfen Schnabel herausschauen lässt.

Haya und Ali sitzen auf der Rückbank. Ihr Bruder hat sein Gesicht ganz hinter seiner Kufija versteckt, so wie es die Soldaten auch machen. Nur seine Augen schauen aus einem Schlitz hervor und er blinzelt gegen die gleißende Wüstensonne an. Haya wünschte, sie hätte auch etwas, mit dem sie ihr Gesicht bedecken könnte, denn die Geländewagen wirbeln jede Menge Staub auf, während sie über die Pisten rasen, und hüllen alles um sich in eine Wolke aus feinstem Sand.

Es reist noch ein fünfter Fahrgast mit in ihrem Wagen, ein geschmeidiger Saluki; ein reinrassiger Jagdhund, der auf Geschwindigkeit gezüchtet wurde wie ein Greyhound, nur größer und mit einem langen, seidigen silbergrauen Fell. Die ganze Fahrt über sitzt der Saluki ruhig da und schnuppert mit bebender Schnauze in der Luft herum. Haya befürchtet, dass der Hund versuchen könnte, Akhbar zu beißen, aber der Falke scheint den Hund gar nicht zu interessieren. Er starrt die ganze Zeit hinaus über die Wüste.

Heute fahren sie nicht über Straßen, sondern über die ausgetretenen, holperigen Pfade, die die Beduinen-Nomaden seit eh und je benutzen. Hin und wieder gibt der Sand weich unter ihnen nach, sodass ihre Reifen wie in Treibsand tief einsinken und durchdrehen. Und dann wiederum ist der Untergrund so holperig und steinig, dass Haya sich mit beiden Händen festhalten muss, um nicht im Auto hin und her geworfen zu werden.

Sie fahren tiefer und tiefer in die Wüste hinein und auf einmal entdeckt Haya etwas Großes, Schwarzes am Horizont, das aus dem Wüstensand herausragt.

Ein Beduinenzelt. Als sich die Jeeps dem Zeltlager nähern, kann Haya sehen, dass der Eingang zum Zelt weit offen steht und die Männer der Wüstenpatrouille herauskommen, um sie zu begrüßen. Ihr Anführer ist ein gut aussehender Mann mit hohen Wangenknochen und auf den zweiten Blick erkennt Haya, dass es Major Jafar ist. Der Mann, der Lulabelle und Flauschi an ihrem Geburtstag zum Palast gebracht hat.

„Eure Majestät.“ Major Jafar verbeugt sich ehrfürchtig vor

dem König. „Ich hoffe, Eure Fahrt hierher war nicht allzu unbequem." Er deutet mit der Hand auf die Kamele, die neben dem Zelt angebunden sind, mit ihren farbenfrohen, mit Troddeln verzierten Sätteln. „Hier in der Wüste ist das Kamel immer noch das beste Transportmittel."

Während Major Jafars Leute ihre Weiterfahrt vorbereiten, empfängt der Major die königliche Gesellschaft im Zelt mit einem starken Schwarztee. Er ist so heiß, dass man noch die Aromen der Feuersglut, über der er zubereitet wurde, herauszuschmecken meint, und mit viel Zucker gesüßt. Haya und Ali sitzen im Schneidersitz auf bunten Kissen am Boden, während der König sich mit Major Jafar bespricht. Haya fällt auf, wie glücklich ihr Baba hier draußen bei seinen Leuten wirkt, und begreift, dass ihr Vater nur in der Wüste wirklich zu Hause ist.

Einer der Beduinen, ein Wüstensoldat in Uniform wie alle anderen, mit einem Krummsäbel am Gürtel und einem Gewehr quer über dem Rücken, hat bemerkt, dass Haya und Ali ihren Tee ausgetrunken haben. Jetzt kommt er auf Haya zu.

„Möchtest du deine Kamele sehen?", fragt er. Seine Stimme klingt rau, aber seine Augen blicken ganz sanft drein. Haya nickt.

„Dann folge mir."

Die Kamele sind mit langen Seilen in einer Reihe im Sand angepflockt. Ihre Beine sind mit Lederriemen zusammengebunden und auf dem Rücken tragen sie ihre Sättel, aber die Sattelgurte sind alle gelockert, damit die Tiere sich bequem ausruhen können. Einen Augenblick lang beäugen sie Haya und Ali, dann kauen sie gelassen weiter auf der Spreu in ihrem Futterbeutel rum.

Lulabelle ist das vierte Kamel in der Reihe. Flauschi liegt zusammengerollt neben ihr und ist nun schon alt genug, um seinen eigenen Futterbeutel zu haben. Allerdings ist der noch ein bisschen groß für das Kameljunge und scheint fast seinen ganzen Kopf zu verschlingen. Alles, was man von ihm sehen kann, ist ein Paar großer brauner Augen und lange flatternde Wimpern.

„Sie erinnern sich, was, Haya?“, meint der Beduine. „Sie wissen, dass sie dir gehören.“ Er winkt sie näher heran. „Hier, du kannst sie streicheln. Es ist ganz ungefährlich. Kein Kamel beißt, wenn sein Maul im Futterbeutel steckt.“

Haya fällt auf, dass der Beduine sie nie „Eure Königliche Hoheit“ nennt, wenn er mit ihr redet. Er spricht sie nicht mit ihrem Titel an, wie es die meisten tun, sondern nennt sie bloß beim Namen. Es kling schön, wie er ihren Namen ausspricht, *Haya.* Als ob er mit seiner eigenen Tochter reden würde, und das gibt ihr das Gefühl, zu Hause zu sein, hier draußen in der Wüste. Das ist sie ja auch. Immerhin ist auch sie eine Beduinin.

„Hallo, Flauschi.“ Haya streicht dem kleinen Kamel über sein weiches karamellbraunes Fell. Wie anders das Kamel doch im Vergleich zu Bree ist. Sein Gesicht fühlt sich zwar an wie aus Samt, aber es ist ganz höckerig und uneben und von stacheligen Tasthaaren übersät. Dazu die riesigen braunen Augen mit den langen Wimpern, die wie dafür gemacht sind, all den Dreck und Staub eines Sandsturms abzuhalten.

„Haya!"

Sie hebt den Kopf, als sie Alis Stimme hört, aber als sie die Reihe der Kamele entlangschaut, kann sie ihn nirgends entdecken.

„Ali?"

Alles bleibt still. Keine Antwort.

„Ali, wo bist du?"

Haya wendet sich von Lulabelle und Flauschi ab und läuft die Reihe mit den Kamelen ab. Ali und seine Streiche immer! Er muss sich irgendwo verstecken, sich an eines der ausgewachsenen Tiere drücken. Sie hält nach ihm Ausschau, während sie die Reihe mit Kamelen einmal in jede Richtung abläuft, aber er ist nirgends zu sehen. Jetzt bekommt sie doch ein bisschen Angst.

„Ali?"

Dann hört sie ein Kichern. Es klingt so, als käme es von einem der Kamele.

Haya lauscht aufmerksam, während sie langsam von Kamel zu Kamel geht. Und dann, etwa in der Mitte der Reihe, hört sie erneut ein Kichern. Es klingt unterdrückt, aber sie kann genau sagen, aus welcher Richtung es kommt. Jetzt hat sie ihn!

Am Sattel eines jeden Kamels sind zwei große Beutel aus buntem Segeltuch festgemacht. Jeder einzelne von ihnen ist groß genug, um alles zu fassen, was ein Beduine für einige Monate in der Wüste so braucht. Und wenn sie ganz genau hinsieht, kann Haya erkennen, dass einer der Beutel ein- und ausatmet.

„Ali?“ Haya pikt mit dem Finger in die Satteltasche, woraufhin diese plötzlich lebendig wird und anfängt, sich zu winden. „Komm raus, ich weiß, dass du da drin bist.“

Haya bohrt ihren Finger noch mal in die Satteltasche und auf einmal tauchen ein dunkler Haarschopf und ein paar Augen daraus hervor.

„Lass uns Verstecken spielen“, schlägt Ali vor.

Den Rest des Morgens verbringen die beiden damit, sich zwischen den Kamelen zu verstecken. Als sie Durst bekommen, gehen sie zurück zum Zelt, um Tee zu trinken und den Abenteuergeschichten der Soldaten zu lauschen. Die Wüste kann ein gefährlicher Ort sein, voll von Banditen. Deswegen tragen sie ihre Säbel und Gewehre auch nicht nur zur Zierde. Ali und Haya sitzen mit weit aufgerissenen Augen da und hören aufmerksam zu, bis ihr Vater und Major Jafar sich schließlich erheben und den Männern zu verstehen geben, dass es Zeit ist aufzubrechen.

An den Köpfen der Kamele sind nicht länger Futterbeutel befestigt. Stattdessen tragen sie buntes Zaumzeug. Einer der Beduinen zurrt gerade Lulabelles Sattelgurt fest.

„Sie ist jetzt bereit für dich, Haya“, sagt er.

Haya tritt näher an das Kamel heran und der Beduine tippt

ihm leicht mit einem Stöckchen gegen das Knie. „Kusch, Lulabelle“, befiehlt er. „Kusch!“

Lulabelle stampft unwillig auf und weigert sich, sich auf die Knie niederzulassen, aber der Beduine lässt ihr das nicht durchgehen. „Kusch!“

Mit einem resignierten Stöhnen lässt sich Lulabelle schließlich nieder, sodass Haya aufsitzen kann.

Haya ist noch nie zuvor auf einem Kamel geritten. Der Sattel ist ganz anders als der für Pferde. Er besteht aus einem harten Holzgestell mit zwei hohen Knäufen vorne und hinten. Die Sitzfläche ist von einem dicken, zotteligen Ziegenfell bedeckt. Als Haya schließlich sitzt, findet sie den Sattel überraschend bequem. Mit der einen Hand hält sie sich an dem Knauf vor sich fest, mit der anderen nimmt sie den Führstrick. Dann tippt der Offizier Lulabelle mit seinem Stöckchen an der Flanke an und das Kamel erhebt sich. Haya quiekt überrascht auf, als sie sich auf einmal hoch oben wiederfindet, zwei Meter über dem Sandboden.

„Du kannst sie entweder mit dem Strick oder dem Stock lenken. Und wenn du sie da an der Flanke antippst, setzt sie sich in Bewegung“, erklärt ihr Major Jafar. Und ohne weitere Erklärungen ziehen sie los. Der König und Major Jafar führen die Karawane an, noch tiefer in die Wüste hinein, während sich Lulabelle ganz nach hinten zurückfallen lässt, damit Flauschi neben ihr herlaufen kann.

Das Wanken der Kamele fühlt sich an, als ob man in einem

Boot auf dem Wasser dahintreibt, es schaukelt vor und zurück und von einer Seite auf die andere. Es ist so ganz anders, als auf einem Pferd zu reiten. Die Schritte auf dem weichen Sandboden sind viel ausgreifender und schwerfälliger. Dennoch kommen sie rasch voran und schon bald sind sie tief in der Wüste und erklimmen steinige Pfade, die die Jeeps nie bezwingen könnten.

Als es wieder bergab geht, erstreckt sich die Wüste unter ihnen bis zu den Grenzen des Königreiches, bis zum Herrschaftsgebiet Syriens. Haya lässt ihren Blick über das ausgedörrte, sonnengebleichte Land schweifen und sieht ... gar nichts. Nur Sand und Fels und noch mehr Wüste, bis ganz weit hinten am Horizont.

Der Falke auf der Schulter des Königs scheint den Horizont genau zu beobachten – doch das ist eigentlich unmöglich, denn er trägt immer noch seine Lederhaube.

Auf einmal bewegt sich etwas in einem Busch vor ihnen. Der König bemerkt es und bedeutet der Gesellschaft zu halten. Alleine, nur mit dem Falken auf seiner Schulter und dicht gefolgt von dem Saluki, reitet er vorwärts.

Als der König sein Kamel anhält, kauert sich der Hund gehorsam neben ihn. Der Jagdhund verharrt absolut regungslos; er wartet geduldig, bis der König Akhbar auf die Faust nimmt und seine Haube abnimmt, damit er wieder etwas sehen kann.

Akhbar blickt zuerst hinauf in den blauen Himmel und lässt seinen Blick dann über die Wüste schweifen.

Was auch immer sich da vorhin bewegt hat, Haya kann es nicht ausmachen. Aber die Augen eines kleinen Mädchens sind nichts im Vergleich zu denen eines Falken. Akhbar hat seine Beute bereits erspäht: ein Wüstenkaninchen, das in etwa hundert Metern Entfernung davonhoppelt.

Einmal hat sich Haya mit ihrem Vater darüber unterhalten, wie sehr sie die Jagd verabscheut. „Es ist grausam", hatte sie zu ihm gesagt, „dass das arme Kaninchen sterben muss."

„Aber so haben die Beduinen, unsere Vorfahren, immer schon gejagt", hatte der König geantwortet. „Das ist kein Freizeitvergnügen für uns, Haya, sondern Tradition, unsere Art zu leben."

„Aber heute gibt es Supermärkte", hatte Haya geantwortet. „Wir könnten auch dort ein Kaninchen kaufen."

„Ja, aber wie, meinst du, ist das Kaninchen dorthin gekommen?", hatte ihr Vater sie gefragt.

Der König hält Akhbar in die Höhe und lässt ihn los. Mit zwei mächtigen Flügelschlägen hebt der Falke ab und fliegt davon. Haya schirmt mit der Hand ihre Augen vor der Sonne ab und beobachtet, wie sich der Vogel mit ausgebreiteten Schwingen hoch in die Lüfte erhebt.

Der Falke beginnt, im Kreis zu fliegen, und schraubt sich in einer Spirale herab. Er hat das Kaninchen aus dem Blick verloren. Es hat sich flach auf den Boden geduckt und rührt sich nicht mehr. Es wird so lange reglos sitzen bleiben, bis die Gefahr vorüber ist. Der Falke kann es von seinem Standpunkt hoch am Himmel nicht ausmachen.

Aber das Kaninchen hat nicht mit Anber gerechnet.

Der König pfeift dem Hund ein Kommando zu und der Saluki, der bislang gehorsam reglos neben dem Kamel verharrt hat, schnellt lautlos und leichtfüßig wie ein Reh hervor, als ob er auf Samtpfoten laufen würde. Er braucht nicht mehr als ein paar Sekunden bis zu dem Grasbüschel. Kaum hat er die Witterung des Kaninchens aufgenommen, heftet er sich an seine Fährte und schon bald hat er das Tier aufgespürt. Er scheucht es auf und treibt es zurück auf die offene Fläche. Akhbar geht in den Sturzflug, seine Beute fest im Blick. Das Kaninchen erkennt die Gefahr, die ihm von oben droht, und schnellt nach vorne. Seine kräftigen Hinterläufe greifen weit aus und katapultieren es rasch vorwärts. Anber nimmt die Verfolgung auf, aber das Kaninchen ist sogar für ihn zu schnell. Es schießt davon, immer knapp außer Reichweite des Hundes. Und es läuft nicht in gerader Linie, sondern schlägt hierhin und dorthin Haken in der Hoffnung, den Hund zu verwirren und so Gelegenheit zu haben, in einem Erdloch Schutz zu suchen.

Wenn der Saluki alleine auf der Jagd wäre, würden die wilden Haken, die das Kaninchen schlägt, ausreichen, damit er die Fährt verliert. Aber hoch oben am Himmel hat auch Akhbar die Verfolgung aufgenommen. Jedes Mal, wenn das Kaninchen die Richtung wechselt, stößt der Falke herab bis kurz über der Beute und zeigt so dem Hund die Spur.

Das Kaninchen duckt und schlängelt sich voran, aber langsam lässt es nach. Es ist es gewohnt, seinen Feinden durch Geschicklichkeit und kurze Sprints zu entkommen. Eigentlich hätte es schon längst in einem unterirdischen Bau verschwinden können, aber dadurch, dass es vom Falken aus der Luft und vom Saluki am Boden gejagt wird, ermüdet es schneller.

Anber macht langsam Boden gut und als das Kaninchen den nächsten Haken schlagen will, gibt der Hund noch einmal Gas und holt seine Beute Sprung für Sprung ein. In null Komma nichts steht der Saluki über dem Kaninchen. In einer einzigen, flinken Bewegung schnappt er es mit seinem kräftigen Kiefer und bricht ihm mit einem kurzen Kopfschütteln das Genick.

Mit einem schrillen Pfiff ruft der König den Jagdhund zurück und Haya sieht, wie der Saluki das Kaninchen sofort ablegt und gehorsam zu seinem Herrn zurückkehrt.

Akhbar schießt mit nach vorne ausgestreckten Krallen aus dem Himmel herab. Ohne den Boden zu berühren, stößt der Falke so tief herab, dass er den leblosen Körper des Kaninchens mit seinen Klauen greifen kann. Dann erhebt er sich mit drei mächtigen Flügelschlägen wieder in die Luft, seine Beute baumelt unter ihm. Sie muss in etwa genauso viel wiegen wie der Falke, weshalb dieser immerzu mit den Flügeln schlagen muss, um sich in der Luft zu halten. Anber rast unter ihm dahin, aber der Falke ist pfeilschnell. Der Hund ist gerade erst beim König angekommen, als auch der Falke zur Erde hinabstößt und die Beute gezielt vor seinem Herrn fallen lässt.

An diesem Tag gibt es für Baba, Haya und Ali im Palast geschmortes Wildkaninchen zum Abendessen.

Mrs Goddard und die Panzer

Santi hat Haya erklärt, wie Bree entwöhnt werden muss, und als die Stute acht Monate alt ist, meint er, dass es an der Zeit ist.

Sie wollen es gleich als Erstes am Morgen machen. Während Santi Latifah auf den Pferdehänger verlädt, gibt Haya ihr Bestes, um Bree abzulenken. Es läuft alles gut, bis sich der Hänger in Bewegung setzt und Latifah ein schrilles Wiehern ausstößt.

„Alles ist gut, Bree. Ich bin ja da. Ssssch!" Haya versucht, ihr erschrockenes Fohlen zu beruhigen, aber es nützt nichts. Bree wirft sich in einem verzweifelten Versuch, zu der grauen Stute zu gelangen, mit dem Brustkorb gegen die Stalltür, um sich einen Weg zu bahnen. Ihr verzweifeltes Rufen hallt durch den Stall. Haya kann nichts tun, außer hilflos danebenzustehen, und begreift, dass sie durch nichts Brees Schmerz wird lindern können.

Als Santi schließlich zum Stall zurückkehrt, findet er Bree vollkommen aufgelöst vor. Ihr herzzerreißendes Wiehern erfüllt noch immer den gesamten Hof. Und die kleine Prinzessin kauert mit dem Rücken gegen die Boxentür gelehnt und tränenüberströmt im Stroh.

„Wisch deine Tränen ab, Dreikäsehoch", ordnet Santi streng an. „Du bist für sie verantwortlich, weißt du noch? Manchmal müssen wir einfach das tun, was für unsere Pferde das Beste ist, auch wenn es wehtut."

„Das ist zu grausam", schluchzt Haya. „Sieh sie dir doch an!"

„Ihr Schmerz wird nicht lange anhalten", versichert Santi ihr. „Pferde haben es da besser als wir. Sie leben im Hier und Jetzt. Sie können nicht an Erinnerungen festhalten wie wir Menschen."

Tatsächlich scheint sich Bree zwei Tage später schon ganz wohl zu fühlen so alleine in ihrer Box. Und sie hat angefangen, Klee und Gerste zu fressen, wie die erwachsenen Polopferde auch.

Jetzt, wo sie von der Muttermilch entwöhnt ist und Kraftfutter frisst, wächst Bree sehr schnell. Und auch Haya wird rasch größer. Im Stall lacht und albert sie mit den Stallburschen herum oder singt Lieder, während sie ihnen bei ihren täglichen Arbeiten hilft.

„Was ist nur aus unserem stillen kleinen Mädchen geworden?", stichelt Santi. „Mittlerweile wissen wir gar nicht mehr, wie wir dich dazu bringen können, mal den Schnabel zu halten."

*

Als in diesem Jahr der erste Schnee fällt, führt Haya Bree auf den Hof hinaus, um zu beobachten, wie das Fohlen reagiert. Sie erinnert sich daran, wie wenig Amina es gemocht hat, den Schnee auf ihrem Gesicht zu spüren, und wie die Stute immer versucht hat, den Kopf unter Hayas Mantel zu stecken, um sich die Schneeflocken abzureiben. Im Gegensatz zu ihrer Mutter tritt Bree neugierig hinaus. Sie schnaubt und stampft auf dem Schnee herum, als ob sie versuchen würde, ihn unter ihren Hufen zu zermahlen.

Haya führt sie zum Trainingsgelände für die Polopferde und macht sie dort los, damit sie sich ein wenig die Beine vertreten kann. Nachdem sie den Führstrick gelöst hat, trabt Bree zur Mitte des Polofeldes, bleibt dort abrupt stehen und schnuppert an der Schneedecke. Sie scharrt ein wenig mit dem Huf, dann lässt sie sich auf die Knie herab und wälzt sich ausgiebig. Haya schaut dem Fohlen dabei zu, wie es sich genüsslich wälzt, dabei entspannt grunzt und vergnügt alle viere in die Luft wirft. Sie genießt es offensichtlich sehr, den kalten Schnee auf dem Rücken zu spüren. Und obwohl Bree ganz genauso aussieht wie ihre Mutter, könnten die beiden Pferde doch nicht verschiedener sein, stellt Haya fest.

Über die Wintermonate ist Brees Fell dick und zottelig geworden wie der Pelz eines Teddybären, aber als der Schnee anfängt zu tauen, kommt auch Bree in den Fellwechsel. Jedes Mal wenn Haya sie striegelt, bleiben dicke Büschel Winterfell in der Kardätsche hängen und Brees glänzend braunes Sommerfell kommt zum Vorschein, genau wie es bei Amina auch war. Jetzt erst kann Haya ganz deutlich erkennen, wie muskulös und kräftig ihr Fohlen geworden ist. Schon mit nicht einmal zwei Jahren hat Bree den Körperbau eines Springpferdes mit wohlgerundeten Schenkeln und starken Schultern. Haya würde sich nur zu gerne auf ihren Rücken schwingen, auf ihr mit im Wind wehenden Haaren durch die Wüste galoppieren.

„Bree ist noch nicht so weit, um eingeritten zu werden", erklärt Santi ihr. „Aber warum reitest du nicht auf einem der anderen Pferde?"

„Ich will auf keinem anderen Pferd reiten, ich will auf meinem Pferd reiten."

„Das kann ich verstehen, Dreikäsehoch." Santi nickt. „Aber dein Fohlen braucht noch etwas Zeit zum Heranreifen. Es wird noch einige Zeit dauern, bis du sie an den Sattel gewöhnen kannst. Und diese Zeit solltest du nutzen, um eine richtige Reiterin zu werden. Dann bist du bereit, wenn sie es auch ist."

„Und auf welchem Pferd soll ich dann reiten?", fragt Haya.

„Du kannst einen der Panzer nehmen", meint Santi.

Die beiden „Panzer" stehen im Stall von Al Hummar. Es sind golden glänzende Palominos, die dem König von den vereinigten Staaten von Amerika geschenkt wurden.

Die Panzer sind vor vielen Jahren mit dem Schiff nach Jordanien gebracht worden und im Hafen von Aqaba angekommen. Als ihr Schiff vor Anker ging, hatten die beiden Pferde so lange in ihren engen Verschlägen gestanden, dass sie kaum noch die

Beine bewegen konnten. Also hatte Santi beschlossen, dass es am besten wäre, sie mit dem Kran über die Reling zu hieven und sie an Land schwimmen zu lassen.

Im salzigen Meerwasser hatten sich die Muskeln und Gelenke der Pferde gelockert und so sind sie schnaubend und strampelnd an Land gekommen. Als sie aus dem Wasser kamen und den hellen Sandstrand betraten, versammelten sich die Stallburschen verblüfft um sie. Sie hatten noch nie Pferde wie diese gesehen. Die Palominos waren gedrungen und kräftig, mit stämmigen Beinen und Rümpfen wie Fässer. Verglichen mit den empfindlichen und feingliedrigen Arabern von Al Hummar waren sie gewaltig.

„Das sind keine Pferde!", hatte einer der Stallknechte ausgerufen. „Das sind Panzer!" So waren sie zu ihrem Spitznamen gekommen.

Für jeden der Panzer wird eine Box im Polostall hergerichtet. Einer ist für Haya, der andere für Prinz Hassans Tochter Badiya. Prinz Ali soll das Shetlandpony Dandy reiten, also zieht auch das kleinste Pony von Al Hummar in den Polostall um. Das Einzige, was jetzt noch fehlt, ist eine Reitlehrerin.

„Ihr Name ist Mrs Goddard", erklärt Prinz Hassan seinem Bruder, dem König. „Sie ist Engländerin und erst vor Kurzem mit ihrem Mann nach Jordanien übergesiedelt. Nach allem, was ich gehört habe, ist sie eine überragende Reiterin und hat ihre Dienste angeboten."

Am Morgen ihrer ersten Reitstunde satteln Haya, Badiya und

Ali ihre Pferde mithilfe eines von Prinz Hassans Stallknechten.

Badiya ist genauso alt wie Haya und ein zierliches Mädchen mit großen Augen und dichtem pechschwarzem Haar, das ihr bis zu den Hüften reicht. Sie ist ein hübsches, anmutiges Mädchen und durch und durch so, wie man sich eine Prinzessin vorstellt. Während sie auf den Beginn ihrer ersten Stunde warten, flicht sie ordentliche kleine Zöpfchen in die Mähne ihres Pferdes, und wenn sie kichert, findet sogar Haya, dass Badiyas Lachen so perfekt klingt wie das kristallklare Plätschern eines Bächleins.

„Wo Mrs Goddard nur bleibt?“, seufzt Haya. Sie hat keine Lust zu warten. Sie will endlich reiten. „Warum sitzen wir nicht schon mal auf?“, schlägt sie Badiya vor. „Ich helfe dir rauf, wenn du willst.“

„Ist gut“, stimmt Badiya zu.

Haya nimmt die Zügel des Palominos und legt sie dem Pferd um den Hals. Dann umfasst sie Badiyas angewinkeltes Bein und hilft ihr, sich in den Sattel zu schwingen. Dummerweise hat sie allerdings das falsche Bein erwischt und nun sitzt Badiya mit dem Gesicht zum Schweif auf dem Pferd.

„Klettere wieder herunter“, fordert Haya sie auf.

„Ich kann nicht“, quietscht Badiya.

„Dann spring doch einfach!“, fleht Ali.

In diesem Moment kommt Mrs Goddard hinzu. Sie murmelt etwas Unverständliches und schüttelt ungläubig den Kopf, während sie Badiya wieder vom Pferd hilft. „Unsere erste Lektion heute ist, wie man aufsitzt."

Trotz der Wüstenhitze trägt Mrs Goddard ein Reitjackett aus Tweed und eine bananengelbe Jodhpurhose, die sich über ihren Oberschenkeln aufpludert. Ihren Rücken hält sie so gerade wie einen Besenstil und ihre Haare sind frisiert wie die der Königin von England. Dazu trägt sie ein akkurat gebundenes Tuch um den Hals, ein paar makellose cremefarbene Lederhandschuhe und einen eleganten braunen Gehstock aus Leder mit einer silbernen Spitze. Der Stock – das begreift Haya sehr bald – ist die Verlängerung von Mrs Goddards rechter Hand. Sie benutzt ihn, um zu gestikulieren, während sie spricht, oder klatscht damit lautstark gegen den ledernen Schaft ihrer Stiefel.

„Reiten", erklärt Mrs Goddard, während sie auf dem Hof vor ihren Schützlingen auf und ab geht, „ist eine Disziplin, für die man lebenslang braucht, um sie zu meistern."

„Es kommt mir jetzt schon wie lebenslänglich vor", flüstert Haya Badiya zu. Neben ihnen muss Ali sich ein Kichern verkneifen.

Haya versteht Mrs Goddard nicht. Sie soll eine Reitlehrerin sein, aber sie erklärt ihnen erst mal eine halbe Stunde lang, wie man korrekt aufsitzt, bevor sie ihre Schüler überhaupt auf ihre Pferde lässt! Und als sie erst einmal darauf sitzen, wird alles noch schlimmer.

„Jetzt zur korrekten Reithaltung: Eure Schultern müssen genau senkrecht über der Hüfte und den Fußgelenken stehen und der Ellenbogen befindet sich in einer geraden Linie durch das Handgelenk zum Gebiss der Trense. Die Zügel haltet ihr zwischen dem Ringfinger und dem kleinen Finger, genau so. Lasst mich mal Eure Zügel sehen, Prinzessin Haya. Ja, das ist korrekt so."

„Mrs Goddard, wann werden wir denn endlich galoppieren?"

„Nun, ich kann dir nur sagen, dass es nicht heute sein wird!"

„Mrs Goddard?"

„Ja, Prinzessin Haya?"

„Können wir auch mal so reiten, wie die Indianer es in den Cowboyfilmen machen?"

„Cowboys und Indianer?" Mrs Goddard ist entsetzt. „Prinzessin Haya, ich bin eine amtlich geprüfte Reitlehrerin der British Horse Society. Und wir sind hier nicht im Wilden Westen!"

In dieser Reitstunde darf niemand mehr eine Frage stellen. Die ganzen nächsten sechzig Minuten verbringen sie damit, auf- und abzusitzen und ihre Haltung zu überprüfen, sodass kaum Zeit bleibt, wenigstens einmal im Schritt die Reitbahn entlangzureiten, bevor Mrs Goddard verkündet, dass es genug für heute sei.

„Ich hoffe, du weißt das zu schätzen", beschwert sich Haya, die zu Bree in die Box geschlüpft ist, sobald die Reitlehrerin gegangen ist. „Ich mache das nur für dich!"

Sie streicht dem Fohlen übers Maul. „Ich lerne richtig reiten, Bree", flüstert Haya. „Und dann werden wir gemeinsam durch die Wüste galoppieren, nur du und ich. Soll Mrs Goddard doch versuchen, uns einzuholen!"

Hayas Vater muss nach London zu einer Besprechung und als er wieder heimkommt, hat er eine Überraschung für Haya, Ali und Badiya dabei. Die Geschenke sind in Papier von Harrods eingewickelt und als Haya ihres ausgepackt hat, hält sie entzückt ihr erstes eigenes Paar Reithosen in der Hand. Dazu gibt es noch ein Reitjackett aus Tweed und eine samtüberzogene Reitkappe. Badiya ist von der gesamten Garnitur begeistert und stolziert vor dem Spiegel auf und ab, aber Haya schlüpft nur in die Reithose und lässt den Rest in Seidenpapier gewickelt liegen.

„Muss ich das zur Reitstunde anziehen?", mault Haya. Es ist ihr ein bisschen viel, bei der Hitze auch noch ein Tweedjackett anzuziehen, und niemand auf dem ganzen Hof trägt je eine Reitkappe.

„Mrs Goddard besteht darauf", erwidert der König.

„Mrs Goddard ist echt langweilig. Wahrscheinlich werde ich schon neunzig sein, wenn sie mich zum ersten Mal galoppieren lässt."

Nach ihren Stunden bei Mrs Goddard bleibt Haya immer noch im Stall. Sie schaut ihrem Onkel dabei zu, wie er auf seinen Poloponys in weiten Kreisen auf dem großen Reitplatz am Fuß des Hügels galoppiert. Warum darf sie denn nicht so reiten?

Die meisten Poloponys in Prinz Hassans Stall sind Stuten,

aber es gibt auch einen Wallach. Sein Name ist Solomon und er hat ein satt fuchsfarbenes Fell mit einer Blesse sowie zwei weiße Fesseln. Solomon ist ziemlich groß für ein Polopony, aber seine tief dunkelbraunen Augen blicken sanft und gutmütig drein. Es wäre wundervoll, wenn sie auf ihm reiten dürfte.

Eines Tages, nachdem die Stunde bei Mrs Goddard vorbei und auf dem Hof für einen kurzen Moment mal Ruhe eingekehrt ist, schleicht Haya sich zur Sattelkammer, nimmt Solomons Trense vom Haken und wuchtet sich seinen Sattel über den Arm.

Es fällt ihr nicht leicht, den großen Fuchs aufzutrensen. Sie muss sich ziemlich strecken, um das Genickstück über seine Ohren streifen zu können. Und es ist noch schwieriger, ihm den Sattel aufzulegen, aber irgendwie gelingt es ihr. Sie schließt den Sattelgurt sorgfältig um Solomons Bauch, zurrt ihn so fest sie nur kann und führt das Pferd hinaus auf den Hof. Mithilfe ihrer Kiste schwingt sie sich geschickt in den Sattel.

Es kommt ihr so vor, als stünde sie ganz oben auf einem hohen Turm! Solomon ist so viel größer als die Panzer, aber trotzdem viel dünner, sodass sie kaum etwas hat, an dem sie sich mit den Beinen festklammern kann. Außerdem hat er einen sehr langen Hals, der sich hoch vor ihr auftürmt wie der einer Giraffe.

„Guter Junge, Solly." Haya treibt den Wallach sanft an und er setzt sich gehorsam in Bewegung. Im Schritt reiten sie den holperigen Pfad hinunter, der zum Reitplatz führt. Mittlerweile hat Solomon begriffen, dass das Leichtgewicht auf seinem Rücken nicht Prinz Hassan ist, aber er ist ein gutmütiges Tier und lässt es sich willig gefallen, dass Haya mit ihm im Schritt auf dem sandigen Polofeld auf und ab reitet.

„Braver Junge, Solomon. Sollen wir es mal mit Trab versuchen?“ Haya gibt Solomon mehr Schenkeldruck, genau wie Mrs Goddard es ihr beigebracht hat.

Aber Solomon ist es gewohnt, aus dem Schritt direkt anzugaloppieren. Und so bekommt Haya den Schreck ihres Lebens, als der große Fuchs vorprescht. Sie galoppiert! Es kommt ihr so schnell vor, dass sie fast schon das Gefühl hat, über den Platz zu fliegen. Und Solomons Bewegungen sind wunderbar geschmeidig, nicht so hoppelig wie der Trab, sondern ganz weich, so als ob man auf einem Schaukelpferd reitet. Es ist genau so, wie sie es sich erträumt hat: den Wind im Haar und ein Pferd unter dem Sattel. Es ist einfach magisch!

Als Haya an den Zügeln zieht, kommt ihr Traum zu einem abrupten Ende. Solomon legt auf den Hinterbeinen eine plötzliche 180-Grad-Wendung hin. Haya kreischt erschrocken auf, als sie auf seinen Hals nach vorne geworfen wird. Sie krallt sich mit aller Kraft fest, aber es hilft alles nichts: Sie verliert den Halt. Solomon bleibt sofort stehen, aber es ist schon zu spät. Haya rutscht wie ein Häufchen Elend aus dem Sattel und landet mit dem Po voran im weichen Sand des Polofeldes.

Einen Augenblick bleibt sie keuchend sitzen. Sie ist noch nie von einem Pferd gefallen. Und es ging alles viel schneller, als sie erwartet hatte! Als sie jedoch wieder zu Atem kommt, fällt ihr auf, dass es gar nicht so schlimm war. Sie hat sich nicht wehgetan, also rappelt sie sich auf und klopft sich den Staub von der Reithose.

Solomon scheint es aufrichtig leidzutun, dass sie durch seine plötzliche Wendung heruntergefallen ist. Er senkt den Kopf und schnuppert mit weit geblähten Nüstern an ihr, als ob er sagen wollte: „He, was machst du denn da unten?"

„Braver Solomon." Haya führt den Wallach hinüber zum Zaun, klettert auf eine Latte, sodass sie mit dem Fuß an den Steigbügel kommt und wieder aufsitzen kann.

Dieses Mal zieht sie lieber nicht so fest an den Zügeln. Sie wendet Solomon behutsam und umrundet mit ihm das Polofeld, um ein Gefühl für die Bewegungen des großen Pferdes zu bekommen. Haya ahnt es zwar nicht, aber sie reitet genau so, wie Mrs Goddard es sich von ihr wünschen würde. Sie sitzt absolut perfekt im Sattel, hält den Rücken ganz gerade und die Hände schön ruhig vor sich ausgestreckt.

Fast eine ganze Stunde reitet sie so um den Platz herum. Erst als sie mit Solomon schließlich über den steinigen Pfad zurück in Richtung Stall reitet, bemerkt sie, dass Prinz Hassan sie vom Hof aus beobachtet. Wie es scheint, hat er die ganze Zeit schon da gestanden und ihr zugesehen.

Als Haya das letzte Stück den Hügel hinaufreitet, rast ihr

Herzschlag. Solomon ist das Lieblingspony ihres Onkels. Bestimmt wird sie mächtig Ärger bekommen, weil sie sich ihn einfach genommen hat.

„Da hast du ja einen ganz schönen Abgang gemacht", sagt ihr Onkel. „Geht es dir gut?"

„Ja, Onkel."

„Bist du sicher?"

Haya nickt.

„Gut", sagt Prinz Hassan. „Du hast noch sechs weitere vor dir."

„Noch sechs?", fragt Haya.

„Ja, man sagt, man muss siebenmal runtergefallen sein, bevor man sich als echten Reiter bezeichnen darf", erklärt Hassan. „Aber ich selbst bin schon mehr als siebenmal runtergefallen. So oft, dass ich gar nicht mehr gezählt habe." Er lächelt Haya an. „Du solltest Solomon morgen am besten noch mal reiten, was?"

Von diesem Moment an verbringt Haya ihre freie Zeit damit, stundenlang auf dem fuchsfarbenen Polopony um den Platz zu reiten und so ihr reiterisches Können zu verbessern. Immer mal wieder kommt Prinz Hassan vorbei und zeigt ihr ein paar von seinen Polotricks, zum Beispiel, wie man das Pferd lenkt, indem man ihm die Zügel mal auf der einen, mal auf der anderen Seite gegen den Hals legt, und so weiter. Schon nach kurzer Zeit ist Haya in der Lage, Solomon nahtlos hierhin und dorthin zu dirigieren. Und sie kann galoppieren wie ein echter

Polospieler, indem sie sich auf jeden zweiten Galoppsprung leicht aus dem Sattel hebt.

„Nein, nein, nein!“ Mrs Goddard ist einem Nervenzusammenbruch nahe, als Haya dies auch während ihrer Reitstunden macht. „Wir reiten hier nicht wie die Gauchos beim Viehtrieb in Argentinien! Und in meinem Unterricht dulde ich auch keine einhändige Zügelführung. Um Himmels willen, nun setz dich bitte ordentlich in den Sattel und hör auf, dich im Galopp in die Steigbügel zu stellen. Wir sind doch hier nicht bei einem Polospiel!“

Obwohl Mrs Goddard die Fassung verliert, kann sie nicht leugnen, dass Haya ihre beste Schülerin ist. Mit jedem Tag verbessern sich ihr Gleichgewicht und ihre Fähigkeiten. Nachdem der Winter vorbei ist und der Frühling beginnt, ist sie in der Lage, auf Solomon ohne Sattel zu galoppieren und ihn allein mit Zügelhilfen kreuz und quer über das Polofeld zu dirigieren. Allerdings ist Solomon noch zu groß für sie, um auf ihm zu voltigieren. Deswegen muss sie einen der Panzer nehmen, wenn sie Cowboy und Indianer spielen und in vollem Galopp auf- und abspringen will.

Außerdem lernt sie auch schon zu springen. Mrs Goddard lässt sie zwar während der Reitstunden lediglich über Trabstangen und Cavaletti reiten, aber sobald ihre Reitlehrerin fort ist, springt Haya über alles, was ihr in den Weg kommt. Sie baut aus leeren Fässern, vollen Futtersäcken oder alten Kisten einen Parcours, den sie dann mit dem Panzer durchspringt.

Haya stellt sich dabei vor, sie reitet beim *Horse of the Year*-Turnier mit und hört förmlich den Jubel der Zuschauer genau wie im Fernsehen.

Sie reitet nun auch andere Pferde als Solomon und den Panzer und lernt, wie man einfühlsam reitet und sich auf die Eigenheiten eines jeden Pferdes einstellt. Santi hat ihr gesagt, dass es eine gute Übung ist, auf möglichst vielen Pferden zu reiten, um ihren Instinkt und ihr Gefühl für Pferde zu schärfen. Und Haya begreift, dass dies wirklich wichtig ist, denn schließlich will sie später einmal ein ganz anderes Pferd als Solomon oder den Panzer reiten. Ihr Herz gehört weiterhin allein dem hübschen braunen Stutfohlen mit der weißen Fessel und dem weißen Sternchen auf der Stirn, das fröhlich wiehert, wenn Haya es in seiner Box besuchen kommt.

Bree ist nun schon alt genug, um geritten zu werden, aber sie hat trotzdem noch nie das Gewicht eines Reiters auf ihrem Rücken gespürt. Und sie hatte noch nie ein Gebiss im Maul oder einen Sattelgurt um den Bauch gezurrt bekommen.

Aber das wird sich bald ändern, denn es ist an der Zeit, sie einzureiten.

Der Speisenaufzug

„Prinzessin Haya, würdest du mir bitte die Austerngabel reichen?“

Haya seufzt und schaut auf den Tisch. Vor ihr ist das königlich jordanische Festtagsservice aufgedeckt, bei dem jeder Teller mit dem Wappen und den Initialen des Königs verziert ist, und daneben liegt eine ganze Menge feinsten Silberbestecks. Es ist genau wie bei einem Staatsempfang, nur dass kein Essen serviert wird und keine Gäste im Raum sind, bloß Haya und Frances.

Die Prinzessin betrachtet die sechs Gabeln, die vor ihr aufgedeckt sind. Auf Verdacht nimmt sie die zierlichste Gabel von allen, die mit den zwei spitzen Zinken.

„Das ist die Schneckengabel“, sagt Frances und klingt verzweifelt. „Die Austerngabel liegt links davon. Sie hat drei Zinken, siehst du? Mit dem breiten Zinken an der Seite löst man die Auster aus ihrer Schale und mit den schmalen spießt man sie auf und führt sie zum Mund ...“

„Aber ich mag gar keine Austern“, sagt Haya.

„Darum geht es nicht“, belehrt sie Frances. „Stell dir nur vor, du wirst zu einem Staatsempfang eingeladen, auf dem Austern serviert werden, und du weißt nicht, mit welcher Gabel du sie essen sollst!“

„Aber das ist doch ganz egal, denn ich werde sie ja sowieso nicht essen.“ Es kommt Haya eher vor, als würde Frances nicht verstehen, worum es geht.

„Deine Mutter, Königin Alia, hatte die allerbesten Manieren.“ Frances ist damit beschäftigt, das Besteck neu zu ordnen. „Aber vermutlich fällt in diesem Fall der Apfel eben doch viel weiter vom Stamm, als man meint.“

Frances streicht pedantisch das Tischtuch glatt, klatscht in die Hände und sieht die kleine Prinzessin ernst an. „Also, dann sag mir doch bitte, welches Besteckteil du benutzen würdest, um Erdbeeren zu essen.“

Es gab mal eine Zeit im Palast von Al Nadwa, in der sie in den Fluren Radschlagen üben und sich beim Spielen mit Ali auf dem Rasen schmutzig machen durfte, ohne dass ihr irgendjemand gesagt hätte, sie solle sich passend und damenhaft benehmen. Aber jetzt, wo sie zehn ist, bekommt sie Unterricht darin, welches Besteck man verwendet.

„Das ist doch lächerlich“, murmelt Haya Ali zu, während sie die Besteckschubladen in der Küche durchforstet. „Frances tut so, als ob unser Königreich damit steht und fällt, ob ich Gabeln voneinander unterscheiden kann.“ Sie schnappt sich zwei Löffel, reicht einen an Ali weiter, öffnet dann den Kühlschrank und begutachtet den Inhalt. Schließlich findet sie, wonach sie gesucht hat: eine Packung Erdbeereis. Ismail muss sie ganz nach hinten geräumt haben, um sie vor ihr zu verstecken. Sie nimmt die Packung und löffelt zwei große Portionen heraus, eine für sich selbst und eine für Ali. Dann holt sie die Schokostreusel hervor.

„Ich habe versucht, es ihr zu erklären." Haya schüttelt die Packung mit den Streuseln ein bisschen zu fest und verstreut sie über die ganze Arbeitsfläche. Ali will schon nach seiner Eisschale greifen, aber Haya ist noch nicht fertig. „Ich habe ihr gesagt, dass Bree endlich so weit ist, eingeritten zu werden. Sie braucht mich jetzt. Ich sollte bei ihr im Stall sein und nicht hier im Palast festsitzen."

Abwesend reicht Haya Ali seine Schüssel. „Aber mir ist egal, was Frances meint. Ich werde später mal eine erfolgreiche Springreiterin und bei meinen Pferden leben und ich werde dann keiner Gouvernante mehr erlauben, mir zu sagen, wie ich mich benehmen soll!"

Ali nimmt seine Eisschale und klettert neben Haya auf die Arbeitsplatte. „Und ich werde Fußballspieler", erklärt er ihr. „Und Soldat."

„Du könntest später sogar König werden", macht Haya ihn aufmerksam. „Genau wie Baba."

„Nee", gibt Ali zurück und baumelt mit den Beinen. „Abdullah wird König."

Haya und Ali haben noch einen viel älteren Bruder, der aus der ersten Ehe des Königs stammt.

„Und was ist mit dir?", entgegnet Ali. „Vielleicht wirst du ja mal Königin."

So wie Mama.

Haya weiß, dass ihr Bruder genau das sagen will, aber er verkneift es sich, weil es meist damit endet, dass einer von ihnen beiden weint, wenn sie über ihre Mutter reden.

„Mh-mmmh. Ich werde keine Königin", meint Haya, „weil ich nämlich nie heiraten werde. Ich werde stattdessen bei meinen Pferden leben." Mit einer piekfein verstellten Stimme ahmt sie Frances nach: *„Eine Königin weiß sich vornehm zu betragen. Eine Königin weiß, welches die Austerngabel ist."*

Die beiden verputzen schon ihre zweite Portion Eiscreme, als Zuhair in die Küche kommt.

„Frances sucht nach euch", erklärt er Haya. „Deine Geigenlehrerin wartet schon seit einer halben Stunde auf dich."

Aber Haya hat keine Lust auf Geigenunterricht. „Können wir nicht hier bei dir bleiben?", bettelt sie Zuhair an. Die Küche ist ihr Lieblingsversteck, wann immer Frances auf dem Kriegspfad ist. Frances mag im ganzen Palast ihre Verbündeten haben, aber die Küchenangestellten und die Dienerschaft sind wie eine Familie für Haya und Ali. Und Zuhair ist auch immer auf ihrer Seite. Aber heute schüttelt er den Kopf.

„Du tust lieber, was sie sagt. Die Köche werden dich heute nicht vor den Füßen haben wollen."

Heute Abend findet ein königliches Bankett statt und Ismail und seine Leute werden bald da sein und mit den Vorbereitungen für das Festessen anfangen. Und da Ismail immer besonders grantig wird, sobald sich Gäste angekündigt haben, beschließt Haya, dass es besser ist, sich Frances und der Geigenlehrerin zu stellen.

Haya hat auch eine Lehrerin, die sie in Ballett und Gesang unterweist, sowie einen Hauslehrer, der ihr dreimal in der Woche Arabischunterricht erteilt. In den restlichen Fächern ist Frances ihre Lehrerin. Sie bringt ihr Mathematik, Geografie und Englisch bei. Als Hayas Vater noch ein Junge war, hat er ein Internat in England besucht. Frances behauptet, in England erhielte man die allerbeste Schulbildung und eines Tages würden Haya und Ali auch dort zur Schule gehen. Und obwohl Haya Frances nicht ausstehen kann, erscheint es ihr noch viel schlimmer, auf ein Internat geschickt zu werden, weit weg von Baba und Ali.

An diesem Abend sitzen Haya und Ali oben auf dem Flur vor ihren Zimmern und beobachten durch die Treppenbrüstung, wie die Gäste in der Empfangshalle ankommen. Die Herren tragen alle Smoking und manche von ihnen haben Militärschärpen um.

Haya und Ali essen auf ihrem Zimmer zu Abend. Ihr Essen wird ihnen mit dem Speisenaufzug raufgeschickt. Das ist ein Minifahrstuhl für Essen, in dem die Teller von der Küche aus direkt in den Flur vor Hayas Zimmer hochgeschickt werden.

Haya liebt es, den Speisenaufzug zu benutzen. Sie findet es lustig, das Tablett hineinzustellen und auf den Knopf zu drücken, der den Aufzug direkt in die Küche zurückschickt, nachdem sie gegessen hat. Es kommt ihr wie ein Zaubertrick vor, wenn sie das Tablett in den Kasten stellt und das schmutzige Geschirr – *Abrakadabra* – einfach verschwunden ist, wenn sie die Tür nach wenigen Augenblicken wieder öffnet.

Heute Abend hat die Küche leckeren Hummus und Tabbouleh-Salat mit Pitabrot für Haya und Ali heraufgeschickt. Nachdem sie aufgegessen haben, stellen die beiden ihre Tabletts in den Speisenaufzug und schicken die leeren Teller wieder nach unten. Sie spielen Schnick-Schnack-Schnuck, um auszuknobeln, wer den Knopf drücken darf. Haya gewinnt. Ali ist sauer, denn eigentlich wäre er heute dran gewesen, und als der Speisenaufzug leer wieder zu ihnen hinaufkommt, hat er eine Idee. Er rennt in Hayas Zimmer und schnappt sich Dolly.

„Wir können Dolly in den Speisenaufzug setzen“, meint er. „Dann können wir sie nach unten in die Küche und wieder zurück hinaufschicken.“

Haya ist sich nicht sicher, dass sie das mit ihrer alten Lieblingspuppe machen möchte. Sie hat eine bessere Idee. „Nein, du kletterst hinein“, sagt sie zu Ali. „Dann drücke ich auf den Knopf und du fährst hinunter in die Küche.“

„Ich?“, quiekt Ali.

„Ja, das kann doch unser Geheimaufzug sein“, erklärt Haya ihm. „Dann können wir hinunter in die Küche, wann immer wir wollen, und uns Eis holen und niemand kann uns davon abhalten."

Ali ist erst begeistert, doch als Haya die Tür zum Aufzug aufschiebt, zögert er.

„Na los! Rein mit dir!", drängt sie ihn. Ihre Augen glänzen voller Vorfreude.

Es ist nicht viel Platz in dem Speisenaufzug, aber es wird gehen, wenn Ali sich ganz klein zusammenrollt. „Ich will nicht", quengelt Ali.

„Ali", erwidert Haya. „Weißt du noch, als du mich gebeten hast, dir zu helfen, Babas Auto zu klauen, damit du bei einer Rallye mitfahren kannst?"

Ali nickt.

„Und ich habe dir geholfen, oder?"

„Ja." Ali schaut sie unsicher an. „Aber du bist damit gegen eine Wand gefahren ..."

„Aber am Ende hat es doch geklappt, nicht wahr?", beharrt Haya. „Ehrlich, dir wird nichts geschehen. Mit einem Speisenaufzug kannst du jedenfalls nirgendwo gegenfahren."

Ali brummelt immer noch missmutig vor sich hin, als er in den Speisenaufzug krabbelt und sich ganz klein zusammenrollt, damit Haya die Tür schließen kann.

„Ich drücke jetzt den Knopf", kündigt Haya an. „Wenn du unten angekommen bist, klopfe einfach oben gegen den Deckel des Kastens, dann höre ich dich. Dann drücke ich noch mal und du fährst wieder rauf."

„Soll ich die Tür aufmachen, wenn ich unten bin?“, will Ali wissen.

„Nein“, schärft Haya ihm ein. „In der Küche sind sie viel zu beschäftigt heute. Nicht dass Ismail dich entdeckt. Klopfe einfach gegen den Deckel, dann hole ich dich wieder rauf, okay?“

„Okay“, stimmt Ali zu. Er atmet tief ein, als ob er unter Wasser tauchen wollte, und Haya schiebt die Jalousietür zu und drückt auf den Knopf. Mit einem Knarren und einem Ächzen setzt sich der Speisenaufzug in Gang. Haya ist noch nie zuvor aufgefallen, wie langsam und geräuschvoll dieses Ding ist. Jetzt, wo Ali darin sitzt und sie darauf wartet, dass es unten ankommt, scheint es ewig zu brauchen!

Unten beim Bankett ist mittlerweile das Essen aufgetragen worden und Haya kann das Gemurmel der Gäste und das Klirren der Messer und Gabeln auf den Tellern hören. Sie steckt den Kopf noch einmal in den Aufzugschacht. Warum dauert das nur so lange? Dann hört sie plötzlich ein dumpfes *Wums*. Sie späht in die Dunkelheit des Schachts.

Bum, bum! Es ist Ali, der gegen den Aufzugkasten hämmert.

Haya schiebt schnell die Jalousietür zu und drückt den Knopf. Der Speisenaufzug setzt sich noch einmal stöhnend in Bewegung. Dieses Mal ist er noch langsamer als auf dem Weg hinab, die Aufzugseile ächzen und knarzen in ihren Rollen. Plötzlich bleibt der Speisenaufzug mit einem Rattern stehen. Das ist kein gutes Zeichen. Haya drückt noch mal den Knopf.

Sie versucht es ein drittes Mal, ein viertes, aber nichts rührt sich.

Haya schiebt die Jalousietür beiseite und schaut in den Schacht hinab. Die Seilrollen sollten sich drehen und winden und den Aufzugkasten wieder zu ihr hinaufbefördern, aber sie bewegen sich nicht.

„Ali?“, ruft sie den Schacht hinab.

Innen im Kasten hat Ali Panik bekommen. „Haya! Hör auf mit dem Scheiß! Hol mich wieder rauf! Haya!“

„Ali!“, ruft sie ihm zu. „Warte! Der Aufzug steckt fest! Ich hol dich da raus! Bleib, wo du bist!“

Während sie die Treppen hinunterrennt, wird ihr klar, dass ihre letzten Worte völliger Schwachsinn waren. Wo sollte Ali auch hin? Immerhin ist er im Speisenaufzug gefangen, eingeklemmt in einem schmalen Schacht irgendwo zwischen zwei Stockwerken des Hauses.

Hayas Herz rast. Die Aufzugseile sahen nicht gerade robust aus. Was, wenn sie reißen würden? Sie muss Zuhair finden.

Haya ist fast schon in der Küche angekommen, da hört sie das unheilkündende Klackern von Pfennigabsätzen auf dem Steinfußboden hinter sich. „Eure Königliche Hoheit?“

Oh nein! Frances!

„Was macht Ihr hier? Es ist Euch nicht gestattet, die Küche während eines Banketts aufzusuchen.“

Der Kloß in Hayas Hals droht sie zu ersticken. „Ich ... äh ... Ich habe Dolly in der Küche vergessen", stammelt sie. „Ich muss sie holen." Das ist zwar nicht gerade die beste Ausrede der Welt, aber zum Glück schluckt Frances sie.

„Nun gut, aber sieh zu, dass du niemandem im Weg bist", erwidert sie. „Hol deine Puppe und geh dann gleich wieder hinauf und ins Bett."

„Ja, Frances!" Haya ist bereits in Richtung Küche losgerannt. Ali hängt jetzt bestimmt seit zwei Minuten im Speisenaufzug fest und fragt sich vermutlich schon, ob Haya ihn vergessen hat!

In der Küche herrscht vom Klappern der Töpfe und Pfannen ein ohrenbetäubender Lärm. Kein Wunder, dass keiner der Köche das Schreien und Klopfen des Neunjährigen im Speisenaufzug gehört hat. Doch als Haya zur Tür hineingestürzt kommt, weiß Zuhair sofort, dass irgendetwas Schlimmes passiert ist.

„Es ist Ali", erklärt Haya, während sie die Tür des Speisenaufzugs aufschiebt und ihren Kopf in den Schacht steckt. „Er ist hier drin stecken geblieben."

Ungläubig starrt Zuhair sie mit weit aufgerissenen Augen an. „Prinz Ali steckt im Speisenaufzug fest?"

„Ja!", antwortet Haya.

„Und wie ist er da reingekommen?", will Zuhair wissen.

„Ich habe ihn dazu überredet!", ruft Haya verzweifelt. „Aber er ist zu schwer dafür und der Aufzug ist auf dem Weg zurück nach oben stecken geblieben."

Alle in der Küche haben mittlerweile aufgehört zu arbeiten. Das Klappern der Pfannen und Töpfe ist verstummt, nachdem das Küchenpersonal begriffen hat, was passiert ist. Der Prinz von Jordanien ist in einem hölzernen Kasten gefangen und baumelt in einem Aufzugschacht an einer Seilwinde, die für solche Lasten nicht gemacht ist.

Zuhair steckt den Kopf in den Schacht und schaut nach oben. Er kann den Speisenaufzug sehen, er hängt ungefähr auf halber Höhe fest. Auch er versucht es erst einmal damit, den Knopf zu drücken. Nichts tut sich.

Eine der Küchenhilfen steht nervös daneben. „Mr Zuhair", sagt er. „Soll ich den König holen gehen?"

„Nein!", ruft Haya. „Bitte nicht!" Sie schaut zu Zuhair auf. „Helft mir lieber, ihn da rauszubekommen."

Zuhair atmet tief ein. Dann dreht er sich zu seinen Untergebenen um. „Du", befiehlt er und deutete auf eine Küchenhilfe, „gehst sofort hinauf. Und du gehst mit. Seht zu, dass ihr die Seilwinde per Hand in Gang bekommt und den Kasten hinablassen könnt. Aber seid vorsichtig!"

Auf einmal ist Haya sehr besorgt. „Meinst du, Ali bekommt da drin genug Luft? Kann er atmen?"

Die Antwort auf ihre Frage kommt direkt aus dem Speisenaufzug, gegen dessen Wände Ali von innen kräftig hämmert. „Lass mich raus!", brüllt er. „Haya! Was ist los?"

„Ali!", ruft Haya hinauf. „Es ist alles in Ordnung. Zuhair hilft uns. Wir holen dich da raus."

Jetzt steckt Zuhair den Kopf noch einmal in den Schacht. „Bleib ganz ruhig, Ali!“, ruft er. „Wir versuchen, dich wieder runterzulassen.“

Es kommt Haya wie eine Ewigkeit vor, bis die beiden Küchenjungen im obersten Stockwerk angekommen sind, und dann dauert es noch mal so lange, bis sie die Seilwinde wieder in Gang bekommen. Aber schließlich schaffen sie es doch, den Flaschenzug mit der Hand zu betätigen und den Speisenaufzug langsam den Schacht hinabzulassen.

„Warte!“, warnt Zuhair Ali, der schon herauskrabbeln will, kaum dass der Aufzug in der Luke zu sehen ist. Doch als der Spalt groß genug ist, windet sich Ali schon hindurch und Zuhair nimmt ihn fest in den Arm und zieht ihn heraus.

Dann dreht sich Zuhair zu Haya um. „Das“, schilt er sie, „war wirklich ein sehr dummer Einfall von dir.“

„Es war ein Testlauf“, erwidert Haya. „Ich war doch da, um Hilfe zu holen, wenn irgendetwas schiefgehen sollte.“

Ali grinst. „Das war super! Können wir das noch mal machen?“

Noch bevor Zuhair antworten kann, fliegt die Küchentür auf. Es ist Frances.

„Was geht hier vor sich?“

Hayas Herz überschlägt sich fast. Das Küchenpersonal macht keinen Mucks. Und auch Zuhair sagt nichts. Er lächelt Haya nur unmerklich zu und an seinen Augen kann sie ablesen, dass er dieses Geheimnis bewahren wird.

„Nun?“, drängt Frances in einem gebieterischen Tonfall. „Hat mir niemand hier etwas zu sagen?“

Alle in der Küche bleiben stumm. Doch dann hallt eine Stimme aus dem oberen Stockwerk den Aufzugschacht hinunter. „Mr Zuhair! Haben Sie Prinz Ali schon befreien können?“ Eine Pause entsteht, und dann wird alles noch schlimmer, denn die Stimme des Küchenjungen ertönt noch einmal. „Beeilen Sie sich lieber, Mr Zuhair. Frances ist auf dem Weg zur Küche ...“

Seine Stimme erstirbt mitten im Satz, als Frances empört durch die Küche stürmt und die Tür des Speisenaufzugs zuschlägt. Sie schnaubt fast vor Wut, als sie sich zu Haya und Ali umdreht.

Den Wind zähmen

Haya klettert auf den Fenstersims und lässt ihre Beine über die Kante baumeln. Ihr Zimmer ist im zweiten Stock und es geht ganz schön tief hinunter.

„Haya“, sagt Ali ängstlich, „vielleicht sollten wir das lieber doch nicht machen.“

„Wenn du nicht mitkommen willst, bleib halt zu Hause“, gibt Haya zurück. „Ich kann auch alleine gehen.“ Sie rutscht noch ein Stück weiter vor zur Kante und dreht sich auf den Bauch, sodass sie in ihr Zimmer schauen kann. Und noch bevor Ali etwas erwidern kann, lässt sie den Sims los und verschwindet aus seinem Blickfeld.

„Haya!“

Ungefähr einen Meter unter dem Sims befindet sich eine Feuertreppe, auf der Haya landet und sich ganz klein zusammenkauert, sodass er sie nicht sehen kann. Als Ali schließlich den Kopf aus dem Fenster steckt und nach ihr Ausschau hält, hockt sie da und grinst breit zu ihm herauf.

„Reingefallen!“, jubelt sie.

„Das ist nicht lustig!“, mault Ali.

„Komm schon, Ali!“, stichelt Haya. „Du hast doch keinen Schiss, oder?“

„Nein!“, gibt Ali patzig zurück. „Aber wir haben schon einen ganzen Monat Hausarrest. Und wenn Frances uns wieder erwischt …“

„Wird sie nicht“, sagt Haya mit Nachdruck. „Ali, ich kann Bree nicht einfach so allein im Stall lassen.“

Ihre Stute soll diese Woche eingeritten werden. Haya hatte versprochen, sich gut zu benehmen und sich im Unterricht anzustrengen und nie, nie, niemals das Haus zu verlassen – außer, um zum Stall zu gehen und nach ihrem Pferd zu sehen. Aber Frances weiß natürlich, dass sie Haya am meisten strafen kann, indem sie ihr verbietet, ihr Pferd zu sehen. Und genau das hat sie getan.

„Ich bin sicher, Señor Lopez wird schon dafür sorgen, dass sich die Stallknechte gut um das Pferd kümmern, während du Hausarrest hast. Du brauchst nicht zum Stall zu gehen.“

Die Feuerleiter ist wie ein Klettergerüst. Die unterste Sprosse ist zwei Meter über dem Boden, also lässt sich Haya an den Armen herunterhängen und dann fallen. Ali folgt ihr und landet geschmeidig wie eine Katze. Gemeinsam gehen die beiden in Richtung Stall.

Die Wachen am Tor sind überrascht, den Prinzen und die Prinzessin ohne ihre Bodyguards zu sehen. Haya winkt ihnen selbstbewusst zu.

„Entschuldigt bitte, Eure Königliche Hoheit?“ Es ist eine der Wachen. „Wo sind Eure Sicherheitsleute?“

„Ist schon in Ordnung!“ Haya strahlt die Torwachen an. „Wir gehen bloß zu den Ställen.“

Sie macht noch ein paar Schritte, doch dann folgt ihr der Wachmann energisch. „Wartet!“ Haya bleibt stehen und dreht sich zu ihm um. „Ich darf Euch nicht durchlassen, wenn Ihr nicht von einem Leibwächter begleitet werdet.“

Haya hat gewusst, dass das kommen würde. „Bitte“, fleht sie ihn an. „Ich muss zu meinem Pferd, aber Frances lässt mich nicht.“

Der Wachmann schaut besorgt drein. „Wartet einen Augenblick.“

Er geht zurück zum Posten, bespricht etwas mit dem zweiten Wachmann und kehrt dann zu Haya zurück.

„Eure Königliche Hoheit“, sagt er. „Ich diene Eurem Vater seit vielen Jahren. Eure Mutter, Königin Alia, war immer sehr gut zu mir. Einmal, als meine Frau sehr krank war und starke Schmerzen hatte, ist die Königin persönlich zu uns nach Hause gekommen, hat sich um meine Frau gekümmert und sie ins Krankenhaus begleitet ...“ Er schaut verklärt drein, als ob er in seinen Erinnerungen versunken wäre. Dann reißt er sich wieder zusammen. „Wenn Eure Mutter hier wäre, würde sie Euch nicht gestatten, alleine mit Prinz Ali die Straße zum Stall entlangzulaufen ...“

Haya ist todunglücklich, bis er hinzufügt: „Aber vielleicht

gestattet Ihr mir, Euch zum Stall zu begleiten, damit ich weiß, dass Ihr sicher dort angekommen seid?"

*

Die Hitze flirrt über der Straße und Ali und Haya haben großen Durst, als sie den Hof erreichen. Haya geht schnurstracks in die Sattelkammer, holt ihnen beiden eine Dose Limo aus dem Kühlschrank und geht dann zu Brees Box.

„Bree? Bint Al-Reeh!", ruft Haya.

Als sie Hayas Stimme hört, streckt Bree den Kopf über die Boxentür und wiehert laut.

„Hallo, mein Mädchen." Haya streichelt die Stute, während sie die Tür entriegelt und zu ihr in die Box schlüpft. Sie legt Bree das Stallhalfter an und löst die Riemen an ihrer Stalldecke.

Ali turnt auf der offenen Boxentür herum und beobachtet, wie fachmännisch Haya mit der Stute umgeht. Sie spricht die ganze Zeit mit ihr und bewegt sich ruhig und ohne Eile. Haya hält sich immer ganz nah neben dem Pferd, als sie es in den Hof hinausführt. Bree ist ziemlich überdreht und sprudelt nur so vor Energie. Sie trabt nervös neben Haya her, ihr Atem geht in kurzem, rasselndem Schnauben und ihre Augen sind weit aufgerissen.

„Schon gut, Bree, ich bin ja da ..."

Die Polopferde strecken die Köpfe über die Türen ihrer Boxen, um nachzusehen, was da für ein Aufstand gemacht wird.

Ihre Aufmerksamkeit macht Bree jedoch noch nervöser und sie beginnt zu tänzeln. Haya hält den Führstrick fest umklammert und versucht, beruhigend auf die Stute einzureden.

„Sie benimmt sich gruselig", findet Ali. Er hält mindestens drei Meter Abstand und weigert sich näher zu kommen, solange Bree nervös herumstampft.

„Sie ist nur ein bisschen lebhaft", erwidert Haya unerschrocken. „Na, komm schon."

Sie gehen den Pfad zum Polofeld hinunter. Bree federt vom Boden ab, als hätte sie glühende Kohlen unter den Hufen. Sie hält den Schweif aufgestellt und den Kopf hoch erhoben. Haya führt sie auf das Polofeld mit dem weichen Lehmboden und bringt sie in der Nähe der hölzernen Zuschauertribüne zum Stehen.

„Was hast du vor?", will Ali wissen.

Die Wahrheit ist, dass Haya keine Ahnung hat, wie man ein Pferd zureitet. Eigentlich hätte sie Bree nach Al Hummar bringen sollen, wo es einen Round-Pen gibt und Santi und seine Stallburschen ihr helfen könnten. Aber diesen Plan hat Frances vereitelt. Also muss Haya nun ganz alleine klarkommen, wenn sie versucht, Bree auf dem weit offenen Polofeld zuzureiten.

„Ich werde sie reiten", erklärt Haya ihm. Sie spürt, wie sich ihr die Haare im Nacken aufstellen. „Los, komm her und halt sie für mich fest."

Ali nimmt den Führstrick mit beiden Händen und hängt

sich so daran, als ob er ein Schiff vertäuen wollte, während Haya auf eine der Sitzbänke der Tribüne klettert.

Haya hält sich gut fest und bereitet sich innerlich darauf vor zu springen. Sie hat das Gefühl, als ob irgendetwas fehlen würde – eine Rede oder zumindest ein Trommelwirbel, der die Bedeutsamkeit dieses Ereignisses zum Ausdruck bringen würde. *Sie wird auf Bree reiten.* Auf ihrem Pferd, das sie selbst aufgezogen hat, seit es drei Tage alt war. Sie stehen kurz davor zu verschmelzen, zwei Seelen, die endlich eins werden.

Haya atmet tief ein und mit einem geschickten Sprung wirft sie sich wie eine Katze auf Brees Rücken. Unter ihr spürt die Stute das plötzliche Gewicht, ein seltsames Gefühl, das sie noch nie erlebt hat, und spannt ihre Muskeln an.

„Ich bin's nur, Bree", versucht Haya, sie zu beruhigen. „Alles gut ..." Auf einmal fängt Bree an zu bocken.

Die Stute hüpft in schnellen, harten Bocksprüngen durch die Gegend. Sie stößt sich mit allen vieren gleichzeitig ab, als hätte sie Sprungfedern unter den Hufen, und wölbt den Rücken unter Haya. Bree windet sich mitten im Sprung, sodass Haya schließlich das Gleichgewicht verliert und ins Rutschen gerät. Beim dritten Bocksprung kann sie sich nicht mehr halten. Haya wird hochgeworfen, durch die Luft geschleudert und landet schließlich so hart auf dem Boden, dass ihr die Luft wegbleibt. Das ist ihr noch nie zuvor passiert und es fühlt sich ganz grauenvoll an.

Zitternd rappelt sie sich in den Vierfüßlerstand auf und

schnappt keuchend nach Luft wie ein Fisch auf dem Trockenen, während sie versucht, wieder zu Atem zu kommen. Ali kommt zu ihr gerannt und will wissen, ob alles mit ihr in Ordnung ist, aber Haya bekommt keinen Ton raus. Der Schrecken sitzt ihr noch in den Gliedern und sie beginnt zu weinen, sodass ihr die Tränen den Hals gleich wieder zuschnüren.

„Haya?“ Ali hat die Augen vor Schreck weit aufgerissen. „Geht es dir gut? Haya?“ Haya streift sich den Sand von ihrer Reithose. Warum nur hören ihre Hände nicht auf zu zittern? Das ist alles gar nicht so, wie es sein sollte ...

„Sie hat dich mit voller Wucht abgeworfen wie ein bockendes Wildpferd“, meint Ali.

Haya wischt sich die Tränen weg. Abscheuliche, kindische Tränen! Sie will eine echte Reiterin sein, aber stattdessen sitzt sie hier am Boden und heult wie ein Baby.

„Mir geht's gut“, sagt sie zu Ali. Und obwohl sie erschüttert ist und die Fassung verloren hat, weiß sie, was sie zu tun hat. Sie muss wieder rauf aufs Pferd.

„Haya ...“

Genervt dreht sich Haya zu ihrem Bruder. „WAS?“

Ali deutet den Hügel hinauf, den ein paar Männer aus Richtung der Ställe eilig hinunterkommen. Es sind sechs Wachmänner, den eingeschlossen, der sie hierherbegleitet hat. Die Wachen stiefeln energisch auf sie zu und in ihrer Mitte geht mit ernstem Gesichtsausdruck ihr Vater, der König.

„Baba kommt“, sagt Ali.

Auf der kurzen Fahrt zurück nach Al Nadwa ist ihr Vater überraschenderweise gar nicht böse mit ihr.

„Nein", erklärt er Haya, „ich bin enttäuscht."

Enttäuscht. Das Wort trifft Haya wie ein Dolch.

„Du bist ohne deine Leibwache von zu Hause weggegangen und hast vorher niemandem Bescheid gesagt", fährt der König fort. „Und dann kletterst du auch noch ganz allein auf ein Pferd, das noch nicht zugeritten ist ..."

„Aber ich war nicht ganz allein", wendet Haya ein. „Ali war doch bei mir. Außerdem ist es allein Frances' Schuld! Sie lässt mich ja nicht zu Bree ..."

„Haya", seufzt ihr Vater. „Weißt du, warum du so großen Ärger bekommen hast, als du deinen Bruder in den Speisenaufzug gesteckt hast?"

„Weil ich dabei erwischt wurde", antwortet Haya.

Der König schüttelt den Kopf. „Nein, weil das, was du getan hast, sehr gefährlich war. Ali hätte verletzt werden können. Und als du heute die Feuerleiter hinuntergeklettert bist und ohne Leibwache aus dem Palast geschlichen bist, hast du dich selbst in Gefahr gebracht."

„Ich bin's aber leid, dass mir Sicherheitsleute immer überallhin folgen. Ich kann gut selbst auf mich aufpassen", versichert Haya.

„Haya, es liegt in deiner Natur, wagemutig zu sein. Und das ist ein bewundernswerter Wesenszug. Aber sei bitte nicht naiv. Du bist die Tochter eines Königs und ein Mitglied des Königlich Haschemitischen Stammes von Jordanien. Wenn du die Regeln missachtest und dich ganz allein aus dem Palast schleichst, riskierst du dein Leben, und das deines Bruders noch dazu. Was, wenn du entführt würdest oder Schlimmeres?"

Der König nimmt Hayas Hand. „Du und Ali, ihr seid die kostbarsten Geschenke, die eure Mutter mir hinterlassen hat. Ich würde alles Erdenkliche tun, um euch beide zu beschützen. Verstehst du das?"

Als ihr Vater ihre Mutter erwähnt, spürt Haya, wie Tränen in ihren Augen brennen. Sie wollte ihren Vater doch nicht beunruhigen, weder heute noch jemals zuvor.

„Ja, Baba", gibt sie kleinlaut zu. Und dann fügt sie hinzu: „Bitte mach, dass der Wachmann am Tor keinen Ärger deswegen bekommt. Es war alles meine Schuld. Ich habe ihn überredet, uns durchzulassen."

Eine Weile herrscht Stille im Wagen, dann seufzt der König. „Niemand bekommt Ärger. Und ich glaube, es ist wohl am besten, wenn ich Santi sage, er soll die Stute zurück nach Al Hummar holen. Wenn ich mir anschaue, was du dir heute geleistet hast, ist mir wohler, wenn ich ihn in deiner Nähe weiß, um dir zu helfen. Du sollst schließlich ein Pferd zureiten und dir nicht den Hals brechen."

Hayas Herz hüpft vor Freude. „Und da darf ich hin? Nach Al Hummar? Ich darf sie einreiten?"

„Wenn du noch mal versuchst, dich ohne Leibwächter rauszuschleichen, hast du zwei Monate Hausarrest", meint der König. „Aber ja, ich erlaube dir, zum Gestüt hinauszufahren und Bree einzureiten."

*

Als Haya am nächsten Tag auf Al Hummar ankommt, wartet Santi schon auf sie. Wie immer dröhnt Musik aus seinem Plattenspieler und aus seinem Büro duftet es nach Kardamom-Kaffee.

„Dein Vater hat mir berichtet, dass du ganz allein versucht hast, auf ihr zu reiten", sagt Santi halb fragend.

„Sie hat mich abgeworfen", gesteht Haya ihm. „Ich dachte, sie würde mich auf sich reiten lassen, aber sie ist total ausgeflippt und hat sich verhalten, als würde sie mich nicht mal kennen."

Santi lässt das erst einmal sacken. „Dreikäsehoch", sagt er dann, „komm her und stell dich hinter mich."

Haya ist verwundert, aber sie tut, was er sagt.

„Siehst du den Stuhl da neben dir?", will Santi wissen. „Stell dich da drauf."

Haya klettert auf den Stuhl. „Und jetzt", meint Santi, während er sich vorbeugt „spring auf meinen Rücken."

Santi muss verrückt geworden sein! Trotzdem macht Haya, was er sagt. Sie hüpft vom Stuhl aus auf seinen Rücken, sodass er sie huckepack nehmen kann.

„Und nun", sagt Santi, „stell dir vor, ich wäre Bree. Ich kann dich nicht sehen. Ich weiß nicht, dass du es bist, Haya, die da auf meinem Rücken sitzt. Ich halte dich für einen Puma, der mich angesprungen hat, denn genau so greift eine Raubkatze ihre Beute an. Also gehe ich davon aus, dass du jeden Augenblick deine Krallen ausfahren und mich damit in Stücke reißen wirst. Wie also werde ich dich am besten wieder los?“

Auf einmal kommt sich Haya ziemlich dumm vor. „Du kannst mich abwerfen“, antwortet sie schließlich.

Santi richtet sich wieder auf und Haya rutscht von seinem Rücken. „Lass dich nicht entmutigen, Dreikäsehoch“, rät er ihr. „Die Kleine liebt dich sehr, aber ihre Liebe wird sie nicht daran hindern, ihren Instinkten zu folgen. Als du von hinten auf ihren Rücken gesprungen bist, hast du sie überrumpelt. Sie hat das einzig Mögliche getan, um sich zu verteidigen.“

Haya muss an Bree denken. Daran, wie sehr sie immer noch gezittert hat, nachdem sie sie abgeworfen hatte. „Ja, es war meine Schuld“, gibt sie zu. „Ich habe sie erschreckt.“

„Mach dir nichts draus“, sagt Santi mit Nachdruck. „Vorbei ist vorbei und jetzt fangen wir noch mal von vorne an.“

Er lächelt Haya an. „Zuerst bringen wir ihr bei, das Gebiss ins Maul zu nehmen, dann, wie es sich anfühlt, wenn der Sattelgurt um ihren Bauch liegt, dann legen wir ihr den Sattel auf. Und zu guter Letzt kommt noch der Reiter obendrauf.“

„Wie lange wird das dauern?“, will Haya wissen.

„Man braucht Geduld, um Pferde einzureiten, Dreikäsehoch“, meint Santi. „Es wird dauern, so lange es eben dauert.“

*

Im Innenhof von Al Hummar winkt ihr Yusef, der Stallmeister, zu. „Da bist du ja wieder, Haya!“ Er grinst breit. „Bist du vielleicht gekommen, um mir beim Ausmisten zu helfen?“

„Heute nicht, Yusef!“ Haya muss auch grinsen.

Santi hat Bree wieder in ihre alte Box linker Hand des ersten Innenhofs gestellt. Als Haya dorthin kommt, ist schon ein Stallbursche bei Bree, der mit der Mistgabel schmutziges Stroh auf eine Schubkarre lädt. Er kann nicht viel älter als sie selbst sein. Er wirkt hager und hat schwarze Haare und graue Augen. Als er Haya entdeckt, als sie über die Boxentür hereinspäht, reißt er seine grauen Augen weit auf wie ein Hase, der einen Falken ausgemacht hat.

„Hallo, ich bin Haya.“

Der Junge sieht erschrocken aus. Unbeholfen versucht er sich an einer Verbeugung. „Ich weiß, Eure Königliche Hoheit.“

„Hat sich Bree schon wieder gut eingelebt?“

„Bree?“ Der Junge schaut verängstigt drein.

„Das ist mein Spitzname für sie“, klärt Haya ihn auf, während sie die braune Stute in der hinteren Ecke der Box betrachtet.

„Oh, ja, Bint Al-Reeh hat sich sehr gut eingewöhnt, Eure Königliche Hoheit.“

„Und seit wann arbeitest du hier?“, will Haya von dem Jungen wissen.

„Einen Monat“, erwidert er. „Ich meine, einen Monat – Eure Königliche Hoheit.“

„Wie alt bist du?“

„Vierzehn, Eure Königliche Hoheit."

„Und wie heißt du?"

„Zayn, Eure Königliche Hoheit."

„Zayn, du brauchst nicht in jedem Satz, den du zu mir sagst, ‚Eure Königliche Hoheit' zu sagen, weißt du?"

„Ja, Eure Königliche Hoheit. Ich meine, nein, Eure Königliche Hoheit. Ich meine – ja!" Zayn ist so durcheinander, dass er ausgesprochen erleichtert wirkt, als Santi kommt, um Bree zum Round-Pen zu bringen.

„Der neue Stalljunge ist komisch", erzählt Haya Santi, als sie mit Bree alleine sind. „Ich glaube, er mag mich nicht."

„Zayn?" Santi grinst. „Der ist bloß schwer beeindruckt von dir."

„Warum?"

„Weil er noch nie die Tochter eines Königs getroffen hat."

*

Haya hatte erwartet, dass Santi mit ihr in den Round-Pen kommen würde, aber stattdessen hat er sich gegen das Geländer gelehnt und ruft ihr Anweisungen zu, während Haya allein mit Bree arbeitet.

Heute bringt sie Bree bei, wie man eine Trense trägt. Die junge Stute ist zwar an das Stallhalfter gewöhnt, aber das Zaumzeug ist neu für sie. Als Haya ihr die Zügel über den Hals legt und dann das Gebiss zu ihrem Maul führt, zieht Bree den Kopf weg.

„Schon in Ordnung“, meint Santi. „Versuch mal, einen Arm um ihr Maul zu legen, während du ihr die Trense hinhältst.“

Bree hält den Kopf ganz still, als Haya ihr die Finger in den Maulwinkel schiebt, um ihre Kiefer sanft zu lösen. Nach einigen Versuchen gelingt es ihr, das Maul der kleinen Stute einen Spalt zu öffnen, gerade weit genug, um das Gebiss hineinzuschieben. Haya verschließt die Riemen, während Bree auf dem ihr unbekannten Stück Metall herumkaut, bis sie Schaum vor dem Maul hat.

„Das ist ganz normal, eine gute Reaktion“, versichert Santi Haya.

Nach ein paar Minuten nimmt Haya Bree das Zaumzeug wieder ab und versucht, es ihr noch einmal anzulegen. Dieses Mal sperrt sich Bree nicht mehr dagegen, das Gebiss anzunehmen. „Sehr gut!“, lobt Santi. „Nimm ihr das Zaumzeug wieder ab, dann kann sie zurück in ihren Stall. Für heute ist es genug.“

Haya ist überrascht. Sie haben nicht mal eine halbe Stunde im Round-Pen zugebracht. „Wir reiten hier die Pferde sanft ein“, erklärt Santi. „Langsam und in aller Ruhe. Bring sie zurück in ihre Box und gib ihr etwas zu fressen. Lass sie wissen, dass sie ein braves Pferd war heute.“

Am nächsten Tag legen sie ihr wieder das Zaumzeug im Round-Pen an. Bree kaut zwar noch lebhaft auf dem Gebiss, aber ansonsten wirkt sie ganz entspannt. Deswegen findet Santi, dass sie bereit ist für die Satteldecke. „Denk immer dran: Alles auf ihrem Rücken ist ein Löwe“, erinnert Santi Haya.

„Lass sie spüren, dass sie in Sicherheit ist. Reibe sie mit der Satteldecke ab, um ihr zu zeigen, dass sie ihr nichts tut."

Zuerst spannt Bree die Muskeln an, aber Haya bleibt ganz ruhig und streicht ihrer Stute mit dem Stoff über den Hals und die Schulter, und zwar so lange, bis sie sich beruhigt. Es dauert nicht lange, bis Bree nicht mal mehr mit der Wimper zuckt, wenn Haya ihr die Decke über das Hinterteil wirft.

„Sehr gut." Santi lehnt sich über die Umzäunung des Round-Pen, um die beiden zu beobachten. „Jetzt lobe sie ausgiebig und bring sie dann zurück in ihre Box."

*

Am nächsten Tag wiederholen sie dasselbe Programm und Haya glaubt schon, dass Santi abbrechen wird, sobald Bree mit der Satteldecke auf dem Rücken ruhig über den Platz schreitet, aber stattdessen meint er: „Ich glaube, sie ist jetzt bereit für den Sattel."

Es ist ein englischer Sattel, ein sehr alter dazu, der aus festem braunem Leder gemacht ist. Er ist ziemlich schwer und Haya hat große Mühe, ihn auf Brees Rücken zu hieven. Als diese das Gewicht des Sattels in ihrem Rücken spürt, lässt sie sich mit einem skeptischen Gesichtsausdruck nach vorne fallen, als ob sie sich auf die Knie herablassen wollte, und schnaubt heiser. Haya lässt immer eine Hand am Hals der Stute und redet die ganze Zeit beruhigend auf sie ein. Schließlich greift sie vorsichtig unter dem Bauch ihres Pferdes hindurch, schnappt sich den Sattelgurt, zieht ihn langsam und behutsam hoch und befestigt die Riemen in den Schnallen.

„Zieh den Gurt noch ein Loch fester zu, so fest, dass der Sattel nicht verrutschen kann“, rät Santi ihr. „Okay, und jetzt verknote die Zügel über ihrem Hals und lass sie los.“

Bree schießt Hals über Kopf vorwärts in dem Glauben, dass sie den Sattel wieder loswird, indem sie vor ihm wegrennt. Aber als der Sattel fest auf ihrem Rücken bleibt, schüttelt sie den Kopf und macht einen halbherzigen Bocksprung, mit dem sie das seltsame Ding abschütteln will. Als das auch nicht funktioniert, scheint sie den Sattel zu akzeptieren und fängt an, im Round-Pen herumzutraben. „Hast du gesehen, wie sie ihre Grenzen ausgelotet und dann ganz schnell verstanden hat?“, fragt Santi Haya. „Sie ist sehr klug, sogar für einen Araber.“

„Sollen wir sie jetzt zurück in die Box bringen und absatteln?“, will Haya wissen.

„Nein.“ Santi schüttelt den Kopf. „Ich denke, heute solltest du sie reiten. Sieh nur, wie ruhig sie ist. Sie ist bereit.“

Die Stallburschen haben sich am Round-Pen versammelt, um Santi und Haya zuzugucken. Neben Yusef ist da Radi, der schmächtige Stallknecht, und Attah, ein Beduine, der fast sein ganzes Leben im Sattel verbracht und davon O-Beine bekommen hat. Sie haben sich mit Zayn an den Zaun gelehnt.

Eigentlich müsste Haya nervös sein bei all den Zuschauern. Aber erstaunlicherweise versinkt die Welt um sie herum komplett im Hintergrund, kaum dass sie im Round-Pen ist. Dann gibt es nur noch ihr Pferd und sie. Bree kommt sofort zu Haya und stupst das Mädchen mit dem Maul gegen die Brust, als ob sie sagen wollte: „Wie gut, dass du da bist! Da hängt irgendwas Merkwürdiges auf meinem Rücken fest ...“

Haya flüstert Bree beruhigende Worte ins Ohr, während sie einmal um die kleine Stute herumgeht, über ihr Fell streicht und mit ihr Kontakt aufnimmt. Dann legt sie die Arme quer über den Sattel, springt ein bisschen hoch und gibt ein wenig von ihrem Gewicht an Brees Rücken ab. Einen Moment bleibt sie oben, dann rutscht sie geschmeidig wieder zurück auf den Boden. Bree scheint nichts dagegen zu haben, also versucht Haya es noch einmal. Diese Mal legt sie sich jedoch ganz über den Sattel und lässt ihr Gewicht einen Augenblick dort. Sie hängt bäuchlings über dem Pferd wie ein Sack voll Getreide auf dem Rücken eines Maultiers. Bree wendet ihr den Kopf zu und schnuppert an Haya, als ob sie sagen wollte: „Was machst du denn da?“ Sie schaut neugierig drein und spielt mit der Oberlippe an Hayas langen dunklen Haaren. Haya muss grinsen und streicht ihrer Stute lobend über die Schulter.

„Ich glaube, ich kann es jetzt wagen, richtig aufzusitzen“, meint Haya schließlich. „Soll ich?“

„Das musst du wissen“, antwortet Santi. „Vertraue einfach auf deinen Instinkt.“

Wenn sie zu früh probiert, richtig aufzusitzen, wird Bree Panik bekommen und anfangen zu bocken, genau wie auf dem Polofeld. Und dann wird Haya wieder hart auf dem Boden des

Round-Pen landen und die viele Arbeit der letzten Tage wird umsonst gewesen sein.

„Was meinst du, Bree?“, flüstert Haya also. „Bist du bereit?“

Haya setzt den linken Fuß in den Steigbügel, spannt die Unterarme an, greift nach dem Vorder- und Hinterzwiesel, stößt sich behände mit dem rechten Fuß ab und schwingt das Bein geschickt über Brees Rücken. *Et voilà*, schon sitzt sie wieder auf dem Rücken ihres Pferdes.

Nur ist diesmal alles anders. Haya fühlt sich so, wie es kein Reiter auf dem Rücken eines noch nicht eingerittenen Pferdes sollte – nämlich vollkommen sicher. Bree schnuppert an Hayas Stiefelspitze im Steigbügel, als ob sie fragen wollte: „Und was machst du jetzt da oben?“

Haya tätschelt ihr den Hals. „Alles gut, ich tu dir nichts“, versichert sie ihrem Pferd. „Wir wollen nur ein bisschen herumreiten. Bloß ein paar Schritte, Bree, mehr nicht.“

Zuerst bewegt sich die kleine Stute etwas steif, als ob sie die Luft anhalten würde. Aber schon nach einer Runde um den Round-Pen scheint es so, als ob sie kaum noch bemerken würde, dass sie eine Reiterin auf dem Rücken hat. Als Haya ihr ganz leicht die Fersen in die Seiten drückt, reagiert Bree wie auf Kommando und fällt in einen leichten Trab. Sie hält die Ohren aufmerksam nach vorne gedreht und den dichten schwarzen Schweif aufgestellt, sodass er wie eine Flagge hinter ihr herweht. Mühelos steht Haya ganz im Rhythmus ihres Pferdes bei jedem zweiten Schritt im Sattel auf und trabt leicht.

Und als sie das Gefühl hat, dass Bree so weit ist, setzt sie sich mit bis zum Hals klopfendem Herzen tief in den Sattel und schnalzt mit der Zunge. Dann galoppiert Bree an.

Brees Galopp ist zart und weich wie Watte. Haya schließt die Augen und konzentriert sich ganz darauf, jeden Galoppsprung unter sich wie eine Welle anrollen zu spüren.

Ein Pferd einzureiten, davon träumen viele Reiter ein Leben lang. Und mit nur elf Jahren hat Haya das ganz allein geschafft. Sie ist der erste, der einzige Mensch, der je auf dieser Stute reiten wird. Sie hat den Wind gezähmt.

*

„Baba!“ Haya stürmt durch die Türen von Al Nadwa, ihre Wangen sind ganz rot vor Aufregung. Sie kann es kaum erwarten, es ihrem Vater zu erzählen.

Ihr Herz ist federleicht, als sie unter den Porträts der Könige die Korridore entlangrennt, und sie kann nicht anders, als breit zu grinsen, als sie Ali auf sich zugerannt kommen sieht.

„Ali! Ich hab’s geschafft! Ich bin auf ihr geritten! Wo ist Baba?“

„Baba ist im blauen Salon“, antwortet Ali.

Dann bemerkt Haya den merkwürdigen Ausdruck auf Alis Gesicht. „Was ist los? Stimmt irgendwas nicht?“

„Ich habe mitbekommen, wie Baba mit Frances geredet hat.“

„Worüber? Ali? Erzähl schon!“

„Du sollst fort!“ Alis Stimme zittert, sein Gesicht ist tränenüberströmt. „Haya, sie schicken dich auf ein Internat.“

In einem fremden Land

„Und das alles nur, weil ich Ali in den Speisenaufzug gesteckt habe?“ Haya hat Mühe, die Tränen zurückzuhalten.

„Nein, natürlich nicht, Haya“, erwidert ihr Vater.

„Dann weil Frances dir gepetzt hat, dass ich versucht habe, das Treppengeländer runterzurutschen?“ Haya schnieft. „Das war doch ungefährlich. Ich hatte meine Reitkappe auf.“

„Ehrlich gesagt hatte ich davon noch gar nichts gehört“, stellt ihr Vater fest. Er nimmt Haya in den Arm. „Du hast gar nichts falsch gemacht. Wir haben doch schon darüber gesprochen und jetzt ist es einfach an der Zeit. Du bist nun elf Jahre alt und hast dein ganzes Leben noch vor dir. Und es ist meine Aufgabe, dich darauf so gut wie möglich vorzubereiten. Und das beste Internat, auf das ich dich dafür schicken kann, liegt nun mal in England.“

Das ist in ihrer Familie Tradition. Baba ist nach Harrow und Sandhurst gegangen und Mama hat eine Schule in London besucht. Jetzt ist also Haya dran, im Ausland ausgebildet zu werden.

„Bitte, Baba!“, bettelt Haya. „Ich werde von jetzt an auch immer alles tun, was Frances sagt. Ich werde fleißig lernen und immer alle meine Hausaufgaben machen. Aber ich will hier bei dir und Ali bleiben.“

„Ich hätte es auch am liebsten, wenn du hier bei mir bleiben würdest“, erwidert der König. „Aber das geht nicht. Ich muss das tun, was für dich am besten ist. Frances meint, du machst dich sehr gut in allen Fächern, aber du brauchst besser ausgebildete Lehrer in den Naturwissenschaften, in Mathematik und den Sprachen. Du hast die Aufnahmeprüfung mit Auszeichnung bestanden. Du kannst sehr stolz darauf sein, angenommen worden zu sein. Badminton ist eine hervorragende Schule.“

„Aber was wird dann aus Bree?“, schnieft Haya.

„Es gibt auch einen ausgezeichneten Reitstall in Badminton.“

Jetzt spitzt Haya die Ohren. „Dann kann ich sie also mitnehmen?“

„Nein“, antwortet der König. „Aber sie haben dort andere Pferde, auf denen du reiten kannst.“

„Ich will aber kein anderes Pferd!“, schluchzt Haya. „Und ich will da auch nicht hin!“

*

Das Schuljahr beginnt in England im September, also hat Haya noch drei Monate in Al Nadwa. Sie klammert sich an jeden einzelnen Tag und versucht, ihn wie die Flamme einer Kerze am Leuchten zu halten, sie auf ewig brennen zu lassen. Doch die Zeit schreitet unbarmherzig voran und Haya kann sie nicht aufhalten. Jede freie Sekunde verbringt sie mit Bree. Sobald Frances sie aus dem Unterricht entlässt, rennt sie ohne Umwege zum Stall.

An den meisten Tagen ist Zayn bei Bree in der Box, wenn Haya ankommt. Sie hat ihm zwar schon tausendmal gesagt, dass sie es auch selbst tun kann, aber jedes Mal kommt er ihr zuvor und mistet Brees Stall aus, bevor Haya ankommt. Er striegelt Bree auch und seit er das macht, glänzt ihr weiches braunes Fell so sehr, wie Haya es noch nie zuvor an einem Pferd gesehen hat.

„Wie bekommst du es hin, dass sie so glänzt?", will sie von ihm wissen. Schüchtern zeigt Zayn ihr das Heubündel, das er zusammengedreht hat. „Du musst es so machen", sagt er und massiert die kleine Stute mit kräftigen, kreisenden Bewegungen.

„Woher kannst du solche Heubündel machen?"

„Mein Vater hat es mich gelehrt, Eure Königliche Hoheit. Er hat mir alles über Pferde beigebracht. Und einmal hat er mir erzählt, dass wir Tscherkessen alle vom Tage unserer Geburt an reiten können. Das liegt in unserer Natur."

„Hat dein Vater viele Pferde?"

„Mein Vater ist gestorben, als ich sieben war." Zayns Stimme wird mit jedem Wort leiser und ist schließlich kaum noch hörbar.

Haya spürt, wie seine Trauer sie ergreift und sich ihr Magen schmerzhaft zusammenkrampft. „Das tut mir sehr leid", sagt sie. „Du musst ihn sehr vermissen."

Zayn atmet tief durch und als er wieder anfängt zu sprechen, ist seine Stimme wieder klar und stark. „Meine Mutter sagt, dass er unglaublich stolz wäre, wenn er wüsste, dass ich auf dem Königlichen Gestüt arbeite. Ich lebe mit meiner Mutter und meinen beiden Schwestern zusammen und mein Verdienst ernährt uns alle."

Er kramt in der hinteren Tasche seiner Hose und zieht eine abgenutzte Ledergeldbörse hervor. Er klappt sie auf und zeigt Haya das Foto darin.

„Das da ist meine Mutter und das sind meine beiden Schwestern", erklärt Zayn. „Sie gehen jetzt zur Schule, sie waren noch Babys, als mein Vater gestorben ist ..."

Haya betrachtet das Bild aufmerksam. „Deine Mutter ist eine sehr schöne Frau", stellt sie fest und beginnt, ohne darüber weiter nachzudenken, von ihrer Mutter zu erzählen. „Bei uns im Palast stehen viele Fotos von meiner Mutter. Und Baba erzählt mir ständig von ihr. Jeden Tag denke ich an sie, aber ... ich kann mich gar nicht mehr an sie erinnern, jedenfalls nicht richtig."

Das ist nicht nur das erste Mal, dass Haya sich dies eingesteht, sondern auch, dass sie es laut ausspricht, und irgendwie fühlt sie sich nun ein bisschen erleichtert.

„Ich kann mich noch gut an meinen Vater erinnern", meint Zayn. „Und ich weiß nicht, ob das besser oder schlimmer ist."

Er schaut Haya an und seine Augen sind voller Trauer und Verlust. „Ich hätte nicht gedacht, dass du so bist", sagt er.

„Wie, *so*?"

„Na, wie ... wie ein echter Mensch."

Haya hebt die Hand, um Brees Maul zu kraulen. „Das liebe ich so an diesem Ort. Dass es den Pferden ganz egal ist, dass ich eine Prinzessin bin. Und Santi und Yusef, die drücken mir einfach einen Besen in die Hand und bitten mich, den Hof zu fegen, und das macht mich glücklich."

*

Jetzt, wo sie wieder in Al Hummar ist, braucht Haya keine Reitstunden bei Mrs Goddard mehr über sich ergehen zu lassen. Jeden Tag kommt Santi zum Round-Pen und hilft ihr dabei, mit Bree zu arbeiten.

„Bree muss lernen, das Gebiss anzunehmen und wie ein echtes Dressurpferd zu gehen", erklärt Santi Haya. „Sie muss auf die leichteste Hilfe reagieren."

Das ist gar nicht so leicht bei einem Pferd wie Bree. Sie ist zwar lernwillig und sehr schlau, aber sie hat natürlich gar keine Erfahrung und Haya muss ihr alles von der Pike auf beibringen. Santi zeigt ihr, welche Schenkelhilfen Haya ihr geben muss, damit Bree nicht nur vorwärts-, sondern auch seitwärtsgeht, und wie sie Bree für ihre Hilfen sensibilisieren kann, damit diese beim leichtesten Schenkeldruck in eine andere Gangart wechselt oder beim sanftesten Zug am Zügel stehen bleibt. Bree kann manchmal etwas hitzköpfig sein. Wenn Hayas Hilfen sie verwirren, schüttelt sie sich in einem fiesen kleinen Bocksprung, als ob sie sagen wollte: „Ich verstehe jetzt echt nicht, was du von mir willst!"

„Hast du gesehen, wie sie dir die Meinung sagt?", fragt Santi, als er dieses Verhalten beobachtet. „Sie ist nicht ungehorsam, sie redet mit dir. Du musst ihr immer eindeutige Hilfen geben, damit sie versteht, was du von ihr willst. Zwischen euch entwickelt sich gerade so etwas wie eine Sprache. Auf diese Weise erziehen wir die Pferde."

Hayas eigener Schulanfang hängt drohend über ihr. Das neue Schuljahr in Badminton fängt bald an.

„Ich will da nicht hin", erzählt sie Zayn.

Sie putzen Bree gemeinsam und die Worte purzeln nur so aus ihrem Mund, bevor sie es verhindern kann.

„Dann geh nicht", rät ihr Zayn. „Bleib einfach hier. Vielleicht kannst du auf meine Schule gehen, da würde es dir sicher gefallen."

Haya seufzt. „So einfach geht das nicht. Mein Vater ist in England aufs Internat gegangen und meine Mama auch. Alles ist dafür vorbereitet und ich muss unsere Traditionen respektieren – das ist meine Pflicht."

Sie streckt die Hand aus, um Bree übers Maul zu streichen. Der Gedanke, ihr Pferd hier alleine zurücklassen zu müssen, ist ihr unerträglich.

„Wünschst du dir manchmal, dass du nicht an irgendwelche Pflichten gebunden wärst?“, fragt Zayn.

„Wie meinst du das?“

„Du weißt schon ... Wünschst du dir manchmal, du wärst keine Prinzessin?“

Haya fühlt sich von Zayns Frage überrumpelt. „Nein!“ Sie schüttelt den Kopf. „Meine Familie ist alles für mich. Mein Vater und meine Mutter haben mich beide gelehrt, was es heißt, wahre Liebe und Hingabe für ein Land und sein Volk zu empfinden. Pferde sind nicht meine Zuflucht – ich brauche vor nichts davonzulaufen. Pferde sind meine Art, mich auszudrücken. Wenn ich auf einem Pferd sitze, bin ich wirklich ich selbst. Dann strahlt meine Seele wie die Sonne an einem klaren Tag.“

Zayn starrt sie an und Haya schaut beschämt auf ihre Stiefelspitzen. „Ich rede zu viel. Gib mir eine Mistgabel rüber, dann helfe ich dir dabei, die Boxen auszumisten.“

Bree hat keine Ahnung, dass Haya bald abreisen wird. Wie sollte sie das auch wissen? Und trotzdem scheint die Stute zu spüren, dass irgendetwas nicht in Ordnung ist. Immer wenn Haya zu ihrer Box kommt, wiehert Bree nach ihr und in ihrem Wiehern liegt ein Hauch von Sehnsucht, als ob sie wüsste, dass sie Haya vielleicht zum letzten Mal sieht.

„Morgen reise ich nach England ab“, sagt Haya zu Zayn, „und ich möchte dich um einen Gefallen bitten.“

„Natürlich, Prinzessin Haya. Was kann ich für Euch tun?“

„Ich möchte, dass du dich um Bree kümmerst. Ich möchte, dass du sie als Einziger reitest, während ich weg bin. Ich möchte, dass du sie pflegst und fütterst und für sie sorgst und mir immer schreibst, wie es ihr geht.“

„Ich werde gut für sie sorgen.“

„Es ist mein Ernst! Das hier ist sehr wichtig, Zayn, deswegen möchte ich, dass du es mir versprichst.“ Haya beißt sich auf die Lippe, um nicht zu weinen. „Versprich mir, dass du für sie sorgst, als ob sie dein eigenes Pferd wäre. Wenn ihr irgendetwas zustoßen sollte ...“

„Das wird es nicht“, verspricht Zayn. „Ich werde sie beschützen und mich um sie kümmern, bis Ihr zurückkommt, Prinzessin Haya. Darauf habt Ihr mein Wort.“

*

Haya nestelt an dem steifen Kragen ihrer Bluse und kämpft mit dem Knoten ihrer Schulkrawatte. Sie ist es nicht gewohnt, eine Schuluniform zu tragen, und hat das Gefühl, die Krawatte würde sie erwürgen. Sie bückt sich und zieht ihre Kniestrümpfe hoch, die immer wieder herunterrutschen und ihr schlapp um die Knöchel hängen.

Auf dem Rasen versammeln sich die Mädchen in ihren Blazern und Strohhüten in kleinen Gruppen. Sie starren Haya an und tuscheln, geben sich distanziert und tun so, als hätten sie die Ankunft der neuen Schülerin nicht bemerkt. Aber wie um alles in der Welt könnte man zwei riesige schwarze Limousinen mit dunkel getönten Scheiben übersehen, an deren Kotflügeln der Union Jack und die Flagge von Jordanien wehen?

„Seid Ihr so weit, Eure Königliche Hoheit?“ Der Mann im dunkelblauen Anzug, der neben ihr sitzt, macht sich bereit, die Tür zu öffnen, während Haya verlegen an ihrer Krawatte herumfummelt.

Haya nickt nervös und er spricht in sein Walkie-Talkie, über das er zum vorderen Wagen Kontakt hält. „Wir gehen jetzt rein.“

Die Autotür wird geöffnet und Haya steigt, flankiert von zwei Leibwächtern, aus; ihr dritter Bodyguard wartet bereits auf halbem Weg zum Schulgebäude auf sie. Haya geht den Fußweg entlang, versucht zu lächeln und zu ignorieren, wie die anderen Mädchen sie anschauen. Es war schon schlimm genug, dass ihr alter Leibwächter sie im Palast auf Schritt und Tritt begleitet hat, aber hier in England hat die britische Regierung gleich drei Sicherheitskräfte beordert, die sie abwechselnd beschützen sollen. So viel dazu, sich in der Schule einzufügen und ein ganz normales Mädchen zu sein.

Das Hauptgebäude der Schule ist ein stattliches Herrenhaus, an dessen Mauern sich zartlilafarbene Glyzinien emporranken. Entlang des Fußweges zum Eingang stehen riesige, birnenförmig zurechtgestutzte Heckenpflanzen Spalier. Alles sieht sehr *englisch* aus, genau wie der Mann im Tweedanzug, der sie auf den Stufen bereits erwartet.

„Guten Morgen, Haya.“ Ihr fällt auf, wie er sie begrüßt; dass er darauf achtet, sie nicht mit ihrem königlichen Titel anzusprechen, wobei sie ihn wohl immer als *Mr* Gould zu bezeichnen hat.

„Deine Gouvernante hat uns ausführlich über dich informiert", sagt Mr Gould. „Sie besteht darauf, dass du eine ganz normale Schülerin bist und als solche behandelt werden sollst."

Ob Frances wirklich genau *das* gesagt hat? Oder ging es mehr so in die Richtung *Prinzessin Haya ist ein verzogenes königliches Gör, also sehen Sie besser zu, dass Sie ihr gleich einen ordentlichen Dämpfer verpassen, wenn Sie sich keinen Störenfried ins Haus holen wollen*? Auf jeden Fall gibt sich der Direktor die größte Mühe, ihr die Regeln und Bestimmungen der Schule aufzuzählen, während sie einen Rundgang durch die Schule machen, gefolgt von einem nachdrücklichen Vortrag über die Ausgangssperre und die Konsequenzen für diejenigen, die das Schulgelände ohne Erlaubnis verlassen. Langsam beginnt Haya sich zu fragen, ob das hier ein Gefängnis oder eine Schule ist.

Die Leibwachen machen das Ganze auch nicht einfacher und verhalten sich, als ob sich irgendwelche Meuchelmörder hinter jeder der gigantischen Hecken oder in den Spinden der Turnhalle verbergen könnten. „Du wirst in einem Schlafsaal mit zwölf anderen Mädchen untergebracht", informiert sie Mr Gould. „Und wir haben noch ein Zimmer für deine Leibgarde in einem anderen Flügel des Gebäudes eingerichtet."

Von außen wirkt Badminton School ziemlich prächtig und

streng, aber im Inneren des Gebäudes stellt Haya überrascht fest, dass die Wände in einem fröhlichen Gelb mit einer blauen Zierleiste angemalt sind. Nachdem er alle Regeln erläutert hat und Haya nicht den Anschein erweckt, sich dagegen auflehnen zu wollen, wird Mr Gould etwas weniger streng und erlaubt sich sogar ein paar Scherze – auf Lateinisch –, während er Haya zeigt, in welchen Räumen sie in Naturwissenschaften, Mathematik und Sprachen unterrichtet wird. Als der Rundgang schon fast zu Ende ist und sie trotzdem noch kein einziges Pferd gesehen haben, fragt Haya: „Können Sie mir bitte noch die Stallungen zeigen?"

„Ah", macht Mr Gould. „Uns wurde schon berichtet, dass du eine begeisterte Reiterin bist. Ich bin sicher, dir werden die wöchentlichen Reitstunden hier in Badminton gefallen."

Die Stallungen befinden sich direkt neben den Schulgebäuden. Haya wird einer rotbackigen Reitlehrerin in einem Reitjackett aus Tweed vorgestellt und sie beschleicht das dumpfe Gefühl, dass sie hier eine zweite Mrs Goddard vor sich hat. Und die Ponys selbst – welch merkwürdige Kreaturen! Sie sind kräftig gebaut und haben so runde Bäuche, dass sogar die Panzer daneben dürr aussehen würden! Manche von ihnen sind so fett, dass Haya sich fragt, wie sie jemals die Beine um sie herumbekommen soll, um sie zu reiten. Die Ponys sind kuhäugig und wirken verschlafen, das genaue Gegenteil von Bree und den langbeinigen, überspannten Arabern zu Hause. Sie sehen so fremdartig aus, wie sich Haya in ihrem Schlafsaal fühlt, in dem es neben ihr nur langgliedrige, blauäugige Mädchen mit blonden Haaren gibt.

Haya hat noch nie zuvor wirklich viel Zeit mit Mädchen in ihrem Alter verbracht. Und jetzt, in diesem riesigen Schlafsaal, ist sie auf einmal von zwölf von ihnen umgeben. Trotzdem hat sie sich noch nie zuvor in ihrem Leben einsamer gefühlt. Alle anderen Mädchen scheinen einander bereits zu kennen. Sie sitzen auf ihren Betten und kichern, flüstern und flechten einander die Haare. Aber keine von ihnen spricht die Prinzessin an. Haya vertreibt sich die Zeit damit, ihre Sachen wegzuräumen und ihre Schuluniform in den Schrank zu hängen. Sie holt die abgeliebte alte Dolly aus ihrem Koffer und setzt sie auf eines der Kissen auf ihrem Bett. Dann packt sie ihre Bücher aus und starrt aus dem Fenster hinab auf den grünen, perfekt gepflegten Rasen. Sie denkt an Baba und Ali daheim im Al Nadwa-Palast und fragt sich, was sie wohl gerade machen. Und dann fällt ihr mit einem schmerzhaften Stechen Bree ein. Sie hat sich zwar von der Stute verabschiedet, bevor sie abgereist ist, aber Haya weiß genau, dass Bree nicht verstehen wird, warum sie morgen nicht zu ihr kommt und auch nicht am nächsten oder übernächsten Tag. Irgendwann wird Bree glauben, dass Haya sie verlassen hat. Und das war das Letzte, was Haya je hatte tun wollen.

Alles ist so fremd hier in Badminton. Als Haya an diesem Abend im Speisesaal die Köchin, die das Essen austeilt, fragt, wie das Gericht heißt, sieht die Frau sie an, als sei sie verrückt.

„Das sind Würstchen. Würstchen und Kartoffelbrei. Willst du mich veräppeln? Hast du noch nie ein Würstchen gesehen?“

Haya sitzt ganz alleine und versucht, den Blicken der anderen Mädchen auszuweichen, während sie isst. Sie starrt auf ihren Teller und würgt das seltsame Essen herunter, aber sie kann sich einfach nicht dazu überwinden, diese Würstchen zu essen, und schiebt sie an den Tellerrand. Sie hasst es immer noch, Fleisch zu essen. Das ist das Einzige, was sie von zu Hause definitiv nicht vermissen wird: die grässlichen Mahlzeiten mit Frances.

Frances hatte genau gewusst, warum sie kein rotes Fleisch essen mochte, und dennoch hat sie absichtlich große Stücke Lammfleisch und Steak auf Hayas Teller anrichten lassen und sie gezwungen, so lange bei Tisch sitzen zu bleiben, bis sie sie aufgegessen hatte. Weigerte sich Haya , das Fleisch zu essen, hatte Frances den Teller in den Kühlschrank gestellt und ihn ihr zu jeder Mahlzeit wieder vorgesetzt, so lange, bis das Fleisch so alt und zäh war, dass es sich an den Rändern hochgebogen hat wie eine Schuhsohle. Manchmal, wenn Haya sich einmal zu oft gesträubt hatte, das verschrumpelte Fleisch zu essen, hat Frances sie zur Strafe ohne Abendessen auf ihr Zimmer geschickt. Zum Glück hat sie nie mitbekommen, dass Zuhair oder jemand anders vom Küchenpersonal Haya heimlich etwas zu essen hinaufgeschmuggelt hat, obwohl Frances es streng verboten hatte.

Frances, denkt Haya, muss es ja jetzt himmlisch vorkommen

im Palast. Schließlich hat sie nun, was sie immer gewollt hat: Haya ist weit weg und kommt ihr nicht mehr in die Quere.

Nach dem Abendessen bekommt sie einen Anruf von Baba, genau wie er es versprochen hatte. Aber Haya kann nicht sehr lange vom Telefon im Gang vor ihrem Schlafsaal sprechen, denn es ist fast schon Schlafenszeit. Am liebsten würde Haya in den Hörer schluchzen, dass sie es in Badminton hasst und ob sie nicht bitte, bitte wieder zurück nach Hause kommen darf. Aber das tut sie natürlich nicht. Sie weiß, dass sie Baba damit nur beunruhigen würde, und er soll sich keine Sorgen machen. Alles ist gut, bestätigt sie ihm, alles absolut klasse. Aber ihr Vater hört natürlich trotzdem die traurige Note in ihrer Stimme und versichert ihr, dass sie sich schnell eingewöhnen und Freundinnen finden wird, sobald der Schulalltag beginnt. Dann gibt er den Hörer an Ali weiter und Haya kann nun doch nicht verhindern, dass ihr die Tränen herunterkullern, als er ihr sagt, wie sehr er sie vermisst.

Haya hat solches Heimweh nach dem Palast, nach ihrem Baba und Ali und natürlich Bree. Oh, wie sehr Bree ihr fehlt!

Haya legt auf und geht zurück in den Schlafsaal. Noch nie zuvor hat sie in einem Raum mit zwölf völlig Fremden geschlafen. Und wie soll man schlafen können, wenn der Raum nur so vor Stimmen schwirrt? Die Hausmutter kommt zwar immer wieder herein, um die Mädchen zur Ruhe zu bringen, aber sobald sie wieder draußen ist, geht das Schwatzen und Tuscheln weiter. Es kommt Haya wie eine Ewigkeit vor, bis es endlich still wird und alle Mädchen eingeschlafen sind. Es ist schon nach Mitternacht, als die Hausmutter zum letzten Mal hereinschaut, und erst danach wagt Haya noch einmal aufzustehen.

Sie setzt sich auf den Fußboden neben ihr Bett, nestelt an den Schnallen ihres Koffers und holt ihre Schatzkiste hervor. Alles darin ist noch genau so wie beim letzten Mal und sie macht sich wie gewohnt ans Werk. Obwohl es dunkel ist und sie alles mit den Fingern ertasten muss, nimmt sie jedes Teil nach ihrem gewohnten System aus der Schachtel und legt es beiseite, als würde sie den Inhalt der Box katalogisieren wie ein Archivar im Museum. Da sind die Sonnenbrille ihrer Mutter, die Musikkassetten und die harten, getrockneten Blumen. Als sie die geflochtene Strähne aus festem schwarzen Haar hervornimmt, die sie von Brees Schweif abgeschnitten hat, zerreißt es ihr fast das Herz.

Zuletzt holt sie das grobkörnige Schwarz-Weiß-Foto von ihr und ihrer Mutter hervor. Es ist zu dunkel, um darauf etwas erkennen zu können. Und ihre Tränen würden ihr ohnehin die Sicht verschleiern. Haya drückt einen Kuss auf das Foto und legt es mit ihren anderen Schätzen zurück in die Schachtel. Dann krabbelt sie zurück ins Bett, kuschelt sich an Dolly und weint ein bisschen, aber nur ganz leise, damit sie niemand hört. Ihre Tränen kullern auf das Kissen und machen es unter ihrer Wange ganz nass, während sie in den Schlaf gleitet.

Die obere Mittelstufe in Badminton

Als sie am nächsten Morgen zum Frühstück den Speisesaal betritt, versucht Haya, die Blicke der anderen Internatsschülerinnen zu meiden. Sie lädt sich Rührei und Toast auf ihr Tablett und sucht sich einen Tisch, an dem niemand sitzt. Eigentlich fühlt sie sich unwohl, weil sie alleine sitzt, doch um zu fragen, ob sie sich irgendwo dazusetzen kann, ist sie zu schüchtern. Also versucht sie, alles um sich herum auszublenden und sich nur auf ihr Frühstück zu konzentrieren. Deswegen braucht sie auch ein paar Sekunden, bevor sie merkt, dass ein Mädchen vor ihr steht.

„Das solltest du lieber nicht essen."

Haya sieht auf. Es ist eines der blonden Mädchen aus ihrem Schlafsaal.

„Wie bitte?", sagt Haya.

Das blonde Mädchen wirft ihren Freundinnen an einem der anderen Tische einen wissenden Blick zu. Die vier Mädchen drängen sich kichernd zusammen und starren alle auf Hayas Tisch.

„Die Eier meine ich", erwidert das Mädchen. „Das ist ein typischer Fehler aller Neuen. Wenn du erst mal eine Weile hier bist, wirst du es wissen: Nimm nie das Rührei. Das schmeckt wie alte Socken. Am besten, man vergisst die Eier und nimmt stattdessen lieber zwei Portionen Würstchen. Die Köchinnen werden zwar meckern, aber das musst du einfach ignorieren. Lächle sie an und nimm dir einfach noch eine zweite Scheibe Toast dazu."

Das blonde Mädchen lässt sich auf den Platz neben Haya fallen. „Ich heiße Claire, Claire Booth", stellt sie sich vor. „Muss ich ‚Eure Majestät' zu dir sagen?"

„Eure Majestät ist mein Vater", sagt Haya. „Ich bin Prinzessin Haya."

„Das ist so cool!", ruft Claire Booth. „Prinzessin Haya." Sie sagt das so, als ob sie ausprobieren wollte, wie es sich anfühlt, diese Worte auszusprechen. Dann dreht sie sich zu ihren Freundinnen, die sie mit großen Augen anstarren, und schneidet ihnen eine Grimasse.

„*Die* waren alle zu feige, um herzukommen und dich anzusprechen", meint sie. „*Die* glauben nämlich, du wärst eine hochnäsige Ziege, weil du eine Prinzessin bist. Aber das stimmt nicht, oder?"

Haya runzelt die Stirn. Sie hat keine Ahnung, was Claire damit meint, aber sie vermutet, dass es nichts Gutes ist.

„Wohnst du in einem Palast?", fragt Claire.

„Ja", antwortet Haya. „Aber er ist eher wie ein Haus."

„Ich wette, er ist riesig!", ruft Claire. „Und habt ihr viele Diener? Zu uns nach Hause kommt zweimal in der Woche eine Putzfrau und ich hatte natürlich auch ein Kindermädchen, als ich noch klein war, und ab und zu kommt mal ein Gärtner, aber wir haben keinen Butler oder irgend so was Vornehmes. Mein Dad ist Chirurg. Wir sind also nicht stinkreich oder so. Jedenfalls nicht so wie die Eltern von manchen hier. Hat dein Dad jede Menge Ölquellen?"

Haya schüttelt den Kopf. „Es gibt kein Öl in Jordanien."

„Dann aber Diamantminen!", ruft Claire Booth lebhaft. Es ist offensichtlich, dass sie sich eine gute Story nicht von echten Fakten ruinieren lassen will. Sie schaut auf und hinüber zu dem Leibwächter, der an der Tür vom Speisesaal steht und sie misstrauisch beäugt. Fröhlich winkt sie ihm zu. „Wirst du die ganze Zeit von Leibwächtern begleitet? Was machen sie, wenn du mal zum Klo gehst? Ich nehme an, dann warten sie draußen. Und kommen die auch jeden Tag mit in den Unterricht? Kannst du ihnen befehlen, deine Hausaufgaben zu machen?"

„Mein Vater besteht darauf, dass ich Bodyguards habe", erklärt Haya. Noch nie zuvor hat sie jemanden getroffen, der so schnell sprechen kann. „Zu Hause in Jordanien schleichen mein Bruder und ich uns immer an ihnen vorbei."

„Ich wünschte, ich wäre eine Prinzessin", seufzt Claire. „Ich wette, dein ganzes Leben ist total schick und du verkehrst nur mit der *Crème de la Crème* und hängst mit süßen Prinzen ab, die dir teure Geschenke machen, oder fährst auf Luxusyachten. Und bestimmt kennst du auch jede Menge Promis von diesen teuren Partys in Südfrankreich!"

Haya schüttelt ungläubig den Kopf. „Nein, tu ich nicht!"

„Und trägst du zu Hause eine Tiara?"

„Nein!" Bei dem Gedanken, in den Stallungen von Al Hummar mit einer Tiara rumzulaufen, muss Haya kichern.

„Uuuuuh! Wenn ich eine Krone hätte, würde ich sie die ganze Zeit tragen!", ruft Claire aufgeregt. „Allerdings glaube ich, dass meine Haare nicht zu einer Krone passen würden. Ich überlege mir schon, sie abschneiden zu lassen, weil sie so kraus sind und immer irgendwie blöd aussehen. Ich wünschte, ich hätte Haare wie du! Wo gehst du zum Friseur? Meine Mum fährt immer mit mir nach London. Unser Friseur ist in Knightsbridge und alle, die was auf sich halten, gehen dorthin ..."

Beim Mittagessen setzt sich Claire wieder zu Haya und vor dem Abendessen fragt sie sie, ob sie sich nicht mit ihr zu ihren Freundinnen an den Tisch setzen möchte. Ihre Freundinnen reden nicht annähernd so viel wie Claire, aber die meisten von ihnen machen einen netten Eindruck. Alle wollen etwas über das Leben in Arabien hören, alle bis auf eine. Stephanie, ein hochgewachsenes Mädchen mit einem kurzen blonden Bob und einer Stupsnase, tut extrem gelangweilt. Sie schaut kein einziges Mal freundlich drein und mustert Haya auf dieselbe Art und Weise, wie Frances es immer getan hat.

Nachdem alle vom Abendbrottisch aufgestanden sind und

sich auf den Weg zu ihren Schlafsälen gemacht haben, geht Haya alleine über den großen Innenhof. Stephanie läuft ein Stück vor ihr.

„Oh, jaaa", meint Stephanie in affektiertem Tonfall zu dem Mädchen neben sich. „Wir haben beim Abendessen neben ihr gesessen. Sie ist eine *echte* Prinzessin. Total eingebildet, wie sie die ganze Zeit nur über sich selbst redet. Dass sie mal Profi-Reiterin werden will, aber die Pferde hier zu fett sind – nicht gut genug für *sie.*" Dann fügt sie im Flüsterton hinzu: „Mein Vater sagt, die sind alle so, diese Scheichs aus dem Mittleren Osten. Die sind so daran gewöhnt, dass sie immer alles bekommen, dass sie glauben, sie müssten bloß mit den Fingern schnipsen und schon reißen sich alle ein Bein aus, nur weil sie so viel Geld haben. Ihr Papi, der König, hat anscheinend der Schule die neue Bibliothek gestiftet. Deswegen ist sie überhaupt nur aufgenommen worden …"

Hayas Wangen werden ganz heiß. Das stimmt doch alles gar nicht! Und sie hatte doch nur sagen wollen, dass die Pferde hier ganz anders sind als bei ihr zu Hause! Am liebsten würde sie zu Stephanie hinüberrennen und sie zur Rede stellen. Doch wahrscheinlich würde das auch nichts bringen. Also eilt sie in die entgegensetzte Richtung zurück über den Rasen und versucht, die Tränen zu unterdrücken, die in ihren Augen aufsteigen.

Heimweh fühlt sich ziemlich ähnlich an wie Trauer, stellt Haya fest. Und ebenso wie Trauer begleitet es dich auch überallhin. Und wenn du wieder glücklich werden willst, musst du mit deinem Herzen eine Art Waffenstillstand aushandeln und dein Leben in die Hand nehmen.

Haya hatte gehofft, dass der Stall hier im Internat ihr Zufluchtsort werden würde. Aber stattdessen lassen die Geräusche und der Duft der Pferde sie Al Hummar nur noch mehr vermissen. Und die Reitstunden machen ihr auch überhaupt keinen Spaß. Immer reiten sie bloß Quadrillen in der Reithalle. Sie muss aufhören, die ganze Zeit an Pferde zu denken, und etwas Neues ausprobieren.

„Hast du schon mal Hockey gespielt?", fragt Claire sie. „Nächste Woche ist Probetraining. Ich geh hin – komm doch mit."

„Solange wir dann in derselben Mannschaft sind ...", gibt Haya zurück. „Ich möchte nicht, dass du mir mit einem Knüppel in der Hand gegenüberstehst. Du bist bestimmt tödlich."

„Ach, ich werde sowieso zu sehr damit beschäftigt sein zu quatschen, dass ich eh nie treffen würde", erwidert Claire augenzwinkernd.

Allerdings ist es Haya, die sich in den nächsten Monaten als tödlich herausstellt. Sie ist ein Naturtalent im Sport und wird schon bald zu Badmintons bester Hockeyspielerin. Außerdem ist sie auch sehr gut in Korbball und Tennis, im Schwimmen und Kunstturnen. Wenn sie schon auf ein Internat gehen muss, will sie wenigstens ihr Bestes geben, um ihren Vater stolz zu machen.

„Du bist so eine Streberin! Immer hast du Einsen in allem", seufzt Claire.

„In Mathe habe ich nur eine Zwei", widerspricht Haya. „Und ich fliege hochkant aus dem Chor, wenn sie uns noch mal beim Quatschen erwischen."

„Ich wünschte, sie würden uns beide rausschmeißen", sagt Claire. „Außerdem ist es ja wohl deren Schuld, dass es im Chor so stinklangweilig ist. Wenn ich nicht mit dir quatschen würde, würde ich einschlafen."

Die blonden Mädchen, die Haya zu Anfang so einschüchternd fand, sind mittlerweile ihre Freundinnen geworden. Sogar das Problem mit Stephanie löst sich nach dem Klassenausflug nach London. Eigentlich soll es ein Erdkunde-Ausflug sein, aber in Wirklichkeit ist es eher eine lange Stadtrundfahrt. Am Nachmittag besichtigen die Mädchen den Buckingham-Palast und als sie draußen anstehen, kann es sich Haya nicht verkneifen, sich zu Stephanie hinüberzulehnen und ihr ins Ohr zu flüstern: „Mein Papi kauft mir gerade diese Hütte. Wir lassen dann alles abreißen und wandeln die Gärten in Weiden für meine Pferde um."

Geschockt reißt Stephanie die Augen und den Mund auf. Haya schafft es etwa eine Sekunde lang, ernst zu bleiben, bevor sie nicht mehr kann und in wildes Gekicher ausbricht. Es ist ein gewagter Scherz, aber als Stephanie plötzlich auch anfängt zu lachen, weiß Haya, dass das Kriegsbeil zwischen ihnen begraben ist.

Baba und Ali schreiben Haya täglich, aber in Alis Briefen steht eigentlich immer dasselbe: Dass er die Tage bis zu den großen Ferien im nächsten Jahr zählt, obwohl Haya noch gar nicht so lange weg ist.

Liebe Haya,
noch 53 Tage, bis du nach Hause kommst.
Hab dich lieb,
Ali

Liebe Haya,
noch 52 Tage, bis du nach Hause kommst.
Hab dich lieb,
Ali

Haya mag die Montage am liebsten, denn dann kommt die Post, die übers Wochenende aufgelaufen ist, und so erhält sie manchmal drei Briefe von Baba und drei von Ali auf einmal. Eines Montagmorgens jedoch ist noch ein weiterer Brief dabei, in einer Handschrift, die sie nicht kennt. Sie reißt den Umschlag auf, überfliegt die in krakeligen Buchstaben geschriebenen Zeilen und stellt schnell fest, dass der Brief von Zayn ist.

Eure Königliche Hoheit, Prinzessin Haya,
ich hoffe, es gefällt Euch gut in der neuen Schule. Ich weiß, ich habe Euch versprochen, oft zu schreiben, wenn es Neuigkeiten gibt, aber

ich bin wirklich nicht sehr gut im Briefeschreiben. Ich hoffe, Ihr könnt die Wörter entziffern, und entschuldige mich für die Schreibfehler, die ich gemacht habe.

Bint Al-Rhee geht es nicht sonderlich gut, seit Ihr weg seid. Als sie aufgehört hat zu fressen, dachten wir erst, sie hätte einen Virus. Aber der Tierarzt meinte, sie sei kerngesund. Die Kleine steht Tag und Nacht an ihrer Boxentür und wiehert und Yusef meint, dass sie Sehnsucht hat. Santi sagt, das liegt an ihrem Araberblut – das macht ein Pferd anhänglich. Und Bree ist wirklich eine echte Araberstute, nur einem Menschen treu ergeben – nämlich Euch.

Das musste ich Euch wissen lassen, denn ich habe ja versprochen, Euch zu schreiben. Aber macht Euch keine Sorgen, bitte. Bree frisst mittlerweile wieder und ich habe sie jeden Tag von Hand gefüttert, um sicherzugehen, dass sie auch wirklich alles auffrisst. Während ich dies schreibe, sitze ich in ihrer Box im Stroh, und als ich ihr gesagt habe, dass dieser Brief für Euch ist, wirkte sie auf einmal viel fröhlicher. Sie hat sogar das Briefpapier beschnuppert und mit dem Maul danach geschnappt. Also könnte man wohl sagen, sie hat es mit einem Kuss versiegelt. Sie sehnt den Tag herbei, an dem Ihr zurückkehrt, Inschallah. Bis dahin möge Allah Euch behüten und gesund erhalten.

Euer ergebener Diener (und Freund)
Zayn

Als Haya den Brief im Speisesaal liest, zittern ihr die Hände. Die ganze Zeit, in der sie die kleine Stute so vermisst hat, ist ihr nie in den Sinn gekommen, dass Bree sie auch vermissen könnte. In diesem Moment wünscht sie sich nichts sehnlicher, als zu Hause zu sein.

Sie faltet Zayns Brief zusammen und steckt ihn in die Brusttasche ihres Blazers, atmet tief durch und versucht, sich zusammenzureißen. Sie hat keine Zeit, um traurig zu sein. Es ist halb neun und sie ist spät dran für die Mathestunde.

Im Unterricht fällt es ihr schwer, sich auf die Aufgaben in ihrem Übungsheft zu konzentrieren. Alles, an das sie denken kann, ist Bree. Sie kommt sich so hilflos vor, wie sie hier festsitzt. Schließlich lässt sie die Matheaufgaben Matheaufgaben sein und beginnt zu schreiben. Sie kritzelt unermüdlich auf die hinteren Seiten ihres Übungsheftes und als die Stunde vorbei ist, hat sie einen Brief an Zayn aufgesetzt, in dem sie ihm alles schreibt, was sie über Bree weiß. Sie verrät ihm all ihre Geheimnisse, zum Beispiel wie sehr die kleine Stute es liebt, am Hinterteil geschubbert zu werden.

Keine Angst, wenn sie dir das Hinterteil zudreht, als ob sie gleich ausschlagen wollte, wenn du beginnst, sie zu kraulen, schreibt Haya, *das bedeutet bloß, dass sie möchte, dass du ihr auch die Schweifrübe schubberst. Oh, und als Belohnung an heißen Tagen liebt sie Eiscreme. Sie leckt sie anmutig aus der Waffel wie eine feine Dame. Ach, und sie liebt Pfefferminzbonbons! Ich habe ihr beigebracht, mit dem Kopf zu nicken und darum zu bitten, bevor ich ihr eins gebe. Und wenn sie rastlos in ihrer Box auf und ab läuft, ist ihr vielleicht langweilig. Dann reite mit ihr in den Wald aus und lass sie ordentlich galoppieren. Ich hatte nur selten die Gelegenheit dazu, aber das war echt toll. Bree galoppiert für ihr Leben gern …*

In den nächsten Tagen schaut Haya andauernd in ihr Postfach in der Hoffnung auf Neuigkeiten. Und als endlich der nächste Brief von Zayn ankommt, reißt Haya mit pochendem Herzen am Umschlag. Tränen brennen in ihren Augen, als sie anfängt zu lesen, aber nicht aus Sorge, sondern vor Freude.

Ich habe alles so gemacht, wie Ihr mir geschrieben habt, schreibt Zayn. *Als ich mit ihr in den Wald geritten bin, hat sie ziemlich am Zügel gezerrt, also habe ich ihren Kopf freigegeben und sie galoppieren lassen, genau wie Ihr es mir aufgetragen habt, und wir sind bestimmt drei Meilen weit dahingeprescht, bevor sie müde wurde. Auf dem Nachhauseweg war sie wie ausgewechselt und von diesem Augenblick an hat sich ihre Stimmung deutlich gebessert. Ihr könnt Euch vorstellen, wie erleichtert ich war, dass sie ihr Futter komplett aufgefressen hat, als wir wieder zurück im Stall waren.*

Bree fehlt Haya immer noch, aber es ist gut zu wissen, dass sich ihre Stute nicht mehr nach ihr verzehrt. Auch Hayas eigenes Heimweh flaut langsam ab, aber dennoch träumt sie manchmal davon, zurück in Jordanien zu sein und auf ihrem Pferd durch die Wälder zu preschen. Wenn sie so doch auch hier in England reiten könnte! Aber sie hat wenig Hoffnung, hier verwandte Seelen zu finden, was die Pferde betrifft. Oder zumindest glaubt sie das.

Challenger

Mein liebster Baba,
ich kann es kaum glauben, dass ich schon fast ein halbes Jahr hier bin. Ich wünschte, ich hätte in den Weihnachtsferien nach Hause kommen können, anstatt wegen des Hockeyturniers in der Schule bleiben zu müssen. Heute war der erste Tag des neuen Halbjahres und ich habe alle meine Klassenarbeiten zurückbekommen. Ich habe 89 Prozent bei meiner letzten Englischarbeit richtig und auch sonst in allen Fächern gut abgeschnitten. Ich habe nur Einsen, ja, sogar in Mathe, das kannst du Frances gerne ausrichten!

Es ist kalt hier in England – und es regnet andauernd. Die Pferde wurden geschoren und tragen jetzt ihre warmen Stalldecken. So nennt man es, wenn man das Pferd mit einer Schermaschine rasiert und ihm dabei Muster ins Fell schneidet, sodass das Fell oben auf dem Rücken länger bleibt, damit das Pferd dort nicht auskühlt. Das sieht sehr eigenartig aus. Die Reitschulponys sind ziemlich faul, man muss sie immerzu ordentlich antreiben, damit sie sich überhaupt in Bewegung setzen. Aber es wundert mich nicht, dass sie so faul sind, wenn die Reitlehrer uns immer nur Runde um Runde um die Bahn

Hufschlagfiguren reiten lassen. Wir dürfen nur ganz selten mal springen! Es klingt blöd, aber ich überlege schon, ganz mit dem Reiten aufzuhören. Habe ich dir übrigens schon erzählt, dass ich jetzt Kapitänin der Hockeymannschaft bin?

Ach, und ich habe auch noch aufregende Neuigkeiten für Ali: Der Vater eines Mädchens hier arbeitet für Manchester United und er hat versprochen, dass wir zu einem Spiel gehen und die Spieler treffen können, wenn Ali mich im nächsten Halbjahr hier besuchen kommt. Sag Ali auch, dass er mir fehlt. Ich kann es kaum erwarten, wieder nach Hause zu kommen. Ich vermisse euch alle so sehr. Und ich hab dich sehr lieb, Baba.

Deine Tochter,
Haya

*

Immer sonntags dürfen die Schülerinnen von Badminton mit den Ponys rund um das Schulgelände ausreiten. Die meisten Mädchen nutzen diese Ausritte als Ausrede dafür, endlich einmal das Schulgelände verlassen zu können, und steuern die Geschäfte im Dorf an. Haya sieht oft, wie ihre armen Ponys zu Tode gelangweilt an einem Zaun beim Dorfanger angebunden stehen, während die Mädchen kichernd mit den Jungs von der örtlichen Schule flirten.

An einem dieser Sonntage reitet Haya auf Tempest, einem

schwarzbraunen Fell-Pony-Wallach, den die Reitlehrerin als absolut zuverlässig bezeichnet, einen der Reitwege entlang. Das Wort, das Haya für ihn eher einfällt, ist *scheintot.* Sie grübelt gerade darüber nach, wie lange sie wohl in diesem Schneckentempo bis zum Dorf brauchen wird, als sie aufschaut und zwei Reiter bemerkt, die in gestrecktem Galopp über die Wiesen in der Nähe preschen.

Der Reiter, der vorwegreitet, sitzt auf einem kräftigen braunen Hunter und reitet energisch voran. Er treibt sein Pferd so an, wie Haya es schon bei Jockeys im Rennen beobachtet hat. Der zweite Reiter auf einem eleganten, auffälligen Fuchs ist ihm dicht auf den Fersen. Sie sind zu weit weg, als dass Haya sie deutlich erkennen könnte, aber sie machen einen sehr geübten Eindruck. Haya beobachtet, wie sie auf ein Gatter mit fünf Querstangen zureiten, das von einer Weide auf die nächste führt. Sie ist überrascht, als die beiden ihre Pferde nicht durchparieren. Dann wird ihr schlagartig klar, dass sie über das Gatter springen wollen! Der große Braune erreicht das Gatter zuerst, gefolgt von dem Fuchs. Beide Pferde gehen das Hindernis mit wunderbar vorwärtsgerichteten Galoppsprüngen an und jagen auf der anderen Seite in derselben Geschwindigkeit weiter.

„Warum können wir nicht mal so was machen?“, murmelt Haya Tempest zu und tätschelt ihm den struppigen braunen Hals.

Haya kommt gerade aus dem Süßwarenladen im Dorf, als sie

zügiges Klappern von Hufeisen auf dem Asphalt hört. Als sie sich zu dem Geräusch umdreht, sieht sie, wie der Fuchs und der Braune, die vorhin über den Weidezaun gesprungen sind, um die Ecke biegen. Sie hatte die Reiter für Erwachsene gehalten, aber jetzt erkennt sie, dass es zwei Mädchen in ihrem Alter sind! Haya ist sich ganz sicher, dass sie die beiden noch nie in Badminton gesehen hat. Ihre Pferde sind nass geschwitzt und atmen immer noch schwer nach dem Galopp. Die Mädchen haben ihnen die Zügel ganz hingegeben und schwatzen munter. Es sieht so aus, als würden sie auf das Café neben dem Dorfanger zusteuern, und ohne groß darüber nachzudenken, ergreift Haya die Gelegenheit und läuft auf die beiden zu.

„Hallo", japst sie, als sie die beiden endlich eingeholt hat.

Das Mädchen auf dem großen Braunen ist sehr hübsch. Es trägt seine blonden Haare zu einem dicken Zopf geflochten und pariert den Braunen zum Stehen durch. „Hallo", erwidert sie und lächelt Haya freundlich an. Sie mustert Haya in ihrem Reitdress und schaut dann zu Tempest hinüber, der jetzt ebenfalls am Zaun beim Dorfanger angebunden ist. „Ist das dein Pony?"

„Nein", erklärt Haya. „Na ja, sozusagen. Ich reite ihn, aber er gehört nicht mir, sondern der Schule."

„Ach", meint das Mädchen. „Dann bist du in Badminton?"

„Ja, genau", gibt Haya zurück. Sie ist ganz schön nervös. Doch dann atmet sie tief durch und sagt: „Ich habe gesehen, wie ihr über die Felder galoppiert seid, als ich ins Dorf geritten bin. Ich liebe Springreiten, aber in der Schule machen wir das fast nie. Na ja, und die Ponys taugen auch nicht gerade viel."

„Dann solltest du vielleicht mal mit zu dem Reiterhof kommen, wo wir reiten", schlägt das blonde Mädchen vor. „Wir gehen nach Shepperlands Copse, gar nicht weit von hier. Lucinda und ich haben unsere Pferde dort eingestellt, aber die Ramseys, die Betreiber des Hofes, haben auch ein paar echt gute Schulpferde. Also, wenn du so richtig reiten willst, meine ich."

Haya muss sich zusammenreißen, um vor Aufregung nicht zu rufen: „Ja, bitte, nehmt mich mit!" Irgendwie kommt ihr der Name Ramsey auch bekannt vor und sie ist sich sicher, dass sie ihn schon mal zu Hause in Jordanien gehört hat.

„Ich heiße übrigens Jemima", stellt sich das blonde Mädchen vor. „Und das ist Lucinda."

Lucinda jedoch begrüßt Haya nicht, sie ist zu abgelenkt von dem Mann mit der dunklen Sonnenbrille, der in der Nähe von Tempest herumlungert.

„Ist dir schon mal aufgefallen, dass sich dieser Typ da bei deinem Pony sehr merkwürdig aufführt?", fragt Lucinda. „Ist das einer deiner Lehrer?"

„Nein." Haya seufzt. „Das ist mein Leibwächter."

*

Als Haya zurück zur Schule reitet, lässt ihre Begeisterung über ihre Zufallsbekanntschaft langsam nach. Die in Badminton werden sicher nicht gerade begeistert sein, wenn sie nach Shepperlands Copse wechselt, um Reitunterricht zu nehmen, wo sie doch eine eigene Reitschule haben. Wie soll sie ihre Lehrer nur davon überzeugen, sie gehen zu lassen?

Haya brütet immer noch über diesem Problem, als am nächsten Morgen die Post kommt. Sie hat einen Brief von Baba. Die ersten paar Absätze, in denen ihr Vater vom Alltag zu Hause in Al Nadwa schreibt, liest sie zwar mit Interesse, doch ab dem vierten Absatz werden ihre Augen vor Staunen immer größer.

Ich habe Santi erzählt, was du in deinem letzten Brief geschrieben hast, schreibt ihr Vater, *und er hat mich daran erinnert, dass er ein paar alte Bekannte in England hat, die uns auch schon einmal in Jordanien besucht haben. Sie heißen Ramsey mit Nachnamen, Richard und Marjorie Ramsey. Sie betreiben eine sehr professionelle Reitschule, die perfekt für dich wäre. Santi hat sich bereits mit ihnen in Verbindung gesetzt und ich habe mit deinem Schuldirektor ausgemacht, dass du nach Unterrichtsschluss und an den Wochenenden zum Reiten dorthin darfst. Der Stall nennt sich Shepperlands Copse und ist ganz in der Nähe deiner Schule ...*

Haya traut ihren Augen kaum. Das ist doch genau der Stall, von dem die Mädchen ihr erzählt haben!

Am nächsten Wochenende schlüpft Haya in ihre Reitsachen und ihr Bodyguard fährt sie nach Shepperlands Copse. Richard Ramsey ist gerade mitten in einer Reitstunde, als Haya ankommt, also wartet sie in seinem Büro auf ihn. Sie bewundert gerade die Siegerschleifen von der *Horse of the Year Show*, der *Royal Windsor Show* und den Olympischen Spielen, die überall an den Wänden hängen, als sie Hufgeklapper und wohlbekannte Stimmen in der Stallgasse hört.

„Ach, hallo!", ruft Jemima erfreut, als Haya aus dem Büro kommt. „Mr Ramsey hat schon gesagt, dass wir einen Neuzugang in unserer Abteilung bekommen, aber er hat nicht erwähnt, dass du das bist."

Hinter ihr kommt ein groß gewachsener, schick gekleideter Mann in beigen Reithosen und einer khakifarbenen Strickjacke, der einen kleinen Grauschimmel führt. „Ach, ihr Mädchen kennt euch schon?" Mr Ramsay ist verblüfft. „Na, das macht es doch viel einfacher. Dann können wir die ganze Vorstellerei überspringen und gleich loslegen."

Das Pony, das Mr Ramsay am Strick hat, heißt Toby und ist für Haya bestimmt. „Er ist ein ganz alter Hase, wenn's ums Springen geht", erklärt Mr Ramsay ihr, während sie zum Reitplatz gehen.

„Hallo, Toby." Haya nimmt die Zügel und schaut dem lichtgrauen Wallach in die Augen. Er macht einen gutmütigen Eindruck, hat aber auch etwas Eigensinniges. Haya kann ihn sofort gut leiden.

Auf dem Reitplatz der Ramsays ist ein Parcours mit bunt gestrichenen Hindernissen aufgebaut, genau wie die, die Haya schon im Fernsehen bei der *Horse of the Year Show* gesehen hat. Mit großen Kübelpflanzen an den Seiten und allem. Bisher ist

Haya bloß ein paarmal auf den Panzern über einige selbst gebaute Hindernisse gesprungen. Nicht dass sie das Lucinda und Jemima auf die Nase binden würde. Die beiden sehen so elegant aus, wie sie da ganz selbstverständlich auf ihren Turnierpferden sitzen. Es sind andere als die, auf denen Haya sie am vergangenen Wochenende gesehen hat. Und auch hier im Parcours wirken die beiden Mädchen genauso selbstsicher wie auf ihren Jagdponys im Gelände.

„Stell deine Steigbügel zum Springen ein", weist Mr Ramsay sie an. Haya wusste nicht mal, dass es da einen Unterschied zum normalen Reiten gibt, aber Haya macht die Steigbügelriemen ein paar Löcher kürzer und schließt sich der Reitabteilung hinter Lucinda an. Es ist schon nicht ganz leicht, im Trab mit den beiden Mädchen mitzuhalten, und wenn Mr Ramsay seine Kommandos gibt, kommt es Haya so vor, als würde er eine Fremdsprache sprechen. „Dein Pony geht zu stark auf der Vorderhand, Jemima, gibt ihm eine halbe Parade! Besser. Sieh zu, dass er mit der Hinterhand stärker untertritt, Lucinda. Mehr Schenkeldruck, weniger Zügelhilfen! Gut ..."

In der ersten Viertelstunde springen sie gar nicht; sie traben und galoppieren und arbeiten an ihrem Sitz. Mr Ramsay zeigt Haya, wie man im leichten Sitz reitet und wie man eine Zügelbrücke macht, damit sie ihre Hände leichter auf dem Mähnenkamm halten kann und Toby nicht zu sehr im Maul reißt, während sie über ein Hindernis springen.

„Also dann!", ruft er fröhlich. „Du siehst dort oben ganz sicher aus, du hast eindeutig ein gutes Gleichgewicht. Warum machst du es nicht den anderen beiden nach und gehst über die rot-weißen Stangen und dann über die blau-weißen Planken und dann sehen wir weiter."

Nachdem Jemima und Lucinda forsch davongestoben sind, tut Haya ihr Bestes, um mit ihnen mitzuhalten. Toby springt bei beiden Hindernissen viel zu früh ab und Haya ist sich sicher, dass Mr Ramsay den blauen Himmel zwischen ihren Beinen und dem Sattel hindurch sehen kann, während sie hinter den anderen beiden hinterherhinkt, aber immerhin gelingt es ihr, sich oben zu halten. Zum Glück schimpft Mr Ramsay nicht mit ihr, wie es Mrs Goddard sicher getan hätte.

„Ich mag es, wie du Toby den Kopf freigibst und ihn auch weiterhin loslässt, obwohl du den Anschluss verloren hattest", sagt Mr Ramsay. „Die Hände hältst du gut, aber an deinen Schenkelhilfen müssen wir noch arbeiten."

Während er über den Parcours geht und die Hindernisse zu gekreuzten Stangen umbaut, hält er den Mädchen einen Vortrag darüber, wie wichtig der Unterschenkel ist. „Er darf sich beim Springen zu keinem Zeitpunkt von der Flanke des Pferdes lösen, das gibt euch die nötige Sicherheit. Positioniert den Unterschenkel, verankert die Sitzhöcker und sitzt aufrecht."

„So!", sagt er, während er den letzten Sprung umbaut. „Diesmal nur du alleine, Prinzessin Haya."

Als Haya die niedrigen gekreuzten Stangen übersprungen

hat, baut er die Hindernisse für die anderen beiden Mädchen wieder zu ihrer vorherigen Form um und Haya schaut vom Rand der Reitbahn aus zu, wie die anderen beiden die höheren Hindernisse nehmen. Sie beobachtet genau, wie sie perfekt im Rhythmus galoppieren und vor den Hindernissen einen Handwechsel vollführen. Auf einmal wird ihr bewusst, wie gut die beiden reiten können, und noch viel mehr, wie viel schlechter sie ist. *Noch* jedenfalls. Denn während sie den beiden zuschaut, wächst in Haya der Wille, genauso gut zu werden.

Falls es Jemima und Lucinda aufgefallen ist, dass sie besser reiten können als Haya, brüsten sie sich überhaupt nicht damit. Nach der Reitstunde bleiben die drei noch auf dem Hof und helfen den Ramsays beim Ausmisten.

„Wie sind denn die Araber auf dem Königlichen Gestüt so?", will Jemima wissen. „Ich wette, sie sind umwerfend!" Und auf einmal erzählt Haya ihnen alles über Bree und die Ställe von Al Hummar.

Dass sie bei den Ramsays so herzlich aufgenommen wurde, ermutigt Haya, sich noch mehr anzustrengen. Sie wird in einem halsbrecherischen Tempo besser und kann schon bald über dieselben Hindernisse springen wie Lucinda und Jemima. Und sie begreift, dass Springreiten nichts damit zu tun hat, mit seinem Pferd auf ein Hindernis zuzureiten, all seinen Mut zusammenzunehmen und auf das Beste zu hoffen. Sie lernt, wie man nah an das Hindernis heranreitet und wie man die Schrittlänge des Pferdes einschätzt, sodass es im perfekten Moment abspringt.

Als Haya mit dem Springen angefangen hat, kamen ihr sogar Cavaletti gigantisch vor. Und jetzt springt sie schon über Hindernisse, die achtzig Zentimeter, einen Meter, einen Meter zehn hoch sind. Als sie bei einem Meter zwanzig angekommen sind, erklärt Mr Ramsay, dass die Sprünge für Toby nun zu hoch sind. Er lässt Haya ein paar der anderen Springpferde Probe reiten, bevor er ihr Victorious gibt, ein eigensinniges S-Klasse-Turnierpony. Aber Haya hat sofort einen guten Draht zu ihm und so kann Mr Ramsay die Stangen der Hindernisse noch höher legen.

*

Eines Tages läuft Jemima Haya schon entgegen, als diese auf den Hof kommt, und wedelt mit einem Stück Papier herum. „Er hat uns angemeldet!“, ruft sie ihr zu. „Beim örtlichen Springturnier am nächsten Wochenende. Du bist mit Victorious bei drei Wettbewerben dabei!“

Es ist bloß ein Provinzturnier, aber für Haya fühlt es sich an wie der Grand Prix bei den Olympischen Spielen. Am Abend vorher ist Haya so aufgeregt, dass sie eine ganze Stunde lang die Sachen aus ihrer Schatzkiste neu sortiert, weil sie nicht schlafen kann. Sie will die Schachtel schon wegräumen, überlegt es sich dann aber anders, öffnet den Deckel noch mal und nimmt die geflochtene schwarze Haarsträhne heraus, die sie von Brees Schweif abgeschnitten hat. „Du wirst morgen mein Glücksbringer sein“, wispert sie und steckt die Strähne in die Tasche ihres Turnierjacketts.

Jemima und Lucinda sind schon ein paar Turniere geritten und die heitere Gelassenheit, mit der sie ihre Pferde vorbereiten, hilft auch Haya, die Ruhe zu bewahren. Sie verladen die Ponys auf den Transporter der Ramsays und die drei Mädchen quetschen sich auf die Rückbank, als es endlich losgeht.

Als sie um sieben Uhr morgens am Turnierplatz ankommen, schreiten bereits einige Reiter den Parcours ab. Sie werden heute einen Meter zehn hoch springen, niedriger als das, was sie auf dem Reiterhof trainiert haben. Trotzdem krampft sich Hayas Magen zusammen, als sie neben den Hürden steht, die ihr bis zur Brust reichen. Es gibt eine Kombination aus bunten Stangen, die Mr Ramsay gerne als „Reiterschreck“ bezeichnet, weil sie so weit und imposant ist.

„Wenn du mich fragst, ist es die zweifache Kombination, die Probleme bereiten wird. Da brauchst du einen Riesensprung, sonst holst du die hinteren Stangen runter“, meint Jemima, während sie mit den beiden anderen die Abstände zwischen den Hindernissen mit Schritten ausmisst. Haya zieht mit dem Finger eine Spur in die Luft, um sich die Reihenfolge, in der sie die Hindernisse nehmen muss, zu merken. Sie hofft, dass sie später noch weiß, über welche Hindernisse sie überhaupt springen soll. Es wäre schrecklich, disqualifiziert zu werden, nur weil sie das falsche Hindernis angeritten hat.

Sie wartet beim Abreitplatz und schaut zu, wie die anderen an der Reihe sind. Jemima und Lucinda sind beide vor ihr dran und sie sind wirklich gut. Nur das weiße Gatter und der Weitsprung bereiten ihnen Schwierigkeiten und beide haben am Ende vier Strafpunkte.

Unmittelbar bevor sie selbst dran ist, reitet Haya Victorious noch zweimal über die Übungssprünge. Der Wallach überwindet die Hindernisse so leichtfüßig, dass Haya sich gleich viel selbstbewusster fühlt. Als sie hört, wie ihr Name aufgerufen wird und sie in den Parcours einreitet, ist sie kein bisschen mehr nervös, sondern konzentriert sich voll und ganz auf die Sprünge.

Als die Glocke läutet, galoppiert sie energisch an und geht das erste Hindernis voller Entschlossenheit an, so wie Mr Ramsay es ihr beigebracht hat. Victorious prescht etwas zu beherzt auf den zweiten Sprung zu, und Haya zügelt ihn ein wenig, bevor sie ihn weiter vorwärtstreibt, und so setzen sie auch mit genug Luft über das zweite Hindernis. Haya hat sich solche Sorgen gemacht, dass sie die Reihenfolge der Hindernisse durcheinanderbringen könnte, aber jetzt, wo sie dabei ist, strömt das Adrenalin durch ihren Körper. Sie erinnert sich so genau an den Verlauf, dass sie ihr Pony schon mitten über einem Hindernis richtig stellen und es auf das nächste Hindernis vorbereiten kann. Als sie zur Zweifachkombination kommen, sperrt sich der Wallach ein wenig gegen ihre Hilfen, und Haya muss darauf vertrauen, das er selbst die richtige Schrittlänge findet. Sie lässt ihm den Kopf frei und treibt ihn weiter an. Zum Glück ist Victorious ein kluges Pferd und obwohl er viel zu weit vor dem Hindernis abspringt, kann er dies mit einem großen Galoppsprung in der Mitte kompensieren. Dann versammelt Haya ihn energisch und stellt ihn auf das letzte Hindernis. Ihr Pony nimmt es mit Leichtigkeit. Sie haben es geschafft!

In den drei Wettbewerben, für die sie gemeldet sind, kommen Haya und Victorious dreimal aufs Treppchen – einmal als Erste und zweimal als Zweite. Haya muss sich zusammenreißen, um ihre Siegerschleifen auf dem Nachhauseweg nicht immer wieder hervorzuholen und zu bewundern. Auch Jemima und Lucinda haben in ihren Wettbewerben Schleifen gewonnen und zurück auf dem Reiterhof schmücken sie ihre Ponys damit und machen Fotos. Haya umarmt Victorious fest, als sie ihn in die Box bringt und mit einer Extraportion Futter belohnt.

„Ooooh! Zeig her!“ Claire reißt ihr die Siegerschleifen aus der Hand, als Haya zurück ins Internat kommt.

„Ich finde die gelben am schönsten“, meint Claire. „Ich würde immer versuchen, die zu gewinnen.“

„Aber die rote ist die für den ersten Platz“, versucht Haya ihr zu erklären. „Das wäre ja, als ob man lieber die Bronzemedaille gewinnen wollte statt der goldenen.“

„Egal“, sagt Claire. „Mir gefallen die gelben am besten.“

Zurück in ihrem Schlafsaal überlegt Haya kurz, die Schleifen in ihrer Schatzkiste zu verstauen. Aber dann befestigt sie sie lieber an den Postern über ihrem Bett, die sie aus Zeitschriften ausgerissen hat.

*

Häufig überschneiden sich das Springreiten und die Hausaufgaben. Also sitzt Haya nach dem Training oft noch bis spätabends über einem Geschichtsaufsatz oder ihren Matheaufgaben, damit sie alles fertig bekommt. Und obwohl sie so viel Zeit auf dem Hof der Ramsays verbringt, fühlt sie sich auch in der Schule immer heimischer. An den meisten Abenden, wenn alle Hausaufgaben gemacht sind, verbringt sie ihre Zeit im Gemeinschaftsraum ihres Hauses mit den anderen Mädchen aus ihrem Jahrgang.

Der Direktor besteht darauf, dass seine Schülerinnen jeden Abend die Nachrichten im Fernsehen anschauen und nicht nur Musiksendungen, denn er findet es wichtig, zu wissen, was in der Welt passiert. Haya sieht Bilder von den Kämpfen im Persischen Golf und hört aufmerksam zu, was der BBC-Reporter in ernstem Tonfall über den Golfkrieg zu sagen hat.

Stärker als je zuvor spürt Haya die Kluft, die zwischen England und der arabischen Welt klafft. Und obwohl sie sich gut eingewöhnt hat, vermisst sie Baba und Ali und Bree doch an jedem Tag schmerzlich. Die Schatzkiste hat ihren festen Platz in der obersten Schublade ihres Nachtkästchens und Haya öffnet sie jeden Abend, um das Foto von ihrer Mutter anzusehen. Keinen Augenblick kann sie vergessen, dass sie sehr weit weg von zu Hause in einem fremden Land ist.

„Kommst du mit, das Space-Shuttle anschauen?“, will Claire eines Nachmittags von ihr wissen, als die beiden auf dem Weg zu ihrem Schlafsaal sind.

Alle aus ihrem Haus wollen den Start der Challenger-Rakete sehen. Die Zeitungen waren in den letzten Wochen voll davon. Es ist zwar nicht die erste Raumfähre, die die NASA ins Weltall schickt, aber es ist die erste, bei der neben den Astronauten auch ganz normale Leute an Bord sind. Haya hat sich Interviews mit ihnen angeschaut und sie findet, dass eine der Astronautinnen, eine Frau mit langen dunklen Haaren, ihrem früheren Kindermädchen Grace sehr ähnlich sieht.

Im Gemeinschaftsraum scharen sich die Mädchen um den Bildschirm. Haya und Claire legen sich bäuchlings auf den Fußboden direkt vor das Fernsehgerät und stützen sich mit den Unterarmen auf Kissen ab.

„Zieht die Köpfe ein“, ruft jemand aus den hinteren Reihen. „Wir können sonst gar nichts sehen.“

Die Astronauten kommen in ihren Raumanzügen und mit den Helmen unter dem Arm aus der Pressekonferenz und bereiten sich darauf vor, an Bord der Raumfähre zu gehen. Die Kameras schwenken zur Zuschauertribüne des *Kennedy Space Center* in Florida. Es ist ein eisiger Januartag und die Zuschauer haben sich in dicke Pullis, Schals und Mäntel eingemummelt. Viele von ihnen haben Ferngläser dabei und ihre Blicke erwartungsvoll auf das Space-Shuttle geheftet, welches auf riesigen Trägerraketen sitzt. Die Stimmung ist aufgeheizt und die Menschenmenge jubelt den Astronauten zu, als diese herauskommen, über die Rampe zur Raumfähre laufen und allen noch einmal zuwinken, bevor sie schließlich an Bord gehen. Sie sind startklar.

Auf dem Fußboden des Gemeinschaftsraums stützt Haya das Kinn auf ihr Kissen und beobachtet, wie die Raketen hochgefahren werden und weiße Rauchwolken unter der Abschussrampe hervorzuquellen beginnen.

„*T minus einundzwanzig Sekunden und die Feststoffantriebsraketen sind in Gang ...*" Der Ton der Fernsehübertragung knistert. „*Zehn – neun – acht – sieben – sechs: Die Haupttriebwerke haben gezündet – vier – drei – zwei – eins und – lift-off! LIFT-OFF! Die fünfundzwanzigste Space-Shuttle-Mission hat soeben die Startrampe verlassen!*"

Die Menschen auf der Zuschauertribüne schirmen ihre Augen mit der Hand ab, während sich die Rakete in den eisigen, wolkenlosen blauen Himmel schiebt. Im Gemeinschaftsraum in Badminton jubeln die Mädchen vor dem Fernseher.

„Das ist so großartig!", schwärmt Claire, als die Rakete einen weißen Wolkenschweif hinter sich in den Himmel zieht. „Ich wünschte, ich wäre jetzt auf dem Weg in den Weltraum!"

Aus dem Fernseher hört man die Astronauten mit dem Bodenkontrollzentrum sprechen: „Triebwerke werden jetzt gedrosselt ... Flughöhe bei vier Komma drei nautischen Meilen ...“

Und dann wird der ebenmäßige weiße Kondensstreifen, der sich gerade noch über den Himmel gewölbt hat, auf dem Bildschirm von einer Explosion zerrissen und geht in einem Feuerball auf. Es sieht so aus, als ob die Wolken selbst zerschellt wären und jetzt dünne Rauchfahnen in alle Richtungen spucken würden. Die Wolken sprühen Funken und dann sieht man einen schaurigen Feuerstrahl, den Schweif eines glühenden Feuerballs, der zurück zur Erde rast.

Die Stimme im Fernseher bestätigt: „Es sieht so aus, als ob ein paar der Feststoffantriebsraketen vom Shuttle abgerissen wären ...“

Der Jubel im Gemeinschaftsraum verstummt. Das sah nicht wie eine Antriebsrakete aus. Obwohl die Stimme, die aus dem Fernsehgerät kommt, ganz ruhig ist, ist allen klar, dass da etwas ganz gewaltig schiefgegangen ist.

Dann hört man eine zweite Stimme aus dem Kontrollzentrum der NASA: „Wir haben es offensichtlich mit einer gravierenden Fehlfunktion zu tun.“

Haya hat Mühe zu begreifen, was sich da soeben vor ihren Augen abgespielt hat. Auf dem Bildschirm sieht sie, wie die Menschenmenge auf der Tribüne des *Kennedy Space Center* in stummer Fassungslosigkeit angestrengt in den Himmel starrt. Vor den Augen der ganzen Welt ist diese Rakete gerade mitten in der Luft explodiert. Die Raumfähre, die sieben Männer und

Frauen bis an die äußersten Grenzen unserer Atmosphäre bringen sollte, hat sie stattdessen in einem Feuerball neun nautische Meilen hinab auf die Erde gestürzt.

Im Gemeinschaftsraum starren die Mädchen der oberen Mittelstufe der Badminton School ungläubig den Fernsehschirm an, als die Kamera zurück in Richtung Himmel schwenkt, wo die Rauchwolke der Explosion immer noch in der Luft hängt. Nur Claire schaut nicht mehr hin.

„Haya?“ Claire starrt ihre Freundin an. „Haya, was ist los? Geht's dir gut?“

Trauer ist ein Lebewesen. Sie wartet mit deinem Herzen in ihrer grausamen Hand auf den rechten Augenblick, wartet auf den Moment, in dem sie zudrückt. Acht Jahre lang hat die Trauer Hayas Herz in Sicherheit gewogen. Und jetzt ballt sie ihre Faust. Aus tausend Meilen Entfernung sieht Haya eine Rakete vom Himmel stürzen und während sie fällt, sieht sie das Gesicht ihrer Mutter. Sieht den Blitzeinschlag und dann das unerträgliche Grauen, als der Hubschrauber zu Boden stürzt.

„Haya?“ Die Mädchen scharen sich um sie.

„Was ist mit ihr?“

„Tretet zurück und lasst ihr etwas Luft zum Atmen.“

Haya hat sich auf dem Boden zu einem Ball zusammengekrümmt, ein Schluchzen schüttelt ihren Körper und ihre Atmung kommt in kurzen, keuchenden Stößen. Die Trauer drückt ihr die Kehle zu, verstärkt ihren Griff. Und dieses Mal hat sie nicht die Absicht loszulassen.

Zu Hause

Haya fühlt sich total erschöpft. Ihre Umwelt nimmt sie nur noch verschwommen wahr und sie kann keinen klaren Gedanken fassen. Sie liegt im Schlafsaal der Schule und ihr Vater ist gekommen. Er sitzt an ihrem Bett und streicht ihr durchs Haar.

„Baba", schluchzt sie schwach. „Es tut mir leid ..."

„Ssssch!", macht der König. „Keine Sorge, Haya. Alles wird gut. Ich nehme dich mit nach Hause ..."

Die schwarzen Staatskarossen mit den rot-weiß-schwarz-grünen Flaggen, die an den Kotflügeln gehisst sind, rollen gemächlich über die Landebahn, um zum königlichen Jet zu gelangen.

„Ich will nicht fliegen", murmelt Haya, als ihr Vater sie an Bord des Flugzeugs trägt, aber der Arzt hat ihr vorab schon ein Beruhigungsmittel gegeben. Sie kann sich kaum an den Heimflug erinnern. Einmal schaut sie aus dem Fenster auf das Mittelmeer hinab, das sich azurblau unter ihnen erstreckt, und sie stellt sich vor, wie es wohl wäre, jetzt vom Himmel zu fallen.

Sie umklammert Dolly noch ein wenig fester und starrt schläfrig aus dem Fenster. Innerlich ist sie wie betäubt.

Als sie wieder aufwacht, sitzt ihr Vater immer noch an ihrem Bett, aber nun ist sie zu Hause. Zurück im Al-Nadwa-Palast. Sie kommt sich so vor wie Dorothy aus dem *Zauberer von Oz*, die plötzlich in Kansas aufwacht.

„Du musst dich ausruhen", sagt ihr Vater. „Schlaf noch ein bisschen, dann wird es dir morgen schon viel besser gehen."

Am nächsten Tag wacht Haya mit Kopfschmerzen und einem hämmernden Geräusch in den Ohren auf. *Bumm, bumm, bumm.* Das ist Ali, der einen Fußball gegen die Wand in ihrem Zimmer kickt.

„Was machst du da?", stöhnt Haya.

„Du bist wach!", jubelt Ali. „Du siehst grauenvoll aus."

„Danke."

„Du hast ewig geschlafen. Baba ist in seinen Amtssitz gefahren. Vor einer halben Stunde. Und Frances hat gemeint, ich soll rausgehen und dich schlafen lassen." Ali nimmt den Fußball hoch. „Hast du Lust, mit meiner Carrera-Bahn zu spielen? Du kannst jedes Auto nehmen, das du willst – nur nicht das silberne, das ist meins ..."

„Prinz Ali!"

Frances. Sie steht in der Tür zu Hayas Zimmer.

„Du solltest die Prinzessin doch schlafen lassen", schimpft Frances, während sie Hayas Zimmer durchkreuzt und Ali von ihrem Krankenbett wegscheucht.

„Nein“, gibt Haya zurück und schwingt die Beine über die Bettkante. „Ist schon okay, Frances. Ich wollte ohnehin gerade aufstehen. Ich will zum Stall.“

„Kommt gar nicht infrage“, erwidert Frances energisch. „Der Doktor hat gesagt, du sollst heute noch im Bett bleiben.“

„Ich werde ganz sicher nicht den ganzen Tag hier im Bett liegen“, beharrt Haya. „Ich muss zu Bree.“

„Aber der Doktor sagt, du brauchst Ruhe.“ Frances schiebt Hayas Beine zurück ins Bett und stopft hektisch die Laken um sie herum fest.

„Dann möchte ich selbst mit dem Doktor sprechen ...“, sagt Haya.

„Mach dich nicht lächerlich!“, lacht Frances auf.

„... dann rufe ich meinen Vater in seinem Amtssitz an und rede mit ihm.“ Haya ist den ganzen weiten Weg zurück zu Bree gekommen, da wird sie sich ganz sicher nicht von ihrer Gouvernante ans Bett fesseln lassen.

Als der Arzt endlich ankommt, hat Haya bereits geduscht und gefrühstückt und trägt ihre Reitsachen.

„Die Prinzessin hat mir versichert, dass sie sich schon viel besser fühlt. Ein kurzer Ausflug zum Gestüt wird ihr sicher nicht schaden“, erklärt er Frances. „Im Gegenteil, die frische Luft wird ihr guttun.“

Haya wartet, bis Frances und der Doktor ihr Zimmer verlassen haben, bevor sie sich zurück auf ihr Bett fallen lässt. Die ganze Zeit, in der die beiden bei ihr gewesen sind, hat sie befürchtet, in Ohnmacht zu fallen. Als sie die Treppe hinuntergeht, muss sie sich gut am Geländer festhalten, aber sie ist fest entschlossen, Frances nicht merken zu lassen, wie schwach sie sich wirklich fühlt. Nichts und niemand wird sie davon abhalten, Bree zu besuchen.

*

„Dreikäsehoch!" Santi strahlt vor Freude, als Haya plötzlich in seinem Büro steht. „Ich hab schon gehört, dass du wieder zu Hause bist, aber ich hatte nicht damit gerechnet, dass du uns heute schon besuchen kommst!"

Haya lächelt Santi schwach an. Auf dem Weg hierher im Auto hat sie sich schon besser gefühlt, als würde sich der dichte Nebel, der in den letzten Tagen in ihrem Kopf herumgewabert ist, langsam lichten. Dennoch fühlt Haya sich immer noch wackelig. „Wie geht's Bree?", will sie wissen.

„Komm und sieh selbst", ermuntert Santi sie. Er wirft einen Blick auf seine Uhr. „Zayn sollte sie bereits in den Auslauf im Hof gelassen haben, damit sie sich die Beine vertreten kann. Gib mir einen Moment, damit ich das hier fertig machen kann, dann begleite ich dich ..." Santi steht von seinem Bürostuhl auf und sie wollen gerade gehen, als ein Mann in Reithosen und einem khakifarbenen Hemd durch die Tür tritt. Der Mann klopft nicht, sondern kommt direkt herein. Blitzschnell springt Hayas Leibwächter auf und tritt dem Fremden entgegen, um ihm den Weg abzuschneiden.

„Holla!“ Der Mann erstarrt mitten in der Bewegung. Er wirkt ein klein wenig belustigt, als er seine Hände zum Zeichen der Kapitulation hebt.

„Was ist denn hier los, Santi? Hast du jetzt deine eigene Leibgarde? Ich hatte keine Ahnung, dass du so ein bedeutender Mann bist!“

Santi bedeutet dem Bodyguard, sich zu entspannen. „Der gehört zur Prinzessin“, erklärt er.

Der Fremde wendet sich Haya zu. „Ich bitte um Vergebung, Eure Königliche Hoheit, mir war nicht bewusst, dass Ihr hier seid. Ich bin Oberst Bashir, der Leiter der Königlichen Berittenen Garde und untertäniger Diener Seiner Majestät König Husseins.“

„Ich weiß“, antwortet Haya. „Ich habe Sie schon einmal reiten sehen. Sie sind sehr gut.“

Sie hat den Oberst schon oft beim *King's Cup* gegen die Mannschaft von Al Hummar antreten sehen. Die Königliche Berittene Garde ist bekannt für ihre vielen Siege bei dieser ehrwürdigen Veranstaltung. In all den Jahren, in denen Haya nun schon den *King's Cup* verfolgt, hat noch nie jemand anders gewonnen als Oberst Bashir.

Bashir strahlt vor Stolz über dieses Kompliment. „Ich hoffe, Eure Königliche Hoheit wird auch dieses Jahr wieder als Zuschauerin beim *King's Cup* dabei sein?“, erwidert er. „Es wird der elfte Sieg in Folge werden für meine Mannschaft.“

„Der zehnte!“, knurrt Santi.

Bashir grinst. „Der zehnte erst? Ach, na ja, wer zählt da schon noch mit, hm?“

Santi wirkt fahrig, während er seinen Büroschlüssel vom Tisch nimmt. „Wir waren gerade dabei zu gehen“, erklärt er Bashir. „Komm, wir begleiten dich hinaus.“

Haya weiß, dass Santi nicht gerade froh darüber ist, so oft gegen Bashir verloren zu haben. Und sie weiß auch, dass er nicht der Einzige ist. Jedes Jahr, in dem sie neben ihrem Vater in der königlichen Loge gesessen hat, hat sie ihm die Enttäuschung darüber angesehen, dass Bashir und seine Männer gewonnen haben. Aber natürlich ist ihr Vater immer gnädig. Er hält jedes Jahr eine Lobrede auf die Königliche Berittene Garde und hisst deren rot-goldene Flagge am Fahnenmast der königlichen Loge. Aber trotzdem kann Haya jedes Mal spüren, dass er damit nicht glücklich ist.

Einmal, als der Pokal gerade wieder einmal an Bashirs Mannschaft gegangen war, hatte Haya ihren Vater gefragt, warum er sich das so zu Herzen nimmt. Immerhin standen beide Mannschaften im Dienste des Königreichs und beide ritten zu seinen Ehren. Ihr Vater hatte sich zu seinen Kindern umgedreht und sie geheimnisvoll angelächelt. „Ja, aber selbst Königinnen und Könige haben ihre geheimen Favoriten.“

„Das stimmt!“, hatte Ali sich begeistert zu Wort gemeldet. „Ich habe mal gehört, dass Königin Elisabeth von England Arsenal-Fan sein soll!“

Haya ist überzeugt, dass die Leidenschaft, die ihr Vater für Al

Hummar hegt, mit den Pferden dort zusammenhängt. Die Araber des Königlichen Gestüts sind alle beduinischer Abstammung, man kann ihre Linie über Jahrhunderte bis zu den Stuten von Al Khamsa zurückverfolgen. Diese Pferde sind die lebende Verkörperung ihres jordanischen Erbes und ihr Vater hat sehr dafür gekämpft, ihren uralten Stammbaum fortzuführen. Es ist die Liebe zu diesen Pferden, die ihn danach dürsten lässt, dass Al Hummar endlich wieder seinen glanzvollen Ruhm zurückerhält. Außerdem ist Oberst Bashirs Art wirklich nervig. Wer also würde ihn nicht besiegen wollen?

„Ich bin gekommen, um die Details für den diesjährigen Cup zu besprechen", erklärt Bashir und hält einen Aktenordner voller Papierkram hoch.

„Das wird noch warten müssen, Bashir", sagt Santi bestimmt. „Ich bringe die Prinzessin gerade zu ihrem Pferd. Komm doch später noch mal wieder, dann können wir reden."

„Eure Königliche Hoheit haben ein Pony?" Bashir lächelt. „Wie nett!"

„Mein Traum ist es, einmal den *King's Cup* zu reiten", sagt Haya. Sie hat all ihren Mut zusammengenommen, um dies vor einem großen Reiter wie Bashir zuzugeben, doch als sie jetzt den Gesichtsausdruck des Mannes erblickt, wünschte sie, sie hätte den Mund gehalten.

„Pferde sind Männersache", erwidert Bashir stirnrunzelnd. „Mädchen treten nicht beim Cup an und wohlerzogene junge Damen sollten meiner Meinung nach gar nicht reiten."

„Prinzessin Haya ist eine hervorragende Reiterin, Bashir", zischt Santi. „Und wenn du klug bist, wirst du sie nicht noch einmal in meinem Beisein beleidigen."

Oberst Bashir wirkt verblüfft. „Es war nicht meine Absicht, jemanden zu beleidigen", erklärt er. „Ich freue mich schon darauf, Eure Königliche Hoheit beim diesjährigen Cup in der königlichen Loge zu sehen. Und wenn wir gewinnen, werden wir unseren Sieg selbstverständlich Euch widmen!"

„Noch habt ihr nicht gewonnen, Bashir", blafft Santi. „Aber egal – was auch immer du mit mir besprechen willst, das muss warten. Ich habe zu tun."

*

Die Stallungen von Al Hummar kommen Haya kleiner vor, als sie sie in Erinnerung hat. Als sie über den Innenhof geht, hören die Pferde ihre Schritte und recken die Hälse über ihre Boxentüren, um sie zu begrüßen. Normalerweise würde Haya nicht an ihnen vorbeikommen, ohne bei jedem von ihnen anzuhalten und ihm den Hals zu tätscheln oder ein Leckerli zuzustecken. Aber heute gibt es nur ein Pferd, das sie sehen will.

Der Auslauf ist ein einfacher Pferch mit einem Boden aus festgestampfter Erde. Er befindet sich auf der dem Stallgebäude abgewandten Seite und als Haya um die Ecke biegt, sieht es so aus, als sei er verwaist. Aber dann entdeckt sie ihre braune Stute im hintersten Winkel im Schatten eines einzelnen Baumes.

„Bree?“

Als es Hayas Stimme hört, dreht das Pferd mit aufmerksam aufgestellten Ohren den Kopf.

„Bree!“

Ihr Wiehern, mit dem sie Hayas Ruf erwidert, durchschneidet die morgendliche Stille. Dann trabt Bree los, und auch Haya beginnt zu rennen, sie flitzt über den Hof und klettert zwischen den Zaunlatten hindurch, um zu ihrem Pferd zu gelangen.

Bree kommt förmlich angeflogen. Sie galoppiert mit solch einer Geschwindigkeit, dass es den Anschein hat, als wolle sie Haya niedermähen! Die beiden sind kurz davor zusammenzuprallen, als Bree die Hinterhand in den Boden stemmt und schlitternd zum Stehen kommt, dass Staub und Dreckbrocken nur so um sie herumfliegen. Sie hat den Kopf hochgerissen und ihr Wiehern hallt über den Hof.

Ohne weiter nachzudenken, wirft sich Haya ihrem Pferd entgegen, umschlingt mit den Armen seinen Hals und drückt sich so fest sie nur kann daran. Bree stampft mit den Hufen und lässt ein leises, brummelndes Wiehern hören, um Haya zu begrüßen. Dann fängt sie an, Haya mit dem Maul gegen die Brust zu stupsen, als ob sie sie dafür schelten wollte, dass sie sich so lange nicht hat blicken lassen. „Wo warst du denn?“, scheint ihr Wiehern zu fragen. „Ich hab mir doch Sorgen gemacht.“

Haya vergräbt ihr Gesicht in Brees Mähne, damit niemand

ihre Tränen bemerkt. Sie will nicht, dass Santi sie weinen sieht, aber sie kann es auch nicht unterdrücken. Es sind keine Tränen der Trauer, sondern der Freude und Erleichterung darüber, dass sie jetzt wieder vereint sind.

Haya steht sehr lange so da, dicht an Bree geschmiegt, und atmet einfach nur ihren wunderbaren, süßen Pferdeduft ein. Als Haya sich schließlich doch von ihrer Stute löst, schaut sie sie kritisch an. „Du bist dünn geworden", stellt sie fest. „Du solltest mal die fetten Ponys sehen, dort, wo ich gerade herkomme. Aus einem von denen könnte man zwei von deiner Sorte machen."

Dennoch scheint Bree ganz gesund zu sein mit ihrem glänzenden kastanienbraunen Fell und der üppigen schwarzen Mähne und Schweif. Die Proportionen ihres Körpers haben sich noch mehr verfeinert in den letzten Monaten, und obwohl sie ein bisschen untergewichtig ist, sieht Bree immer noch wie eine echte, stolze Araberstute aus.

Haya versucht, einmal um Bree herumzulaufen, um sie sich genau anzusehen, aber das ist nicht so einfach. Bree will einfach nicht stillstehen. Sie hört nicht auf, Haya hinterherzulaufen und sie mit dem Maul anzustupsen, als ob sie sie keine Sekunde mehr aus den Augen lassen wollte.

„Ihr seid zurück!" Das ist Zayn. Er lässt den Futtereimer, den er trägt, fallen und rennt zur Begrüßung auf sie zu.

„Willkommen zu Hause, Eure Königliche Hoheit", sagt er. „Es ist schön, Euch wiederzusehen."

Haya lächelt. „Ich freue mich auch, dich zu sehen, Zayn. Vielen Dank, dass du dich so gut um Bree gekümmert hast."

„Sie ist ein bisschen zu dünn, ich weiß", entschuldigt sich Zayn. „Aber jetzt, wo Ihr wieder da seid, wird sie schnell an Gewicht zulegen."

Bree drückt Haya fest das Maul in die Seite, als ob sie dies bestätigen wollte, und Haya muss lachen. „Dann willst du jetzt also dein Futter, ja?", fragt sie die Stute.

„Oh!" Zayn ist erstaunt. „Dann wollt Ihr sie jetzt gar nicht reiten? Ich habe das Sattel- und Zaumzeug schon für Euch bereitgelegt."

„Ich bin nicht sicher, ob die Prinzessin schon wieder so weit hergestellt ist, um zu reiten", meint Santi und wirft Haya einen besorgten Blick zu.

„Wir könnten zum Wald reiten", schlägt Zayn vor. „Ich könnte Euch begleiten, wenn Ihr es wünscht."

Haya nickt schwach. „Okay."

Zayn grinst. „Wir nehmen den neuen Reitpfad, der hat eine richtig tolle Galoppstrecke."

Ein Galopp ist ein ambitioniertes Vorhaben für ein Mädchen, das sich kaum auf den Beinen halten kann. Haya fühlt sich so schwindelig und schwach; ihre Hände zittern unkontrollierbar, als sie den Sattel vom Zaun nehmen will.

„Hier, lass mich das mal machen." Sie spürt, wie Yusefs starke Hände ihr den Sattel abnehmen, um ihn auf Brees Rücken zu hieven.

„Danke, Yusef“, sagt Haya.

„Dann bist du also wieder zu Hause, ja? Das Schuljahr ist vorbei?“

„Ich bin zu Hause, ja“, bestätigt Haya. Aber sie erwähnt lieber nicht, dass das Schulhalbjahr noch drei Wochen dauert, bevor die Ferien beginnen. Ihr bleiben noch mindestens zwei Monate, bis sie nach Badminton zurückmuss. Falls sie überhaupt zurückgeht.

„Ich hab gesehen, wie dieser Schlaumeier Bashir vorhin mit Santi geredet hat.“ Yusef zurrt den Sattelgurt fest. „Was wollte der?“

„Er ist gekommen, um den *King's Cup* zu besprechen“, antwortet Haya. Und fügt hinzu: „Ich glaube, Santi kann ihn nicht besonders gut leiden.“

„Hah!“ Yusef grunzt zustimmend. „Dieser Oberst, der ist bis oben hin voll mit seiner Selbstherrlichkeit. Er bringt Santi auf die Palme.“

„Er schien sich sehr sicher zu sein, dass er den *King's Cup* dieses Jahr wieder gewinnt.“

Yusef nickt. „Als dieser Wettstreit damals begann, waren die beiden Mannschaften einander ebenbürtig. Aber seitdem hat das Königliche Gestüt nicht expandiert, während die Königliche Berittene Garde viele neue Leute eingestellt hat. Sie sind uns gegenüber mit zehn Mann in der Überzahl. Aber das hält diesen Bashir trotzdem nicht davon ab, mit seinen Siegen herumzuprahlen.“

„Und wie steht Santi dazu?“

„Er versucht so zu tun, als ob es ihm egal wäre“, meint Yusef. „Aber ich weiß, er würde alles dafür geben, Bashir zu besiegen, damit der König wieder voller Stolz sagen kann, dass sein Königliches Gestüt die besten Pferde und kühnsten Reiter im ganzen Königreich hat.“

Yusef hält Bree am Zügel, während Haya aufsitzt, und als er loslässt, kann die kleine braune Stute ihre Freude kaum verhehlen. Sie hüpft und tänzelt über den Innenhof Richtung Auffahrt, wo Zayn auf einem riesigen Schimmel namens Claudius auf sie wartet. Der Klang der Hufe, während die beiden Pferde im Gleichschritt den Fahrweg entlangtraben, das Klappern der Hufeisen auf dem Asphalt, erfüllt Haya mit großer Freude. Sie ist zurück in ihrem geliebten Al Hummar und trotz ihrer Erschöpfung fühlt es sich unbeschreiblich an, endlich wieder auf ihrem Pferd zu reiten.

„Wie lang ist dieser neue Reitweg, den du mit mir nehmen willst?“, will sie von Zayn wissen. Sie versucht, dabei nicht allzu besorgt zu klingen.

„Es ist ein etwa zweistündiger Ritt“, erwidert Zayn. „Vielleicht auch nur anderthalb Stunden, wenn wir den größten Teil galoppieren.“

Haya ist nicht sicher, ob sie so eine Strecke durchhält. Aber dann spürt sie Bree unter sich, die so leicht dahintrabt und auf die kleinste Hilfe reagiert, dass sie von einem absoluten Vertrauen in ihr Pferd überwältigt wird. Wenn Haya zu müde ist, wird Bree für sie sorgen und sie sicher nach Hause tragen. Solange sie auf dem Rücken ihrer braunen Stute sitzt, hat sie nichts zu befürchten.

Sie reiten auf holperigen Wegen zwischen knorrigen Olivenbäumen hinaus in Richtung Wald und Zayn fragt Haya über das Internat Löcher in den Bauch. Sie berichtet ihm von den fetten Ponys in Badminton und ihrem Glück, den Ramsays begegnet zu sein und bei ihnen Springreiten zu trainieren. Bevor sie abgereist ist, ist sie auf Victorious S-Klasse-Parcours geritten, aber die ganzen Schleifen und Pokale, die sich in ihrem Zimmer stapeln, verschweigt sie Zayn lieber. „Wir sollten einen Springparcours aufbauen, jetzt, wo ich zurück bin", schlägt sie vor. „Ich möchte Bree richtig trainieren, so wie es mir die Ramsays beigebracht haben."

„Vielleicht könnt Ihr mir dann Unterricht im Springreiten geben?", meint Zayn hoffnungsvoll. „Wir haben bisher keine guten Springreiter in der Mannschaft für den *King's Cup* – aber genau da könnten wir ansetzen."

„Haben wir eine Chance?", fragt Haya.

„Es ist nicht aussichtslos", gibt Zayn zurück. „Es gibt fünf Wettbewerbe beim Cup: die Militärparade, das *Tent pegging*, die Beizjagd, das Springen und das Voltigieren. Bashirs Mannschaft wird ganz sicher die Parade gewinnen. Die üben jeden Tag mit ihren Pferden, um im absoluten Gleichschritt zu gehen. Aber im *Tent pegging* sind unsere Reiter genauso schnell wie sie."

„Und was ist mit den anderen Disziplinen?“, fragt Haya.

„Ich bin ganz gut im Voltigieren“, meint Zayn. „Mit etwas Übung könnten wir das gewinnen, aber ich glaube, Bashir wird das Springreiten und die Beizjagd gewinnen. Also sieht es alles in allem nicht so gut aus.“

Auf dem Nachhauseweg wird der Pfad im Wald breiter und ein langer Abschnitt, der sich sanft zwischen den Bäumen hindurchschlängelt und dick mit Piniennadeln bedeckt ist, öffnet sich vor ihnen. Hier lassen sie die Pferde angaloppieren und Haya kann Brees kraftvolle Bewegungen unter sich spüren. Sie lässt sich so leicht reiten, es ist, wie auf Wolken zu schweben. Dennoch ist Haya schnell müde. Ihre Beine fühlen sich wie Pudding an und als Bree ausgelassen am Gebiss zerrt, flutschen Haya fast die Zügel durch die Finger.

„Macht es dir was aus, wenn wir eine Weile im Schritt weiterreiten?“, fragt sie Zayn.

„Kein Problem“, erwidert er. „Alles okay mit dir?“

„Ja, mir geht’s gut“, beharrt Haya.

Während die Pferde wieder zur Ruhe kommen, denkt sie über Bashir, den Cup und das Team von Al Hummar nach.

„Was, wenn ich mitreiten würde?“, schlägt sie plötzlich vor. „Die Schwäche der Mannschaft ist das Springreiten, und genau das ist meine Stärke.“

„Ihr wollt am Cup teilnehmen?“ Zuerst wirkt Zayn verblüfft, aber dann bemerkt er Hayas ernsten Gesichtsausdruck.

„Aber wenn Ihr am Cup teilnehmt, reicht es nicht, bloß das

Springen zu reiten“, erklärt er. „Ihr müsst dann bei allen Disziplinen mitmachen.“

„Ich bin eine gute Turnerin, eine der besten an meiner Schule“, meint Haya. „Also kann ich auch lernen zu voltigieren. Und beim *Tent pegging* habe ich so oft zugeschaut, das kann ich mit Sicherheit auch lernen.“

Zayn lächelt vor Bewunderung für ihre Entschlossenheit. „Dann solltet Ihr mit Santi sprechen. Sagt ihm, dass Ihr beim Cup reiten wollt.“ Er nimmt die Zügel wieder fester auf. „Hinter der nächsten Biegung wird der Pfad wieder breiter. Seid Ihr bereit zu galoppieren?“

Als sie wieder beim Gestüt ankommen, ist Haya so schwindelig, dass sie sich kaum noch aufrecht im Sattel halten kann. Und als sie absitzt, geben ihre Knie nach. Zayn springt ihr sofort zur Seite. Er schaut in ihr blasses Gesicht, sieht die Schweißperlen auf ihrer Stirn und ruft sofort nach Yusef.

„Bitte, setz dich hierher“, sagt Yusef, als er Haya zu einem Heuballen an der Stallmauer hinüberführt. „Rühr dich nicht. Radi wird Bree für dich absatteln und in ihre Box bringen.“

„Das kann ich selbst machen“, will Haya beharren. Aber sie hat noch nicht einmal die Kraft aufzustehen und als Santi ihr einen Wagen ruft, der sie nach Hause bringen soll, widersetzt sie sich nicht.

Zurück im Al Nadwa-Palast schickt Frances sie sofort ins Bett, als sie sieht, wie blass Haya ist und was sie für dunkle Schatten unter den Augen hat.

„Ich werde dir das Abendessen auf dein Zimmer bringen lassen, Haya", sagt Frances. Und sie kann sich nicht verkneifen hinzuzufügen: „Ich wusste, dass es zu früh für dich ist, auf irgendwelchen Pferden herumzujagen."

„Ich bin nicht krank", mault Haya.

„Und warum ist dein Vater dann extra bis nach England geflogen, um dich nach Hause zu holen?"

*

An diesem Abend schickt ihr der Chefkoch Ismail das Abendessen im Speisenaufzug hinauf. Haya lüftet die silberne Haube von ihrem Teller und findet alle ihre Lieblingsspeisen darunter angerichtet – Tabbouleh, Hummus, Makluba, Mansaf und zum Nachtisch Apfelkuchen mit Zimt. Sie verputzt gerade den letzten Rest Apfelkuchen, als ihr Vater ihr Zimmer betritt.

„Schön, wie ich sehe, hast du wieder Appetit", stellt der König erfreut fest, als er sich an ihr Bett setzt. „Aber Frances sagt, du hättest dich heute übernommen. Du hättest nicht zum Stall fahren, sondern dich lieber noch etwas ausruhen sollen."

„Aber ich musste Bree einfach sehen", erklärt Haya.

„Das mag schon sein", erwidert ihr Vater. „Aber du musst auch wieder zu Kräften kommen, Haya."

„Aber Bree ist meine Kraft", gibt Haya zurück. „Immer wenn ich Heimweh hatte, habe ich die Augen zugemacht und mir vorgestellt, ich wäre gar nicht in England, sondern hier in Jordanien und es gäbe nur sie und mich und wir würden für immer durch die Wüste galoppieren."

Seit sie zurück ist, hat ihr Vater kein Wort mehr über das verloren, was in der Schule vorgefallen ist. Und er hat auch nicht davon gesprochen, sie wieder dorthin zurückzuschicken. Haya weiß, dass sie irgendwann wieder abreisen muss, aber im Moment ist sie wieder zu Hause bei Baba und Ali und Bree.

„Bree!" Auf einmal sitzt Haya senkrecht im Bett und sieht sehr besorgt aus. „Ich muss sofort im Stall anrufen. Ich habe sie ja nicht mal gefüttert ..."

„Beruhige dich", sagt ihr Vater. „Santi hat angerufen. Ich soll dir ausrichten, dass Bree heute Abend ihre gesamte Futterration aufgefressen hat."

„Aber sie dürfen ihr auch nicht zu viel geben", erwidert Haya besorgt. „Wenn sie sich überfrisst, könnte sie eine Kolik bekommen ..."

„Ich glaube, Santi weiß nach all den Jahren hier, wie man ein Pferd füttert, meinst du nicht auch?" Ihr Vater lächelt. Haya starrt beschämt auf ihr Bettlaken.

„Was ist?", will der König wissen.

„Ich musste gerade an meinen sechsten Geburtstag denken, als du mir Bree geschenkt hast. Weißt du noch?"

„Ja, tue ich."

„Sie war so winzig", erzählt Haya. „Eine Waise, die niemanden hatte, der für sie sorgte. Sie war so einsam. Und als du gesagt hast, dass sie mir gehört, hatte ich solche Angst."

„Aber du hast die Herausforderung angenommen“, sagt ihr Vater. „Das Fohlen hat überlebt – und zwar nur deinetwegen.“

„Das habe ich damals auch gedacht“, gibt Haya zu. „Aber das stimmt nicht, oder?“

Mit Tränen in den Augen schaut sie zu ihm auf. „Du hast mir dieses Fohlen geschenkt, das vollkommen auf mich angewiesen war, und zum ersten Mal habe ich nicht mehr an Mama gedacht oder daran, wie schmerzlich ich sie vermisse. Ich habe nur noch an Bree gedacht.“

„Manchmal ist es eben am besten, sich um ein anderes, schwächeres Lebewesen zu kümmern, um über seinen eigenen Schmerz hinwegzukommen.“ Ihr Vater nimmt ihre Hand in seine. „Du warst damals völlig verloren, Haya. Du trugst so viel Trauer in dir, dass niemand mehr zu dir durchdringen konnte. Aber von dem Augenblick an, in dem du das Fohlen gesehen hattest, hat sich dein Herz wieder geöffnet und du bist zu mir zurückgekommen.“

Hayas Stimme zittert, als sie weiterspricht. „Ich habe immer gedacht, ich sei die Starke gewesen, weil ich für sie gesorgt habe. Aber jetzt wird mir klar, dass es genau andersherum gewesen ist.“ Tränen kullern über ihre Wangen und sie wischt sie mit dem Handrücken weg.

„Ich habe nicht Bree gerettet“, sagt sie. „Sie hat mich gerettet.“

Fliegen lernen

Seit sie nach Jordanien zurückgekehrt ist, behandelt jeder im Palast Haya wie ein zartes Pflänzchen. Am liebsten würden alle sie in Watte packen und sie daran hindern, ihr Zimmer zu verlassen. Der einzige Ort, an dem sie sich halbwegs normal vorkommt, ist der Reitstall. Hier macht keiner ein großes Aufheben um sie. Santi versteht sie und er weiß, dass sie eine echte Reiterin ist, kein zimperliches kleines Mädchen.

Oder zumindest hatte sie das immer gedacht. Bis jetzt.

„Hör mal, Dreikäsehoch", sagt Santi. „Der *King's Cup* ist kein Turnier für junge Mädchen! Nur gestandene Männer nehmen daran teil."

„Ich kann genauso gut reiten wie jeder Mann", beharrt Haya auf ihrer Meinung.

„Das mag sein", gibt Santi zu. „Aber du bist ein Mädchen. Und seit es den *King's Cup* gibt, hat noch nie ein Mädchen daran teilgenommen."

„Aber nur weil noch nie ein Mädchen den Cup geritten ist, heißt das doch nicht, dass ich es nicht kann", erwidert Haya.

„Dreikäsehoch, wenn es nach mir ginge, würde ich dich sofort reiten lassen. Aber es gibt auch Regeln …"

„Nicht beim *King's Cup*", stellt Haya klar. „Beim *King's Cup* gibt es Traditionen, aber das ist was anderes. Manchmal sind Traditionen etwas Gutes und müssen erhalten werden, aber manchmal ändern sich die Dinge auch und entwickeln sich weiter. Warum also sollte ein Mädchen nicht Seite an Seite mit Männern reiten, wenn es gut genug dafür ist?"

Ihre Logik bringt Santi völlig aus dem Konzept. „Das ist ein sehr schweres Turnier, Eure Königliche Hoheit. Und ein gefährliches …"

Haya unterbricht ihn. „Ich habe schon mein ganzes Leben davon geträumt, den *King's Cup* zu reiten", sagt sie mit Nachdruck. „Das Schicksal hat mich gerade jetzt zurück nach Hause gebracht und ich weiß aus tiefstem Herzen, dass meine Zeit gekommen ist."

„Es war nicht das Schicksal, was dich zurück nach Hause gebracht hat, Dreikäsehoch, sondern völlige Erschöpfung", erwidert Santi mit Nachdruck. „Ich musste schon eine von Frances' Predigten über mich ergehen lassen, nachdem du hier einen Schwindelanfall hattest. Du sollst dich erholen, nicht reiten. Was, wenn du verletzt würdest – das wäre völlig undenkbar."

„Aber das ist doch meine eigene Entscheidung, oder?", meint Haya.

„Nein", antwortet Santi sanft. „Das ist meine Entscheidung,

Haya, und ich habe sie bereits getroffen. Du wirst nicht beim *King's Cup* mitreiten."

*

Der beste Ort, an dem man sich aufhalten kann, wenn man traurig oder wütend ist, ist der Rücken eines Pferdes. Haya weiß, dass sie sich darauf verlassen kann, dass Bree sie aufheitern wird. Sie hatte auch geglaubt, sich auf Zayn verlassen zu können, aber ganz so sicher ist sie sich jetzt nicht mehr.

„Es überrascht mich nicht, dass Santi Nein gesagt hat", erzählt er ihr, während sie über die Hügel reiten.

„Dann bist du derselben Meinung?", fragt Haya schnell.

„Das habe ich nicht gesagt", entgegnet Zayn beschwichtigend. „Aber es ist schon eine sehr außergewöhnliche Bitte. Santi kennt Euch, seit Ihr ein Baby wart. Er sieht nicht, dass Ihr erwachsen werdet, dass Ihr reif für dieses Turnier seid."

„Dann glaubst du also, ich bin bereit dafür?", fragt Haya.

„Noch nicht, Eure Hoheit", erwidert Zayn mit einem Zögern, „aber Ihr werdet es sein. Zumindest sobald wir ein bisschen trainiert haben."

„Und wozu soll das gut sein? Hast du nicht zugehört, als ich dir erzählt habe, dass Santi mich nicht beim Cup antreten lässt?"

„Also gebt Ihr auf?", fragt Zayn. „Wow, das Internat hat Euch wirklich verändert. Die Haya, die ich kannte, hätte sich nicht so leicht davon abbringen lassen."

Haya schneidet eine Grimasse. „Sehr witzig!"

Aber Zayn grinst nicht. „Ihr lehrt mich zu springen", schlägt er vor, „und ich bringe Euch das Voltigieren bei. Abgemacht?"

Erstaunt sieht Haya ihn an. Dann nimmt sie die Zügel auf. „Los, komm! Da vorne liegt ein umgestürzter Baumstamm. Ich gebe dir deine erste Springstunde."

Die beiden verbringen den ganzen Nachmittag damit, natürliche Hindernisse im Wald zu suchen. Haya gibt alles weiter, was sie bei den Ramsays gelernt hat, und erklärt Zayn, wie man ein Hindernis anreitet, wie man die Schrittlänge und die Entfernung zum Hindernis einschätzt und so weiter.

Und gleichzeitig lernt auch Bree noch etwas. Sie ist von Natur aus springfreudig, aber sie ist nicht ausgebildet. Niedrige Baumstämme sind deswegen perfekt für sie.

„Es kommt nicht auf die Höhe des Hindernisses an", erklärt Haya Zayn. „Zuerst muss das Pferd lernen, sich zu versammeln und das Hindernis gleichmäßig anzureiten."

Nachdem Zayn und sie die einfachen Hindernisse sicher beherrschen, setzt Haya das Training auf dem Reitplatz fort. Sie verwenden die bunt angestrichenen Stangen, um sich die unterschiedlichsten Hindernisse zu bauen: zuerst zweifache, dann dreifache Kombinationen. Außerdem machen sie mit den Pferden viel Stangenarbeit am Boden, damit sie schnell denken und sich geschmeidig bewegen müssen. Zayn bemerkt kaum, wie Haya die Stangen immer höher auflegt, bis sie eines

Tages auf einen Oxer deutet, über den er gerade mit Claudius hinweggeflogen ist, und sagt: „Siehst du das Hindernis, das du gerade übersprungen hast? Das war eins zwanzig hoch."

An den Tagen, an denen sie nicht springen, trainieren sie Voltigieren. Sie fangen mit einer einfachen Übung an.

„Auf den Rhythmus kommt es an, Eure Königliche Hoheit", erklärt Zayn Haya. „Ihr müsst immer die Galoppsprünge im Geiste mitzählen."

Eins – zwei – drei. Als Zayn an ihr vorbeigaloppiert, springt Haya vorwärts wie eine Turnerin, die einen Purzelbaum schlagen will. Sie wirft die Arme in die Luft und Zayn ergreift ihre Hände und zieht sie hoch. Mit einer einzigen flinken Bewegung schwingt Haya ihre Beine so über Claudius' Rücken, dass sie hinter Zayn zum Sitzen kommt. Ein perfekter Aufgang!

„Ihr lernt schnell." Zayn ist überrascht. Aber Haya hat ja in den Monaten in Badminton am Boden, am Pauschenpferd, an den Ringen und dem Barren geturnt und somit sind ihr diese ganzen Bewegungsabläufe sehr vertraut. Trotzdem erschreckt sich Bree unter ihr, als Haya zum ersten Mal versucht, mit einem Salto rückwärts von ihr abzuspringen. Haya erwischt den falschen Zeitpunkt für den Abgang und landet hart auf dem Boden.

„Was ist mit deinem Arm los?", will Frances am nächsten Morgen beim Frühstück wissen. Sie hat gesehen, wie die Prinzessin vor Schmerz zusammengezuckt ist, als sie eine schwere Glaskaraffe angehoben hat, um sich Saft einzuschenken.

„Nichts, alles bestens“, schwindelt Haya. Doch hätte sie den Ärmel ihrer Bluse hochgekrempelt, hätte Frances den violettgrünen Bluterguss gesehen, der sich von ihrem Handgelenk bis hoch zum Ellenbogen zieht.

Um Frances’ Argwohn im Keim zu ersticken, bleibt sie an diesem Tag zu Hause, anstatt zum Stall hinauszufahren. Außerdem schmerzt ihr Arm auch viel zu sehr, um richtig trainieren zu können, und sie muss noch die Hausaufgaben machen, die man ihr aus Badminton zugeschickt hat. Worüber sie sich jedoch wirklich freut, ist, dass sie tags zuvor eine Karte von ihren Freundinnen im Internat bekommen hat. Vorne ist ein Bild einer Katze mit einer verbundenen Pfote drauf und wenn man sie aufklappt, steht da: „Werd’ bald wieder gesund!“ Darunter hat Claire ein Herz gemalt und „Wir vermissen dich!“ reingeschrieben und alle Mädchen aus ihrem Schlafsaal haben ringsherum unterschrieben. Von Jemima ist auch ein Brief gekommen, in dem sie ihr alle Neuigkeiten von Shepperlands Copse berichtet und sich erkundigt, ob Haya vor dem Halbjahresende noch mal zurück nach England kommt.

Haya schreibt Jemima zurück: *Ich trainiere gerade für ein Turnier hier in Jordanien. Es wird der* King’s Cup *genannt …*

*

Einen ganzen Monat haben Haya und Zayn nun schon trainiert. Santi hat die ganze Zeit ein wachsames Auge auf sie gehabt und eines Tages kommt er mit Ursula zum Reitplatz.

Haya hat sich sehr darauf konzentriert, Bree zu gymnastizieren, um ihre Muskulatur stärker und geschmeidiger zu machen. Und da sich die Stute als sehr lernfähig erwiesen hat, konnte Haya die Stangen langsam, aber sicher jedes Mal ein paar Zentimeter höher legen. Jetzt ist sie endlich so weit, einen richtigen Parcours bewältigen zu können.

Haya hat sieben Sprünge auf dem Reitplatz aufgebaut – alle eins zwanzig hoch. Als sie an das erste Hindernis herangaloppiert, versammelt sie Bree unter sich und treibt sie dann mit einem Zungenschnalzen und einem Fersendruck vorwärts. Bree reagiert auf die Hilfen mit aufmerksam aufgestellten Ohren und sie fliegen nur so über die erste Hürde. Nach jedem weiteren Sprung setzt die Stute mit einem wunderbar vorwärtsgreifenden Galoppsprung auf und sie beenden den Parcours, ohne dass auch nur einmal eine Stange gewackelt hätte. Ursula und Santi klatschen Beifall, als Haya zu ihnen an die Umzäunung kommt. Bree darf sich derweil am langen Zügel etwas strecken.

„Sehr gut!" Santi ist ehrlich beeindruckt. „Die Kleine springt noch besser als ihre Mutter. Du reitest sie gut."

„Gut genug, um beim *King's Cup* anzutreten?", fragt Haya.

Santi runzelt die Stirn. „Ich dachte, mit dem Thema wären wir durch."

„Mit welchem Thema?", will Ursula wissen.

„Dreikäsehoch will beim *King's Cup* mitreiten", erklärt Santi. „Aber ich habe ihr erklärt, dass sie dafür noch zu jung ist."

Ursula starrt ihn fassungslos an. „Santi! Du weißt, hier auf deinem Hof gibt es keinen einzigen Mann, der den Parcours reiten könnte, den Haya gerade bezwungen hat."

„Sie können gut genug springen", grummelt Santi.

Ursula schüttelt den Kopf. „Du bist ein sturer Hund!"

„Und was, wenn ich die Prinzessin reiten lasse und ihr etwas zustößt? Was dann?"

Ursula seufzt. „Sie ist kein sechsjähriges kleines Mädchen mehr, Santi. Du kannst sie nicht davor beschützen, dass sie ihr Leben lebt. Wenn sie reiten will, dann lass sie."

Haya spürt, dass *das* ihre Chance ist. „Bitte, Santi", bettelt sie. „Ich werde dich ganz sicher nicht enttäuschen. In England bin ich sogar noch höher gesprungen – da habe ich sogar bei S-Springen mitgemacht."

„Aber das hier ist kein gesittetes Turnierspringen wie das, was du aus England kennst", meint Santi. „Es gibt auch andere Disziplinen – *Tent pegging* und Voltigieren, und was ist mit der Beizjagd? Wir haben noch immer niemanden im Team, der diese Disziplin richtig gut beherrscht."

„Zayn hat mit mir Voltigieren geübt", erwidert Haya zuversichtlich. „Und bei der Beizjagd mache ich natürlich auch mit."

Santi wirkt überrascht. „Du hast einen Falken?"

„Na ja, genau genommen ... noch nicht", antwortet Haya. „Aber ich bekomme einen, sehr bald schon." Ihr Herz hämmert in ihrer Brust.

„Ach, komm schon, Santi“, drängt Ursula. „Du weißt, dass sie ein großer Gewinn für deine Mannschaft wäre.“

Santi seufzt. „Selbst wenn ich Ja sage, ist es unmöglich. Bashir wird etwas dagegen haben.“

„Da wäre ich mir nicht so sicher“, meint Haya. „Wie würde es denn aussehen, wenn Bashir versuchen würde, mich von der Teilnahme abzuhalten? Als hätte er solche Angst davor, von einem Mädchen besiegt zu werden, dass er sich öffentlich über mich bei den Wertungsrichtern beschwert!“

Santi lacht auf. „Da hast du recht!“, stimmt er zu. „Und ich würde nur zu gern seinen Gesichtsausdruck sehen, wenn du gegen ihn und seine Männer ins Feld ziehst.“

„Bitte, Santi“, sagt Haya. „Alles, was ich will, ist dich darin unterstützen, den *King’s Cup* zurück nach Al Hummar zu holen.“

„Und du bist sicher, dass du weißt, worauf du dich einlässt?“ Santi schaut ernst drein. „Das ist ein brutales Turnier, absolut kompromisslos. Es ist eine Schlacht und Bashir hat eine Armee.“

„Na ja“, erwidert Haya, „jetzt hast *du* Bree und mich.“

Der Sakerfalke

Im Blauen Salon liest der König am nächsten Morgen beim Frühstück die Zeitung, als Haya ihren Teller beiseiteschiebt und all ihren Mut zusammennimmt.

„Bitte, Baba, kann ich einen Falken haben?“

„Zum Essen?“, fragt Ali belustigt.

Haya funkelt ihren Bruder an. „Um ihn zu trainieren“, erläutert sie.

Der König lässt seine Zeitung sinken. „Was hat denn diesen plötzlichen Gesinnungswandel ausgelöst? Als wir das letzte Mal auf der Jagd waren, warst du ganz klar auf der Seite des Hasen, wenn ich mich recht erinnere.“

„Ich habe es mir eben anders überlegt“, gibt Haya zurück. „Bitte, kann ich einen haben? Ich werde ihn auch immer füttern und mich um ihn kümmern und mit ihm trainieren.“

„Falken sind nicht leicht zu beherrschen“, wendet ihr Vater ein. „Dafür braucht man Geschick und Hingabe.“

„Um Bree kümmere ich mich doch auch gut“, meint Haya. „Bitte, Baba!?“

„Ich werde mit meinem Chef-Falkner in der Königlichen Falknerei sprechen", sagt der König. „Wir werden sehen, was er tun kann."

Zwei Tage später kommt ein in eine weiße Thawb gekleideter, großgewachsener Mann nach Al Nadwa. Er hat einen mit einem weißen Tuch verhängten Käfig dabei.

„Ist er das?", fragt Haya und versucht, einen Blick unter das Tuch zu erhaschen.

Ihr Vater nickt. „Möchtest du ihn kennenlernen?"

Haya und Ali folgen ihrem Vater in sein Arbeitszimmer und der Falkner stellt den Käfig auf dem Sockel neben dem Fenster ab. Er greift nach einem Zipfel des Tuches und zieht daran, sodass es zu Boden fällt und der Vogel in dem Käfig zum Vorschein kommt.

Er ist klein. Viel kleiner, als Haya erwartet hatte, nur in etwa halb so groß wie Akhbar, der Falke ihres Vaters. Er ist vielleicht dreißig Zentimeter groß und hat grau gesprenkeltes Gefieder. An manchen Stellen sind ihm die Federn ausgegangen, als ob er einen kleinen Disput mit einer Katze gehabt hätte.

„Bei dem fehlen ja schon Teile", stellt Ali enttäuscht fest.

„Er ist gerade in der Mauser", erklärt der Falkner. „Er ist ein Jungvogel und muss erst noch sein Erwachsenengefieder ausbilden."

Neben Akhbar sieht dieser Vogel kränklich aus. „Und kann er denn Beute fangen?", fragt Haya ein wenig besorgt.

„Er ist ein Sakerfalke", gibt der Falkner zurück. „Ein sehr beliebter Vogel und ein guter Jäger, besonders von Wüstenkaninchen. Das ist ein guter Anfängervogel für Euch."

Haya ist schon glücklich, überhaupt einen Falken zu bekommen. Der Sakerfalke mag nicht das sein, was sie sich vorgestellt hatte, aber sie wird ihn keinesfalls ablehnen.

„Ich werde ihn Sama nennen", sagt sie. Das bedeutet Himmel auf Arabisch und Sama scheint gerne mit seinen bernsteinfarbenen Augen hinauf in den Himmel zu schauen. Er sieht so aus, als ob er ganz in Gedanken versunken wäre.

Der Falkner geht hinüber zum Käfig, öffnet die Tür und stülpt Sama seine Lederhaube über den Kopf. Nur der kurze Schnabel des Vogels schaut darunter hervor. Der Falkner bindet die Lederbändchen zusammen, damit die Haube fest sitzt, und knüpft dann die Geschühriemen um beide Beine des Vogels.

„Ihr müsst ihm immer zuerst die Haube aufsetzen, bevor Ihr ihn herausholt", rät der Falkner Haya. Er stupst mit der Hand, über die er einen festen Lederhandschuh gezogen hat, gegen den Bauch des Sakerfalken und der Vogel hüpft gehorsam darauf. Ganz langsam zieht er die Hand mit dem Falken aus dem Käfig. Der Vogel hat seine Klauen fest in das Leder des Handschuhs gekrallt.

Der Falkner reicht Haya einen kleineren Handschuh. „Hier", sagt er, „zieht den an."

Als Haya dem Falken vorsichtig an den Bauch stupst, wechselt Sama gehorsam von der Faust seines Trainers auf Hayas.

Es fühlt sich ganz merkwürdig an mit dem Vogel auf der Hand. Haya bemüht sich, den Ellbogen gebeugt und ihren Unterarm im rechten Winkel dazu zu halten, damit der Vogel ruhig bleibt, aber er fängt an herumzuflattern und sich zu drehen.

„Er ist ganz schön schwer!“, stellt Haya nervös fest. Sie ist sich nicht sicher, ob sie ihn lange wird halten können.

„Daran werdet Ihr Euch schnell gewöhnen“, meint der Falkner. „Verbringt so viel Zeit wie möglich mit ihm in den nächsten Tagen, damit er begreift, dass Ihr jetzt seine Herrin seid.“

Haya versucht immer noch, den Arm ruhig zu halten, aber Sama wiegt sich weiter hin und her. Er legt den Kopf mal zur einen, mal zur anderen Seite, als ob er nach etwas Ausschau hielte, das er nicht entdecken kann.

„Eure Majestät“, wendet sich der Falkner an den König. „Ich habe heute noch einen anderen Vogel mitgebracht, den Ihr vielleicht mit auf Eure nächste Jagd nehmen möchtet. Er ist draußen im Käfig. Möchtet Ihr mit hinauskommen und ihn Euch ansehen?“

Der König sieht Haya fragend an. „Meinst du, du kommst hier zurecht, bis wir zurück sind? Es wird nicht lange dauern.“

„Ja, Baba“, antwortet Haya zuversichtlich.

Im Arbeitszimmer versucht Haya, ihren Arm so steif wie möglich zu halten, und wartet. Ali starrt den Sakerfalken an. Dann wedelt er mit der Hand vor seinem kleinen, mit der Haube bedeckten Kopf herum.

„Er kann dich nicht sehen“, sagt Haya.

„Es muss schrecklich sein, blind zu sein", meint Ali. „Meinst du nicht, wir sollten ihm die Haube abnehmen?"

„Okay, aber du machst es", bestimmt Haya. Sie hält ihren Arm so ruhig wie möglich, während Ali die Lederbändchen an der Haube löst und sie vorsichtig vom zierlichen Kopf des Falken zieht.

In dem Augenblick, in dem die Haube unten ist, stößt der Sakerfalke einen ohrenbetäubenden Schrei aus und erhebt sich im selben Moment schon von Hayas Faust. Dummerweise befindet sich jedoch eine Fensterscheibe zwischen Sama und dem Himmel und er knallt mit voller Wucht dagegen und stürzt zu Boden.

Als der Falkner einen Moment später wieder hereinkommt, ist er geschockt, als er das Tier benommen am Boden liegen sieht.

„Ist er tot?" Haya traut sich nicht, ihn zu berühren.

„Nein, er ist nur bewusstlos." Der Falkner hebt den Vogel vorsichtig auf. „Zum Glück ist Sama so klein. Wenn das Akhbar gewesen wäre, wäre die Fensterscheibe zerbrochen und er wäre davongeflogen!"

Er verfrachtet Sama zurück in seinen Käfig, damit er sich erholen kann.

„Wie lange wird es dauern, bis ich ihn fliegen lassen kann, um einen Balg zu fangen?"

„Diese Dinge brauchen ihre Zeit", antwortet der Falkner. „Ihr werdet es merken, wenn er so weit ist."

Diese Weisheit traf schon einmal zu, als Haya Bree eingeritten hat. Damals hatte es nur ein paar Tage gedauert. Sie schaut unter das Tuch zu Sama in den Käfig. „Du musst bald so weit sein“, flüstert sie ihm zu. Zeit ist das Einzige, was sie nicht haben.

*

An diesem Abend versucht Haya, ihr Abendbrot mit Sama auf der Faust zu essen.

„Du kannst doch keinen Vogel mit ins Speisezimmer nehmen!“, protestiert Frances.

„Aber ich soll ihn überall mit hinnehmen“, beharrt Haya.

„Das ist unhygienisch!“, klagt Frances. Dann bemerkt sie, dass Hayas Arm mit Kratzspuren von seinen Krallen übersät ist.

„Haya! Was hast du bloß wieder angestellt?“

„Alles in Ordnung“, erwidert sie. „Das sind nur Schrammen.“

„Guter Gott, Kind! Das sind offene Fleischwunden“, meint Frances. „War das der Vogel?“

„Es war nicht seine Schuld“, sagt Haya. „Ich hatte meinen Handschuh an, aber der reicht nicht den ganzen Arm herauf. Und als ich ihm die Haube abgenommen habe, wollte er davonfliegen, aber ich hatte noch seine Geschühriemen in der Hand und dann hat er ein bisschen Panik bekommen.“

Frances schüttelt ungläubig den Kopf. „Ich hatte gehofft, das Internat würde dich ein bisschen zivilisieren“, seufzt sie. „Und nun schau dich an: Du bist völlig zerschrammt und kommst mit einem Vogel auf der Faust zum Abendessen wie irgend so ein Beduine in der Wüste."

Wie ein Beduine ... Frances will sie damit beleidigen, doch stattdessen vergisst Haya augenblicklich, dass die Kratzer an ihrem Arm schmerzen, und strahlt vor Stolz. Ein paar Schrammen abzubekommen erscheint ihr ein geringer Preis dafür, dass sie sich auf die Teilnahme am *King's Cup* vorbereiten darf.

*

Jetzt, wo Santi erlaubt hat, dass Haya beim *King's Cup* reitet, trainiert sie jeden Morgen mit dem Rest der Mannschaft. Doch als sie zu ihrem ersten Training in den Stall kommt, stimmt etwas nicht.

„Was ist los?", fragt Haya Zayn, der eine Schimmelstute aus ihrer Box holt und Haya die Zügel hinhält. „Wo ist mein Pferd?"

„Santi hat mir aufgetragen, Hira für Euch zu satteln", erwidert Zayn. „Er möchte, dass Ihr sie anstelle von Bree reitet."

Zayn bemerkt Hayas entsetzten Gesichtsausdruck. „Das hat er Euch wohl noch nicht gesagt, schätze ich?"

Haya schüttelt den Kopf. „Warte mal bitte kurz", sagt sie zu Zayn.

Sie findet Santi in der Sattelkammer, wo er ein Knäuel von Trensen entwirrt.

„Ah, Dreikäsehoch!", ruft er. „Hat Zayn Hira für dich gesattelt? Ich komme gleich raus, um das *Tent pegging* zu organisieren ..."

„Ich reite nicht auf Hira“, sagt Haya nachdrücklich. „Ich reite auf Bree.“

Santi unterbricht seine Arbeit und dreht sich zu ihr um. „Haya, Bree ist noch gar nicht vollständig ausgebildet. Hira ist ein hervorragendes Pferd fürs *Tent pegging*. Sie ist sehr geschickt und erfahren, und dazu das schnellste Pferd, das wir haben.“

„Dann kann Zayn sie reiten“, meint Haya. „Ich werde kein anderes Pferd reiten als mein eigenes.“

Santi macht ein besorgtes Gesicht. „Dreikäsehoch“, sagt er und scheint seine Wort sorgfältig abzuwägen, „wir haben nicht viel Zeit, nur noch ein paar Wochen, um mit dir zu trainieren. Wenn wir dann in das Stadion einreiten, werden da Tausende Zuschauer auf den Rängen sein, denen dieser Wettkampf sehr wichtig ist. Möchtest du wirklich, dass sie denken, du wärst nur in die Mannschaft aufgenommen worden, weil du die Tochter des Königs bist?“

Haya schüttelt den Kopf. „Santi, ich weiß, wie viel meinem Volk der *King's Cup* bedeutet. Wenn ich in die Arena einreite, trage ich seine Hoffnungen mit mir. Das Einzige, was ich möchte, ist, meinem Vater und dem Stall von Al Hummar Ehre und Ruhm zu bringen.“

„Dann reite auf Hira!“, drängt Santi sie. „Die Stute hat sich bewährt, sie hat diesen Wettbewerb schon oft bestritten. Auf ihr wirst du dich vortrefflich machen. Aber mit einem jungen Pferd wie Bree ist es zu riskant. Vielleicht würde sie ihre Sache gut machen, aber das können wir nicht wissen. Sie ist nicht turniererfahren."

„Ich weiß, dass du mich nur beschützen willst", erklärt Haya Santi. „Aber ich verspreche dir: Wenn die Leute mich in diesem Stadion sehen, werden sie wissen, dass ich mit ganzem Herzen reite. Und sie werden mich auf dem Pferd reiten sehen, das ich selbst großgezogen und eingeritten habe. Bree ist mein Pferd und das einzige, das ich reiten werde."

*

Die Stallburschen satteln ihre Pferde mit Zigaretten zwischen den Lippen. Die Morgenluft ist verraucht und erfüllt von ihren Stimmen, doch als Haya mit Bree zu ihnen kommt, verstummen sie.

Yusef ergreift als Erster das Wort. „Santi hat uns erzählt, dass du mit uns beim *King's Cup* antrittst", sagt er. Dann breitet sich ein breites Grinsen über seinem Gesicht aus. „Willkommen an Bord, Eure Königliche Hoheit!"

„Ich rate Euch, mindestens gut im Springen zu sein, wie Zayn behauptet", sagt Attah. „Denn Radi ist absolut nutzlos."

„Hey!", empört sich Radi. „Du bist noch schlechter als ich!" Er lächelt Haya an. „Es ist gut, Euch im Team zu haben."

Die Stallknechte sitzen auf und reiten in Richtung der Auffahrt. Sie lassen die Pferde bequem am langen Zügel gehen, sitzen entspannt in den Sätteln und lachen und necken einander die ganze Zeit.

Haya und Zayn kommen als Letzte zum Reitplatz. Bree trabt rasch voran, tänzelt nervös herum, sodass Haya die Zügel aufnehmen muss, damit ihre Stute nicht davonstürmt.

„Ruhig, meine Kleine“, versucht Haya sie zu beschwichtigen, doch obwohl ihre Stimme ganz ruhig ist, krampft sich ihr Magen zusammen. Sie ist genauso aufgeregt wie Bree.

„Was ist mit Eurem Arm passiert?“, will Zayn wissen. Oberhalb vom Ende ihres Handschuhschafts sieht Hayas Arm aus wie eine Landkarte, die Sama ihr mit seinen Krallen in die Haut geritzt hat. Als Haya an diesem Morgen dem Falken die Haube abgenommen hat, um ihn zu füttern, ist er ausgeflippt, hat geschrien und gekratzt.

„Ach, nichts. Alles in Ordnung“, antwortet Haya.

Santi hat zwei Teekisten voll mit langen, dünnen Lanzen zum Reitplatz gebracht. Ihre stumpfen Enden schauen heraus, die scharfen Spitzen stecken in den Kisten. In der Mitte des Reitplatzes legt er eine Reihe kleiner Papierquadrate aus, kaum größer als eine Serviette, und beschwert sie mit Kieselsteinen, damit der Wind sie nicht davonträgt.

Die Stallburschen teilen sich am kurzen Ende der Reitbahn in zwei Gruppen auf.

„Prinzessin Haya!“, ruft Yusef ihr vom Rücken seines riesigen Schimmels aus zu. „Kommt, schließt Euch meinem Team an!“

Haya reitet mit Bree in einem lockeren Galopp hinunter ans kurze Ende der Bahn. Radi ist auch in ihrer Mannschaft. Attah und Zayn sind ihre Gegner und Santi schließt sich ihnen an, damit sie nicht in der Unterzahl sind.

Alle reiten an der Teekiste vorbei und schnappen sich mit der rechten Hand eine Lanze, die Zügel in der linken. Haya treibt Bree vorwärts. Die kleine Stute jedoch schnaubt unwillig, als sie die Kiste erblickt, und weicht davor zurück.

„Komm schon, Bree." Haya drückt die Fersen fest in die Seiten ihres Pferdes, doch Bree tänzelt nur auf der Stelle und weigert sich, noch näher heranzugehen.

„Hier", meint Yusef, „nimm meine."

Er reicht Haya die Lanze und holt sich eine andere aus der Teekiste. Das Problem ist vorerst gelöst, aber Haya kommt nicht umhin, daran zu denken, wie Santi ihr Hira angeboten hat. Bree starrt die Teekiste mit den Lanzen an, als sei sie ein Puma, der sie fressen will. Wie wird Bree sich wohl am Turniertag schlagen, wenn Haya sie beim Training nicht einmal dazu bekommt, diese simple Übung auszuführen?

Haya hat schon oft beim *Tent pegging* zugesehen, aber sie hat es noch nie selbst gemacht. Es ist eine uralte Disziplin der Kavallerie und ihr Ziel ist es, als Erster ein Stück Papier mit der Lanze aufzuspießen und zurück zum Start zu bringen.

Die Pferde sind startklar. Bree zittert am ganzen Körper, sie ist mit jeder Faser bereit loszupreschen. „Auf die Plätze ...", ruft Santi, doch bevor er noch ein weiteres Kommando geben kann, steigt Bree auf die Hinterbeine. Haya reagiert blitzschnell und wirft ihren Oberkörper nach vorne auf Brees Hals, damit sie nicht runterfällt. Sie pariert die Stute durch und bleibt fest im Sattel, doch sie ist leichenblass vor Schreck.

„Alles klar bei dir?“, fragt Santi.

Haya nickt. Sie nimmt die Zügel wieder auf. „Auf die Plätze …“ Bree versucht noch einmal zu steigen, aber dieses Mal ist Haya schneller. Sie lässt die Stute in einer engen Volte um sich selbst kreisen und gewinnt so die Kontrolle zurück.

„Los!“

Bree galoppiert an und Hira neben ihr tut es ihr gleich. Beide Stuten sind sehr schnell und fliegen in völligem Gleichschritt dahin. Bree schnaubt gereizt mit jedem Atemzug, legt die Ohren flach an den Kopf an, aber Hira ist ihr einen Galoppsprung voraus. Zayn erreicht sein Ziel als Erster. Er stößt mit der Lanze nach dem Papier, verfehlt es jedoch. Jetzt ist Haya dran und sticht die Lanze tief in den Boden.

Auch sie verfehlt ihr Ziel.

Haya muss es noch drei Mal versuchen, bevor sie das Papier endlich aufspießen kann. Zu diesem Zeitpunkt ist Zayn längst zurück über die Startlinie und Santi hat kopfschüttelnd seine Stoppuhr weggepackt.

Yusef kommt zu ihr herübergeritten. „Du hältst die Lanze, als sei sie ein Stock“, sagt er.

„Weil sie ein Stock ist“, meint Haya.

„Nein“, erklärt ihr Yusef. „Du musst sie so benutzen, als wäre sie Teil deines eigenen Arms. Du solltest sie so halten. Siehst du den Unterschied? Genau. Und nun lass dich tief nach unten aus dem Sattel hängen und streck dich nach dem Papier aus, als ob du es mit der Hand greifen wolltest."

Als sie beim nächsten Versuch herangaloppiert, stellt sich Haya vor, dass ihr Arm bis auf den Boden reicht und ihre Fingerspitzen das Papier berühren. Und als sie diesmal ihre Lanze wieder zu sich heranzieht, stellt sie erfreut fest, dass das weiße Stück Papier an ihrem Ende im Wind flattert.

„Ich hab's geschafft!"

Von diesem Augenblick an ist die Lanze ein Teil ihres Körpers und sie verfehlt nie wieder das Ziel.

*

Haya krabbelt auf allen vieren in der Küche hinter dem Ofen herum, als Ismail hereinkommt.

„Hast du etwas verloren?", fragt er.

„Nein", antwortet Haya. „Ich kontrolliere die Mausefalle."

Sie hat bereits die in der Speisekammer überprüft, doch die war leer. Die hinter dem Ofen hingegen enttäuscht sie nicht. Es ist eine Lebendfalle und aus dem Inneren schaut sie eine kleine graue Feldmaus aus ihren munteren Knopfaugen an. Haya bückt sich und hebt die Falle mit der winzigen Kreatur darin vorsichtig an. Sie schaut sich die Maus mit ihren hauchdünnen Barthaaren und den kleinen dunklen Äuglein von allen Seiten an. Auf einmal fühlt sie sich ziemlich mies für das, was sie mit der Maus vorhat. Dann stülpt sie die Falle in den Lederbeutel, den sie dabeihat, damit die Maus hineinfällt, stellt die Falle erneut auf und macht sich auf den Weg nach oben.

Haya schließt die Tür zu ihrem Zimmer sorgfältig, nachdem sie hineingeschlüpft ist. Die Vorhänge sind zugezogen und in dem dämmrigen Licht kann sie gerade so den Sakerfalken auf seiner Stange sitzen sehen.

„Sahhh-ma!" Er hat seine Haube auf, neigt aber seinen Kopf in die Richtung, aus der ihre Stimme kommt. Haya geht nicht sofort zu ihm. Zuerst bereitet sie sich vor, zieht den Falknerhandschuh an und holt die zappelnde Maus aus dem Beutel. Nicht zum ersten Mal wünscht sie sich, dass Falken Vegetarier wären. Sie hält die Maus mit ihrer linken Hand fest umschlossen, während sie zu dem Vogel hinübergeht.

„Sama", sagt sie und zieht die Haube von seinem Kopf. „Komm her und hol dir dein Abendessen."

Diesmal hält sie die Hand ein Stückchen weiter weg von der Stange als bei der letzten Fütterung. Kleine Schritte, jedes Mal ein bisschen weiter – so hat es ihr der Falkner ihres Vaters aufgetragen.

Vor zwei Wochen ist er noch mal in den Palast gekommen, um sich davon zu überzeugen, dass Haya mit Sama gut vorankommt. Sie hatte gehofft, dass der Trainer mit ihren Anstrengungen zufrieden sein würde, aber ihm genügte ein Blick auf Hayas frisch zerkratzten Arm und den Falken, der barhäuptig und kreischend auf seiner Stange saß, um nur verdrossen mit dem Kopf zu schütteln.

„Ihr werdet diesen Vogel noch ruinieren", hatte er ihr mit aller Strenge gesagt. „Warum trägt er nicht seine Haube?"

„Ich ... ich versuche nur, Sama glücklich zu machen", hatte Haya geantwortet. „Es kommt mir falsch vor, ihn immer mit der Haube auf alleine zu lassen. Ich möchte, dass er mir in die Augen sieht, damit wir Freunde werden."

„Verstehe", hatte der Falkner erwidert. „Aber das werdet Ihr damit nicht erreichen. Sakerfalken sind Wildtiere. Nur wenn man ihnen die Sehfähigkeit nimmt und sie blind macht, werden sie sich einem unterordnen und mit einem eins werden. Euer Vogel muss jederzeit seine Haube tragen, vor allem wenn Ihr ihn auf der Hand habt. Tragt Ihr ihn immer bei Euch?"

„Nicht so oft", gibt Haya zu. „Frances erlaubt es nicht. Sie sagt, er sei zu gefährlich und mache zu viel Lärm."

Der Falkner hatte die Stirn gerunzelt. „Würdet Ihr einen winselnden Welpen alleine in ein Zimmer einsperren? Genauso verhält es sich auch mit einem Falken. Sama muss zu Eurem ständigen Begleiter werden." Er hatte einen weiteren Blick auf den kreischenden Vogel auf seiner Stange geworfen. „Ich schreibe Euch eine Liste, mit allem, was Ihr tun müsst", hatte er gesagt, „aber Ihr müsst Euch an meine Anweisungen halten. Mit etwas Glück ist es noch nicht zu spät und der Vogel kann noch abgerichtet werden."

Seit seinem letzten Besuch hat Haya sich die größte Mühe gegeben, seinen Anweisungen Folge zu leisten. Sie hat Sama überall mit hingenommen und den Vogel von Hand gefüttert und so sein Geschrei reduziert. Bis vor zwei Tagen hat Haya ihn nur mit der Haube auf dem Kopf gefüttert, aber seitdem hat sie sie ihm öfter mal abgenommen. Nach und nach bringt sie ihm jetzt bei, von seiner Stange auf ihre Faust zu hüpfen und zum Fressen auf ihre Hand zu kommen.

„Hier, Sama", sagt sie leise und zeigt dem Falken die Maus in ihrer linken Hand. „Na komm, das ist dein Lieblingsfutter."

Sama schlägt mit den Flügeln und erhebt sich von seiner Stange. Er ist gerade mitten im Anflug auf Hayas Hand, als die Tür zu ihrem Zimmer aufgerissen wird.

„Was im Himmel ...? Warum ist es hier so dunkel?"

Als er Frances im Türrahmen erspäht, stößt Sama einen ohrenbetäubenden Schrei aus.

„Mach die Tür zu!", ruft Haya. „Du machst ihm Angst!"

„Er macht eher mir Angst!"

„Sama bekommt gerade sein Abendessen", erklärt Haya.

Frances starrt argwöhnisch auf das, was Haya in ihrer Hand hält.

„Oh mein Gott!" Frances weicht zurück. „Was ist das?"

„Eine Maus", sagt Haya ungerührt. Sie bemerkt den angewiderten Ausdruck in Frances' Gesicht und kann einfach nicht widerstehen, die Gouvernante noch weiter auf die Palme zu bringen. „Hier." Sie hält ihr die Maus noch dichter unter die Nase. „Siehst du?"

Erschrocken macht Frances einen Satz zurück. Dann gewinnt sie ihre Fassung zurück. „Also wirklich." Sie schüttelt ungläubig den Kopf. „Warum kannst du nicht einfach einen Wellensittich haben wie jedes andere Mädchen auch?“

„Wenn ich einen Wellensittich hätte, würde Sama ihn fressen“, erklärt Haya ihr.

„Das ist doch lächerlich!“ Frances ist aufgebracht. „Kein Ungeziefer mehr hier im Palast! Dieses Viech da muss von nun an draußen gefüttert werden, ist das klar?“

„Ja, Frances“, erwidert Haya.

Sie wird so kurz vor dem *King's Cup* ganz sicher nicht mit Frances streiten. Es ist besser, eine Standpauke über sich ergehen zu lassen, als zu riskieren, Frances' Zorn noch mehr auf sich zu ziehen.

Sama hingegen weiß nicht, wie man sich auf die Zunge beißt. Als Frances wieder hinausgeht, stößt er einen letzten Schrei nach der Gouvernante aus. Und dann erhebt er sich mit zwei Flügelschlägen in die Luft und landet auf der Faust seiner Herrin.

Der rasierte Bär

Haya hat ein Foto von ihrer Mutter, das aufgenommen wurde, als sie noch aktive Wasserskifahrerin war. Ihre Mutter war immer die Kleinste und Leichteste in ihrer Wasserskimannschaft, und deswegen war sie immer diejenige ganz oben an der Spitze der menschlichen Pyramide; diejenige, die hoch über dem Meer auf den breiten Schultern ihrer Mannschaftskollegen dahinglitt. Jetzt ist Haya an der Reihe, es ihr nachzumachen, allerdings nicht auf dem Wasser, sondern *auf Pferden.*

„Bist du bereit?“, fragt Yusef sie. Haya reitet ohne Sattel, sie sitzt hinter Yusef auf seinem großen Schimmel, und jetzt, wo Radi dicht neben ihnen herreitet, weiß sie, dass es Zeit ist.

„Hopp!“, ruft Radi und mit einer flinken Bewegung bringen sich die beiden Stallburschen in Position. Sie stehen genau gleichzeitig mitten im vollen Galopp auf und balancieren sich barfuß auf den Rücken ihrer Pferde aus. Vorsichtig kommt auch Haya in den Stand und beginnt auf die Schultern der beiden Männer zu klettern. Yusefs Hüfte ist die erste Sprosse ihrer menschlichen Trittleiter. Den anderen Fuß schiebt sie vorsichtig über die schmale Lücke zwischen den beiden Pferden, sodass sie mit einem Fuß auf Radi und dem anderen auf Yusef steht.

Bis auf die Schultern der beiden Männer klettert sie empor und streckt dort die Arme in die Höhe wie eine Zirkusartistin! Einen Augenblick noch bleibt sie in dieser Pose und winkt einem imaginären Publikum von hoch über deren Köpfen zu. Sie hört einen schwachen Applaus und als sie hinabschaut, sieht sie, dass Ali vom Rand der Reitbahn aus zusieht.

„Und, wie fandest du es?", fragt sie ihn später.

„Das ist ein super Kunststück", erwidert ihr Bruder. „Aber hat Bashir das nicht letztes Jahr schon gemacht?"

Ali hat recht, Bashirs Mannschaft hat die Pyramide auch schon gemacht.

„Wenn wir sie wirklich schlagen wollen, brauchen wir noch etwas viel Besseres", findet Zayn.

„Haya ist eine super Turnerin", sagt Ali. „Warum machst du keinen Handstand, Haya?"

„Auf einem *Pferd*?" Zayn schaut skeptisch drein.

„Klar, warum nicht?", gibt Ali zurück. „Wenn sie das auf einem Pauschenpferd kann, warum nicht auch auf einem echten?"

Der *King's Cup* steht kurz bevor und das Voltigieren ist jetzt die wichtigste Disziplin. Es gibt fünf Wettbewerbe im Cup, und um den Gesamtsieg zu erringen, muss man drei davon gewinnen. Einer davon ist die Militärparade und da wird zweifellos Bashir als Sieger hervorgehen. Und dann das *Tent pegging* – Santi meint, dass es ein Kopf-an-Kopf-Rennen wird.

Haya ist sich ziemlich sicher, das Springreiten für sich entscheiden zu können. Sie wünschte nur, sie könnte ebenso zuversichtlich sein, wenn es um die Beizjagd geht. Sama ist ein sehr wankelmütiger Vogel. Haya hat sich viele Stunden damit abgemüht, den Sakerfalken abzurichten, aber jetzt, nur eine Woche vor dem Turnier, hat sie ihn immer noch nur am langen Riemen und traut sich nicht, ihn frei fliegen zu lassen. Wenn sie ihn loslässt, fürchtet sie, wird er auf Nimmerwiedersehen davonfliegen.

Samas Benehmen im Palast ist miserabel. Ständig kreischt er laut, wenn Haya ihn füttert. Markerschütternde Schreie, die Frances jedes Mal aufs Neue in Panik angerannt kommen lassen. Und Haya hat am Arm schon wieder neue Schrammen, weil der Falke tags zuvor lieber sie angegriffen hat, anstatt sich auf den Leckerbissen zu stürzen, den sie ihm mitgebracht hatte. Sie kann sich auf Sama nicht verlassen, also bleibt ihnen nur das Voltigieren – das *müssen* sie gewinnen.

Eins – zwei – drei. Auf dem Reitplatz von Al Hummar treibt Haya Bree forsch vorwärts und zählt dabei jeden Galoppsprung laut mit. Sie reitet ohne Sattel und hat nur Shorts und ein T-Shirt an, keine Stiefel oder Reitkappe, denn anders kann sie keinen Handstand machen.

Brees Hufschlag trommelt im selben Takt auf dem Boden, wie Hayas Herz in ihrer Brust schlägt, ruhig und regelmäßig.

„Braves Mädchen, Bree.“ Haya baumelt mit den Beinen und rudert mit den Armen in der Luft, um Bree an ihre Bewegungen zu gewöhnen. Die Stute muss lernen, sich nicht davon ablenken zu lassen, was ihre Reiterin auf ihrem Rücken macht. Sie muss immer schön weitergaloppieren, egal was passiert.

Eins – zwei – drei. Eins – zwei – drei. Haya ist voll konzentriert. Sie lässt die Zügel los, sodass sie locker um den Hals der Stute hängen und die Stute nicht mehr im Zaum halten. Sie ist frei, aber sie behält ihren bisherigen Galopprhythmus bei. Haya streckt die Arme zu beiden Seiten aus wie die Tragflächen eines Flugzeugs. *Eins – zwei – drei. Eins – zwei – drei.*

„Brav“, lobt Haya die Stute noch einmal. Diesen Teil der Übung haben sie schon unzählige Male gemacht und Bree ist immer auch mit hingegebenem Zügel im Galopp geblieben, während Haya die Arme ausgebreitet hat. Aber bisher hat sich Haya noch nicht bereit gefühlt für das, was als Nächstes kommen muss. Doch heute soll es so weit sein. Sie kann es nicht mehr länger hinausschieben.

Eins – zwei – drei. Bree galoppiert die lange Seite der Reitbahn hinauf und Haya lässt die Arme wieder sinken und legt sie auf Brees Widerrist. Sie spreizt die Finger weit, damit sie besser das Gleichgewicht halten kann, während sie ihr ganzes Gewicht nach vorne und in den Oberkörper verlagert. Jetzt ist sie bereit, wie eine Turnerin, kurz bevor sie ein Kunststück auf dem Seitpferd vorführt. Aber diesmal ist Hayas Pferd nicht aus Holz, es lebt. *Eins – zwei – drei. Eins – zwei – drei.*

Es kommt ihr so vor, als ob ein Metronom in ihrem Kopf den Takt vorgibt. Ruhig, noch nicht. Haya zögert eine Sekunde und dann, als Brees Hinterhand vorgreift, tritt sie in Aktion. Sie versteift ihre Arme und stößt sich mit ihnen ab, während sie sich in einer geschmeidigen Bewegung hochdrückt. Die Beine streckt sie nach vorne und schwingt sie an Brees Flanken entlang kräftig zurück, sodass ihre Hüfte mit angehoben wird und sie die Knie unter sich anziehen kann. Jetzt kauert sie auf allen vieren wie eine Katze auf dem Pferderücken.

Halte den Galopp. Eins – zwei – drei.

Haya schaut hinab und sieht, wie Brees Schulter sich gleichmäßig auf und ab bewegt und der Boden verschwommen unter ihr dahinfliegt. Sie hebt den Kopf wieder an. Besser nicht runtergucken! Sie behält den Kopf oben und starrt stur geradeaus, während Bree weitergaloppiert und sie wackelig auf deren Rücken kauert. Lange wird sie sich in dieser Stellung nicht oben halten können; sie muss die nächste Bewegung ausführen.

Eins – zwei – drei. Dieses Mal drückt sich Haya auf dem dritten Schritt ab. Ihre Finger spreizt sie noch weiter über den Widerrist und krallt sich verzweifelt fest, während sie sich mit den Füßen abstößt und die Beine senkreckt in die Luft streckt.

Sie weiß sofort, dass das nichts wird. Sie hat sich nicht fest genug mit den Füßen abgestoßen und wird mit den Beinen nicht hoch genug kommen. Aber selbst wenn sie die Beine richtig hochbekäme, wären ihre Hände immer noch das größere Problem. Ihre Handflächen sind schweißnass und sie bekommt Panik, als sie spürt, wie sie mit den Händen seitlich von Brees Widerrist abrutscht und den Halt verliert. Sie gerät außer Balance und stürzt herab. Gerade noch rechtzeitig gelingt es ihr, sich zur linken Seite abzustoßen, damit sie zumindest Bree nicht auch noch in den Rücken knallt.

Alles läuft wie in Zeitlupe ab, während sie den Erdboden auf sich zurauschen sieht. Sie stürzt kopfüber und alles, was sie tun kann, ist zu versuchen, sich mit den Armen abzufangen.

Der Boden ist von der Sommersonne ausgetrocknet und steinhart. Haya schlägt mit überraschender Härte auf, aber sie kann die Wucht des Sturzes größtenteils mit den Händen abfangen. Einen Moment liegt sie nur keuchend da und kann gar nicht fassen, was für ein Glück sie hatte. Ihre Handgelenke schmerzen von dem harten Aufprall, aber sie kann sie bewegen und weiß sofort, dass sie sich nichts gebrochen hat.

„Geht es Euch gut?“, fragt Zayn besorgt.

„Alles in Ordnung“, gibt Haya zurück und greift nach seiner Hand, damit er sie hochzieht.

„Es sah wirklich so aus, als ob Ihr es diesmal schaffen würdet“, sagt Zayn ermutigend.

„Es liegt an meinen Händen“, erklärt Haya. „Brees Fell ist zu glatt und wenn ich feuchte Hände bekomme, verliere ich den Halt.“

„Die Reiter, die solche Kunststücke in Spanien aufführen, haben Pferde mit breiten Rücken, damit sie das Gleichgewicht besser halten können." Zayn scheint ihre Gedanken lesen zu können. „Vielleicht ist ein Araber zu dünn für einen Handstand?" Vielleicht will Haya wirklich das Unmögliche, wenn sie versucht, dasselbe Kunststück auf einer schmal gebauten Stute wie Bree vorzuführen.

„Möchtet Ihr, dass ich hierbleibe, wenn Ihr es noch mal versuch?", fragt Zayn.

Haya nimmt Bree am Zügel. „Nein", seufzt sie. „Ich bringe sie zurück in ihre Box."

Es hat keinen Sinn, es noch mal zu versuchen. Sie kann ja nicht immer weiter kopfüber vom Pferd fallen. Wenn sie sich etwas bricht, wird sie nicht am Cup teilnehmen können. Also muss sie sich überlegen, wie sie den Handstand sicher üben kann, bevor sie es noch mal auf Bree versucht.

Den Rest des Nachmittags verbringt Haya damit, im Innenhof Handstand zu machen. Auf dem Untergrund aus verdichteter Erde bekommt sie ihn problemlos hin. Ihre Beine ragen senkrecht in die Luft und sie kann ihn für mindestens zehn Sekunden halten. Sogar ein paar Schritte auf den Händen zu laufen bekommt sie hin, wenn sie sich anstrengt. Aber am Boden ist es ganz anders als auf dem Pferd. Das Fell der Stute ist zu glatt, ihre Schultern zu schmal. Irgendwie muss Haya einen Weg finden, wie sie auf dem rutschigen Widerrist des Pferdes Halt finden kann, sonst wird sie es nie schaffen.

*

Als Haya zwei Tage später die Stufen vor dem Al-Nadwa-Palast hinaufläuft, fällt ihr Blick auf die beiden steinernen Löwen, die oben auf dem Treppenabsatz Wache stehen. Vielleicht könnte sie auf ihnen Voltigieren üben? Sie sind nicht sehr hoch und es wäre nicht so schlimm, wenn sie herunterfällt. Allerdings stehen sie direkt oberhalb der Treppe und sie würde wohl bei einem Sturz ein ordentliches Loch im Kopf davontragen. Außerdem wäre es auf den Löwen zu leicht, denn sie sind kein bisschen rutschig. Was sie braucht, ist etwas, das sich genau wie Bree anfühlt, bloß auf dem Boden.

Sie geht den Korridor mit den Porträts ihrer Vorfahren entlang und kommt am Arbeitszimmer ihres Vaters vorbei. Die Tür steht einen Spalt offen und sie fragt sich, ob er da ist und arbeitet.

„Baba?“ Haya steckt den Kopf zur Tür herein. Ihr Vater ist nicht da, aber dafür liegt die Lösung, nach der sie die ganze Zeit gesucht hat, genau vor ihren Füßen.

Das Bärenfell liegt mit allen vieren von sich gestreckt auf dem Boden, die Pranken zeigen nach Norden, Süden, Osten und Westen, während der Kopf des riesigen Tieres genau auf den Schreibtisch ihres Vaters deutet. Haya macht die Tür hinter sich zu, streift ihre Schuhe ab und stellt sich barfuß darauf. Das dichte braune Fell fühlt sich wunderbar kratzig unter ihren Füßen an.

Haya stellt sich genau in die Mitte des Bärenfells, hebt die Arme über den Kopf und schwingt sich dann in den Handstand auf. Ihre Finger versinken in dem dicken Fell, während sie ihre Beine in die Höhe schwingt.

Sie bekommt einen sehr guten Handstand hin. Einen zu guten. Das Fell des Bären ist viel länger und zotteliger als das von Bree, Haya kann sogar ihre Finger hineinkrallen. Außerdem ist der Fußboden darunter flach, gar nicht rutschig und gewölbt wie Brees Widerrist.

Haya verlässt das Arbeitszimmer wieder und geht hinauf, um nach Ali zu suchen.

„Ich brauche deine Hilfe", verkündet sie ihm.

Ali schaut von seinem Comicheft auf. „Wobei?"

„Ich brauche das Bärenfell aus Babas Arbeitszimmer, aber es ist zu schwer für mich. Hilfst du mir, es rauszutragen?"

Alis Augen verengen sich zu Schlitzen. „Bekommen wir dafür Ärger?"

„Vermutlich." Haya zuckt mit den Schultern.

Ali denkt einen Augenblick darüber nach. „Okay!"

Zuerst versuchen die beiden, das Bärenfell aufzurollen, um es hinauszutragen, aber es ist zu sperrig, als dass sie es unter den Arm klemmen könnten.

„Wie wäre es, wenn wir darunterkrabbeln?", schlägt Ali vor.

„Na gut", stimmt Haya zu. Sie nimmt die vordere Hälfte und steckt den Kopf genau unter das aufgerissene Maul des Bären. Sie trägt das Fell wie einen Umhang, die riesigen Tatzen über ihre Arme drapiert. Ali nimmt das hintere Ende und so gehen sie kichernd den Korridor entlang. Haya muss daran denken, wie sie in London im Theater waren und ein Pantomimenpferd gesehen haben, bei dem ein Mann die vordere Hälfte gespielt hat und einer die hintere.

„Ich kann nichts sehen“, beschwert sich Ali nach einer Weile.

„Mach dir nichts draus“, meint Haya. „Lauf mir einfach hinterher.“

Sie bringen den Bären nach unten und tragen ihn durch die Hintertür in den Garten. Sie gehen über den Rasen und dann die Treppen hinunter, die hinter der Hecke zum Gewächshaus führen. Dort sind sie außer Sichtweite des Palastes und hier an diesem einsamen Ort hat Haya alles, was sie braucht.

„Warum haben wir den Bären rausgebracht?“, will Ali wissen.

„Damit ich Handstand auf ihm üben kann“, erwidert Haya. Sie sieht sich im Gewächshaus um. Das Planschbecken steht noch genau da, wo sie es zuletzt gesehen hat, in einer der Ecken.

„Ali, kannst du das Planschbecken aufpumpen? Nicht viel, nur dass es ungefähr halb aufgeblasen ist.“

Ali prustet und japst, während er die Luftpumpe betätigt, um das Becken aufzublasen, während Haya sich im unteren Bereich des Gartens umsieht. Er ist ringsherum von einer niedrigen Trockenmauer eingefasst. Sie braucht einen Mauerabschnitt, bei dem ihr keine Bäume oder Pflanzen im Weg sind. Haya läuft die Einzäunung ab und sucht sich den perfekten

Mauerabschnitt aus, gar nicht weit vom Gewächshaus. Dann nimmt sie Alis halb aufgeblasenes Planschbecken und drapiert es über den Natursteinbrocken, aus denen die Mauer besteht.

„Was machst du da?", fragt Ali.

„Ich baue mir eine Bree", gibt Haya zurück.

Sie gehen zurück und holen das Bärenfell, aber diesmal schleifen sie es einfach über den Rasen, anstatt es zu tragen, und schmeißen es dann über das Planschbecken.

„Sieht gut aus", meint Ali. „Sehr pferdig."

„Nein." Haya schüttelt den Kopf. „Das Fell ist immer noch viel zu zottelig."

Sie macht sich auf den Weg zurück Richtung Palast.

„Wo willst du hin?", fragt Ali.

„Warte hier auf mich", weist Haya ihn an. „Ich bin gleich zurück."

Im Palast angekommen, schlägt sie den Weg zu Ismails Küche ein, um dort nach einer Schere zu suchen, doch dann hat sie eine bessere Idee. Sie dreht sich um und läuft stattdessen die Treppe hinauf, wendet sich oben am Treppenabsatz nach rechts und läuft in Richtung von ihres Vaters Schlafzimmer.

„Baba?" Keine Antwort. Sie betritt das Schlafzimmer. Es ist ein wundervoller Raum, sehr groß und mit einem eleganten Bett, das mit griffigen weißen Laken aus ägyptischer Baumwolle bezogen ist. Die Wände sind mit einer blassgoldenen Velourstapete beklebt und der dicke, weiche Teppich hat ein rauchig-blaues Muster. Haya geht in das mit Marmor ausgekleidete Badezimmer und sieht sich um. Über dem Waschbecken hängt ein Schränkchen, und als sie es öffnet, findet sie genau, was sie sucht. Den Elektrorasierer ihres Vaters.

*

„Tut mir leid, Herr Bär“, sagt Haya, als sie den Rasierer einschaltet, „aber Ihr benötigt dringend einen Haarschnitt.“

„Du willst den Bären rasieren?“ Ali hat die Augen weit aufgerissen.

„Nicht den ganzen Bären“, meint Haya. „Nur die Stellen, auf die ich meine Hände legen werde.“

Das Fell des Bären ist dicht und das Rasieren kostet mehr Kraft, als Haya erwartet hatte. Außerdem verstopft das Fell ständig die Schneiden des Rasierapparates, sodass Haya ihn immer wieder ausschalten und das Fell daraus hervorzupfen muss. Aber an den Stellen, an denen Haya den Bären rasiert hat, ist sein Fell jetzt schön kurz und glatt. Haya macht die Augen zu und fährt mit der Hand über den abrasierten Pelz. Es fühlt sich fast genauso an wie Brees Fell.

Es dauert ewig, bis Haya genug Fell wegrasiert hat, um eine Fläche zu bekommen, die groß genug ist für ihre beiden Hände. Als sie endlich fertig ist, ist der Rasierer komplett von Bärenfell verstopft. Er heult noch mal mitleiderregend auf und die Klingen rotieren noch ein-, zweimal herum, bevor sie mit einem fiesen Knirschen zum Stillstand kommen. Haya verzieht den Mund, als ihr klar wird, dass ihr Vater diesen Rasierer vermutlich nicht mehr wird verwenden können.

Sie erklimmt die Mauerkrone und stellt sich auf das Bärenfell, das über das Planschbecken drapiert daliegt. Durch ihr Gewicht fängt das Bärenfell ein wenig unter ihren Füßen zu rutschen an.

„Ich werde es festzurren müssen", sagt sie zu Ali. „Wir brauchen ein Seil."

Zum Glück gibt es im Gewächshaus ein Seil, das genau richtig ist für ihre Zwecke. Es läuft alles so viel besser, als Haya je zu hoffen gewagt hatte. Sie zurrt den Bären hinter den Ohren an seinem Kopf und an den Tatzen fest, sodass das Fell und das Planschbecken nun fest über die Mauer gespannt sind. Sie klettert noch einmal hinauf und dreht ihre Füße hin und her, um zu sehen, ob es noch nachgibt. Aber das Fell bleibt, wo es ist. Jetzt endlich kann sie damit anfangen, den Handstand zu üben.

*

„Sie hat es verschandelt!" Frances ist außer sich vor Wut. „Ein unbezahlbares Bärenfell einfach für ein Kinderspiel ruiniert!"

Haya versteht nicht, warum sie sich so aufregt. Immerhin ist es bloß ein altes Fell. Genau genommen ist es sogar uralt: Es hat schon ihrer Oma gehört. Außerdem, sobald man es wieder auf den Fußboden legt, fallen die kahlen Stellen kaum noch auf.

„Ich habe nicht gespielt, ich habe für ein Reitturnier geübt", erwidert Haya.

„Das kommt davon", entgegnet Frances, „wenn man Kindern keine strengen Grenzen aufzeigt."

Hinter seinem Mahagonischreibtisch schaut der König zu Haya und ihrer Gouvernante auf, die ihm gegenüberstehen. Er legt seinen Füller auf den Stapel mit Papieren vor sich. Er hat die ganze Nacht durchgearbeitet und er sieht verhärmt und müde aus. In letzter Zeit war er so beschäftigt, dass es drei ganze Tage gedauert hat, bis er bemerkt hat, dass sein Bärenfell weg ist.

„Es tut mir leid, Baba", sagt Haya. „Ich habe versucht zu lernen, wie ich ohne Sattel auf Brees Rücken einen Handstand machen kann, bin aber immer wieder heruntergefallen. Ich dachte, wenn ich es erst auf dem Bärenfell übe, könnte ich es vielleicht hinbekommen."

Ihr Vater runzelt die Stirn. „Aber warum musstest du den Bären dafür rasieren?"

„Das Fell war zu lang. Es musste wie das eines Pferdes sein."

Ihr Vater zieht eine Augenbraue hoch. „Das ist clever", gibt er zu. „Sehr clever."

Haya wirft Frances einen Seitenblick zu, als ob sie sagen wollte: „Hah!" Doch dann schüttelt ihr Vater den Kopf. „Du hast Hausarrest."

„Was ...?" Haya versteht die Welt nicht mehr. „Aber du hast doch gesagt, das war clever!"

„Haya, du hast doch ganz genau gewusst, dass es falsch war, so etwas mit dem Bärenfell zu machen, oder?“

„Ja, aber …“

„Frances hat recht. Du musst aus dieser Sache lernen, Haya. Du brauchst Zeit, um darüber nachzudenken, was du getan hast. Du hast Hausarrest bis zum Ende des Monats, bis du zum Beginn des neuen Schuljahres im Internat wieder abreist.“

Als sie das Arbeitszimmer ihres Vaters wieder verlassen und die Tür hinter sich geschlossen haben, wendet sich Frances sofort von Haya ab und geht in Richtung Küche.

„Aber ich wollte doch das Fell nicht kaputt machen, ich habe doch bloß geübt …“, protestiert Haya.

Frances bleibt stehen. Sie dreht sich zu ihr um. „Was hast du denn gedacht, was passieren würde, als du das Bärenfell aus seinem Arbeitszimmer geholt hast?“

„Ich wollte das Fell nicht kaputt machen, ich wollte bloß üben …“

Die Gouvernante bleibt erneut stehen und dreht sich noch mal um.

„Und glaubst du wirklich, das ist es, was sich dein Vater von dir wünscht?“ Frances’ Blick ist kalt und finster. „Er muss ein ganzes Königreich regieren und dann kommst du, ein Wildfang, ein Quälgeist mit matschverschmierten Knien und Stalldreck unter den Fingernägeln, und machst schon wieder Ärger wegen deiner stinkenden Gäule. Du solltest mal hören, wie hier im Palast über dich geredet wird, über dein Benehmen.

Darüber, wie du dich nur in den Ställen herumtreibst. Es ist eine Schande!“

Haya ist entsetzt. „Aber ich trainiere! Und die Stallburschen sind meine Freunde.“

„Das ist vollkommen unangemessen – und ich verstehe nicht, wozu all dieses Training gut sein soll!“ Frances schäumt vor Wut.

„Ah, das ist es also!“ Haya ist erzürnt. „Kommt jetzt der Teil, in dem du mir erklärst, dass ich mich wie eine echte Lady benehmen soll?“

„Ich glaube eher, wir alle hier haben diese Hoffnung schon lange aufgegeben“, sagt Frances. Und dann fügt sie eiskalt hinzu: „Deine arme Mutter wäre so enttäuscht von dir.“

Und nachdem sie ihr diese Kränkung entgegengeschleudert hat, kehrt sie Haya einfach den Rücken zu und geht davon.

Tochter des Windes

„Frances ist eine dumme, fiese Kuh." Ali lümmelt auf Hayas Bett und schaut seiner Schwester dabei zu, wie sie in ihrem Zimmer auf und ab läuft wie ein Panther im Käfig. Sie hat ihrem Bruder erzählt, was Frances ihr tags zuvor auf dem Flur an den Kopf geworfen hat, was sie über ihre Mutter gesagt hat. Das ist typisch Frances. Sie weiß immer genau, wie sie einem den größtmöglichen Schmerz zufügen kann. Dabei reißt sie nie eine neue Wunde; nein, sie zieht es vor, wieder und wieder in einer alten herumzustochern.

Drüben im Stall ist Zayn jetzt sicher dabei, den Springparcours aufzubauen, und Haya sollte ihm dabei helfen. Aber stattdessen läuft sie in ihrem Zimmer umher wie ein eingesperrtes Tier.

„Warum haust du nicht einfach durchs Fenster ab wie beim letzten Mal?", schlägt Ali vor.

Haya schüttelt den Kopf. „Darauf wartet Frances doch nur. Und wenn sie mich erwischt, bekomme ich bis an mein Lebensende Hausarrest."

„Na, dann erkläre es Baba doch einfach“, meint Ali. „Wenn er wüsste, dass du beim *King's Cup* reiten sollst, würde er es dir vielleicht erlauben.“

„Oder er könnte zu dem Schluss kommen, dass er sich die Schande ersparen möchte, einen Wildfang als Tochter zu haben!“ Im selben Augenblick, in dem sie es ausspricht, fühlt Haya sich mies, dass sie ihren Bruder so anfährt. Das alles ist ja nicht Alis Schuld. Aber es tut ihr immer noch so weh, was Frances zu ihr gesagt hat. Ist es wirklich das, was ihr Vater von ihr denkt? Ist sie wirklich so eine Schande?

Sie lässt sich neben Ali aufs Bett fallen.

„Die ganze Zeit, in der ich trainiert habe“, erzählt sie ihm, „war ich so aufgeregt. Alles, an das ich denken konnte, war, wie sehr ich Baba damit überraschen würde. Ich würde auf Bree in das Stadion einreiten und ihm in der königlichen Loge zuwinken, und er würde so stolz auf mich sein, seine Tochter, die um den Ruhm und die Ehre des Königlichen Gestüts reitet. Ich wollte doch nur, dass er stolz auf mich ist. Aber jetzt habe ich nichts mehr, für das ich reiten könnte.“

„Dann wirst du also gar nicht erst antreten?“, fragt Ali. „Aber der *King's Cup* ist doch schon morgen!“

„Das Team ist ohne mich besser dran“, meint Haya finster. „Vermutlich wollten sie eh bloß nett zu mir sein, indem sie mich haben mitmachen lassen. Die Tochter des Königs – da muss man doch machen, was sie sagt. Sie können kein Mädchen brauchen, das ihnen die Tour vermasselt.“

Ali rappelt sich hoch. Haya verengt die Augen. „Wo willst du hin?"

„Nirgends", gibt Ali wenig überzeugend zurück.

„Ali, untersteh dich!"

„Was?"

„Du darfst es Baba nicht erzählen, Ali. Er wird sich nur aufregen. Und das hat er meinetwegen schon genug getan."

„Das stimmt nicht! Hör doch nicht auf das, was Frances sagt. Du solltest es ihm wirklich sagen!"

Haya schaut ihren Bruder nachdrücklich an. „Versprich mir, dass du es ihm nicht erzählst."

Ali seufzt. „Versprochen." Er bückt sich nach seinem Fußball, der neben dem Bett liegt, und geht zur Tür. „Bis nachher."

*

Haya verbringt den Vormittag mit ihrem Schatzkästchen. Einen nach dem anderen holt sie die Gegenstände daraus hervor und legt sie auf ihr Bett: die Sonnenbrille, die Musikkassetten, die Muschel und die Kieselsteine. Als sie die schwarze Haarsträhne von Brees Schweif herausnimmt, steigen ihr die Tränen in die Augen. Wenn Santi und Zayn morgen früh die Pferde für die Fahrt zum Stadion auf den Hänger verladen, wird Bree ganz alleine in ihrer Box zurückbleiben. Die Stute wird sich bestimmt jetzt schon wundern, warum Haya sie nicht zu ihrer morgendlichen Reitstunde geholt hat; sie wird sich heiser wiehern nach den anderen Pferden.

„Haya?“ Ali steckt den Kopf durch ihre Zimmertür. Hastig rafft Haya den Inhalt ihrer Schatzkiste zusammen und legt den Deckel darauf, während sie die Box zurück unter ihr Bett schiebt.

„Was?“

„Baba möchte unten in seinem Arbeitszimmer mit dir sprechen.“

„Ali, was hast du ihm erzählt?“

„Ich habe ihm gar nichts gesagt! Das habe ich dir doch versprochen, oder?“

Hayas Füße bewegen sich nur langsam vorwärts, eine Stufe nach der anderen steigt sie die Treppe herunter. Ob Frances noch mal mit Baba geredet hat? Was sie ihm diesmal wohl gesagt hat?

Die Tür zum Arbeitszimmer ihres Vaters ist geschlossen, aber sie kann gedämpfte Stimmen auf der anderen Seite hören. Ihr Vater ist in einer Besprechung. Unsicher steht sie da, die Hand auf der Klinke, als die Tür von der anderen Seite aufgerissen wird und sie in das breite, sonnengebräunte Gesicht von Santi schaut.

„Hallo, Prinzessin Haya“, begrüßt er sie. „Wir haben gerade von dir gesprochen. Komm rein.“

Als sich die Tür weiter öffnet, erblickt Haya Zayn. Ihr erster Gedanke ist, dass er sich beim König darüber beschwert haben könnte, dass sie so viel Zeit im Stall verbringt. Und als die Tür ganz aufgeht, bestätigt sich ihre Befürchtung vollends. Die restlichen Stallburschen stehen neben Zayn, alle auf einem Haufen, die Hände vor sich gefaltet. Sie sehen sehr steif aus, so als ob ihnen unbehaglich zumute wäre, in ihrer staubigen Arbeitskleidung in so einem prächtigen Raum zu stehen. Es kommt Haya ungewohnt vor, sie hier zu sehen, als ob ihr Leben und deren Leben plötzlich in diesem Raum aufeinanderprallen würden.

„Haya", sagt ihr Vater, „Santi und seine Männer haben mit mir gesprochen. Wie es scheint, hast du versäumt, mir zu sagen, dass der Grund, warum du das Bärenfell rasiert hast, der ist, dass du für den *King's Cup* trainiert hast?"

Haya schaut in die tapferen Gesichter der Männer. Bekommen sie jetzt ihretwegen Ärger? „Es ist nicht ihre Schuld!", ruft Haya. „Ich habe mir das mit dem Bärenfell ausgedacht. Santi wusste davon nicht mal was."

„Es geht nicht um den Bären." Ihr Vater schaut sie mit ernster Miene an. „Santi hat gesagt, dass du heute Morgen nicht zum Training in den Stall gekommen bist. Er hätte nie den Grund für deine Abwesenheit erfahren, wenn Ali es ihm nicht erzählt hätte."

Ali! Da ist er also hingegangen!

„Also wirklich, so geht das nicht, Haya", fährt ihr Vater fort. „Wenn du dich einer Mannschaft anschließt, darfst du sie auch nicht im Stich lassen ..."

Sie kann kaum glauben, was sie da zu hören bekommt. „Aber ich habe doch Hausarrest!"

„Für das, was du dem armen Bärenfell angetan hast, wirst du noch angemessen bestraft werden", sagt ihr Vater. „Aber diese guten Männer hier sollten nicht für deine Untaten bezahlen. Du hast ein Team, das sich auf dich verlässt, und dieser Verpflichtung musst du nachkommen."

„Dann erlaubst du mir also, reiten zu gehen?" Haya kann es kaum glauben.

Ihr Vater wirft seinen Stallburschen einen schiefen Blick zu. „Ich fürchte, ich müsste mit einer Meuterei rechnen, wenn ich nicht Ja sagen würde. Also gehst du jetzt besser und ziehst deine Reithose an – wenn ich mich nicht irre, hast du jetzt eine Springstunde."

In ihrem Zimmer zieht Haya sich wie in Trance um. Sie hat sich schon ihre Stiefel geschnappt und will gerade die Treppe hinunterrennen, als es an ihrer Tür klopft. Es ist ihr Vater.

„Santi und seine Leute warten draußen in ihrem Transporter. Sie nehmen dich nach Al Hummar mit", sagt er.

„Dann sollte ich jetzt gehen, Baba", antwortet Haya. „Ich habe sie schon den ganzen Tag warten lassen."

„Ich bin sicher, einen Moment länger halten sie noch aus", meint ihr Vater. „Ich möchte dir etwas sagen." Er bedeutet ihr, sich neben ihn aufs Bett zu setzen.

„Ich dachte immer, du würdest mir alles erzählen, Haya. Warum hast du mir ausgerechnet das verschwiegen?"

„Es sollte eine Überraschung werden", erwidert Haya und realisiert, wie dumm sich das anhört.

„Santi hat gesagt, du bist die beste Reiterin in seiner Mannschaft", erzählt ihr Vater ihr. „Du weißt, dass es diese Männer große Überwindung gekostet hat, heute zu mir zu kommen, oder? Sie haben es getan, weil sie vor dir als Reiterin großen Respekt haben, Haya. Sie sind auf dich angewiesen. Santi glaubt, zum ersten Mal seit Langem hat das Königliche Gestüt wieder eine Chance, die Berittene Garde zu bezwingen."

Er hatte eigentlich erwartet, dass sie erfreut aussehen würde, doch stattdessen wirkt es so, als ob Haya gleich in Tränen ausbrechen würde.

„Es tut mir leid", sagt sie.

„Was?"

„Alles. Dass ich so bin. Ich weiß, dass mein Benehmen, meine Art nicht das ist, was du dir wünschst", meint Haya. „Ich enttäusche dich die ganze Zeit. Ich bin keine echte Dame, nicht wie Mama. Ich wünschte, ich könnte wie sie sein, aber ich bin es nicht."

„Haya", sagt ihr Vater sanft. „Weißt du, was deine Mutter zu einer Königin gemacht hat? Das waren nicht ihre Anmut oder ihre guten Manieren, es war ihr Herz. Sie war so entschlossen, so furchtlos. Und es sind diese Eigenschaften, die ich sehe, wenn ich dich anschaue, Haya. Du bist durch und durch ihre Tochter. Sie wäre so stolz auf dich gewesen, wenn sie heute gesehen hätte, wie die Männer aus dem Stall herkamen, um sich vor dich zu stellen. Du inspirierst sie, aber nicht durch deinen Titel, sondern weil sie deinen innersten Wesenskern erkennen. Das war schon die große Gabe deiner Mutter, und die besitzt du auch, Haya."

Ihr Vater nimmt ihre Hand in seine. „Eines Tages, wenn die Zeit dafür gekommen ist, wirst du eine echte Lady sein. Aber wenn du morgen in das Stadion einreitest, ist nicht der richtige Zeitpunkt dafür. Bashir ist schonungslos und er und seine Mannschaft werden sich nicht so leicht geschlagen geben. Du wirst besser reiten müssen als sie, um zu gewinnen."

„Ich bin bereit dafür", antwortet Haya. „Und ich verspreche dir, ich werde dich stolz machen, Baba."

Ihr Vater lächelt. „Das hast du schon, meine Tochter."

Der King's Cup

Das Reitstadion ist wie das Kolosseum gebaut, ein runder Sandreitplatz, der von einer hohen Mauer umgeben ist. Die Zuschauerränge sind ringsherum stufig angeordnet, damit alle im Publikum von oben auf das Spektakel dieses geschichtsträchtigen Wettkampfes zwischen der Berittenen Königlichen Garde und dem Königlichen Gestüt Al Hummar herabsehen können. Seit sie denken kann, ist Haya jedes Jahr mit ihrem Vater dort gewesen. Sie hat neben ihm in der königlichen Loge gesessen und auf den golden schimmernden Sand unten in der Arena geschaut.

Heute aber betrachtet sie die Arena zum ersten Mal aus der Perspektive der Gladiatoren. Von den düsteren Gängen der Ställe, die unter den Zuschauerrängen versteckt sind, blinzelt sie in das gleißende Sonnenlicht, das von der Arena hereinscheint. Sie kann zusehen, wie immer mehr Leute auf die Tribünen drängen und die Ränge füllen; über dem ganzen Stadion liegt ein aufgeregtes Summen wie in einem Bienenstock.

„Hörst du sie?", flüstert sie Bree zu. „Sie werden jede Menge

Krach machen, wenn wir gleich ins Stadion einreiten, aber du brauchst keine Angst davor zu haben. Sie werden uns zujubeln, du wirst sehen …"

Unter ihr stampft Bree mit den Hufen auf den Betonboden des Stalls, als ob sie es selbst auch kaum erwarten könnte, als ob sie wüsste, wie viel dieses Turnier Haya bedeutet.

Sie beide sind ein Team und trotzdem erzählt Haya Bree nur die halbe Wahrheit. Die Massen werden jubeln, wenn sie heute gewinnen. Aber was, wenn nicht? Dieser Wettkampf ist von so großer Bedeutung für ihr Volk und Haya spürt die Last seiner Erwartungen schwer auf ihren Schultern. Und nicht nur das. Sie weiß, dass Frances und ihr Gefolge heute auch dort draußen sein und wie die Aasgeier nur darauf warten werden, sich an ihrer Niederlage zu laben. „Na also!", wird Frances dann triumphieren. „Hab ich es dir nicht gesagt? Eine junge Dame königlicher Herkunft sollte nicht reiten. Sie sollte zu Hause bleiben, sich auf das Leben bei Hofe, auf ihre Heirat und ihre herrschaftlichen Pflichten vorbereiten."

Na gut, aber Haya wird Frances und ihren veralteten Ansichten die Stirn bieten. Wenn sie gleich in den Farben von Al Hummar gekleidet auf Bree in die Arena einreitet, wird sie nicht nur für den Ruhm von Al Hummar und für die Ehre ihres Vaters reiten, sondern auch für das Recht, selbst über ihr Schicksal bestimmen zu können.

Ein Tosen schwillt auf den Zuschauerrängen an. Bree schaudert und Haya wird aus ihren Gedanken gerissen. In der Arena machen sich Oberst Bashir und seine Brigade bereit, vor dem König zur Parade aufzuziehen. Bashir ist in seiner vollen militärischen Paradeuniform gekleidet, sein khakifarbener Waffenrock ist mit Orden dekoriert und er trägt eine rote Schärpe über der Schulter. In einer Hand hält er die Zügel, in der anderen die Flagge der Berittenen Garde.

Sein Pferd ist ein stattlicher, feingliedriger Fuchs mit hohen weißen Stiefeln an drei Beinen und einer breiten weißen Blesse. Die beiden folgenden Männer reiten auch auf Füchsen und zwei weitere Männer auf farblich zusammenpassenden Schimmeln bilden das Schlusslicht ihrer Formation. Die Pferde gehen schwungvoll im Takt der Marschmusik, der Lärm, den die Zuschauermenge macht, scheint sie gar nicht zu stören. Schließlich sind es Polizeipferde, die für solche Zwecke speziell ausgebildet werden. Als sie zur königlichen Loge kommen, halten sie exakt gleichzeitig vor ihr.

„Kompanie, präsentiert den Säbel!“, brüllt Oberst Bashir. Seine Männer greifen mit rechts nach ihren Schwertscheiden, ziehen ihre Schwerter in einer geschickten Bewegung daraus hervor und salutieren mit erhobenen Waffen vor ihrem König.

Der König erwidert den Salut aus seiner Loge. Neben ihm kann Haya Ali erkennen, der ebenfalls in seine Galauniform gekleidet ist. In der Reihe hinter ihnen steht Frances und hat von dort aus alles fest im Blick.

Die restlichen Besucher der königlichen Loge sitzen unmittelbar vor ihrem König. Es sind vier alte Männer mit von der

Sonne gegerbten Gesichtern. Sie tragen lange weiße Gewänder und auf dem Kopf ihre Kufija. Alle vier sind großartige Reiter, die einst dem König gedient haben und heute über den Wettkampf richten sollen. Es wird fünf Wettbewerbe geben, aus denen sie den Sieger bestimmen werden.

„Kompanie, salutiert!" Die Berittene Garde erweist dem König noch einmal die Ehre, dann wendet Bashir sein Pferd in einer halben Pirouette und treibt es in den Galopp. Seine Männer tun es ihm in ihrer Formation gleich und wenden ihre Pferde um hundertachzig Grad auf der Stelle. Dann fächert sich die Formation auf, bis alle Pferde in einer Reihe nebeneinandergehen und ihre Reiter sie genau gleichzeitig zum Stehen durchparieren. Sie reiten auf der rechten Hand wieder an, wechseln auf die linke, halten und drehen eine Pirouette. Dann reiten sie mit einem letzten Winken ins Publikum aus der Arena heraus.

Jetzt ist die Mannschaft von Al Hummar dran.

„Bist du bereit zum Einreiten?" Es ist Santi, der unbemerkt neben sie getreten ist. Heute hat er Chinos und ein Hemd aus Baumwollbatist an. Es ist jetzt schon ein heißer Tag und es wird sicher noch wärmer werden.

Haya sieht nervös aus, als sie die Zügel aufnimmt. Sie ist in Blau und Weiß gekleidet, den Farben von Al Hummar. Ihre Mannschaftskameraden haben sich auf ihren Pferden hinter ihr aufgestellt. Sie tragen dieselbe Reituniform wie sie. Yusef hat darauf bestanden, dass Haya sie alle in die Arena führt.

„Aber du solltest das machen, Yusef", hatte Haya gesagt. „Du bist der Stallmeister."

„Und du bist eine Prinzessin", hatte Yusef darauf erwidert. „Damit hast du den höchsten Rang von uns allen, also musst du uns auch beim Einreiten in die Arena anführen."

„Aber ich bin erst zwölf. Ich bin viel zu jung dafür."

„Dein Vater war siebzehn, als er zum König einer ganzen Nation wurde", hatte Yusef nur gemeint und bei diesen Worten hatte sie plötzlich Mut gefasst.

Haya lässt den Blick über den goldenen Sand in der Arena schweifen. Einst, vor sehr langer Zeit, saß sie einmal in der königlichen Loge neben ihrem Vater – und ihrer Mutter. Die Königin hatte ein grünes Kleid getragen, einen weißen Strohhut und eine weiß eingefasste Sonnenbrille. Aber dieses Bild entspringt nicht Hayas Erinnerung, obwohl es sich so anfühlt. Sie hat es auf einem Foto gesehen: ihre Mutter in der königlichen Loge neben dem König, so wunderschön, wie sie lächelt und winkt. Ihre Mutter auf ewig jung, unangetastet von der Zeit. Haya wünscht sich nichts sehnlicher, als dass sie heute hier sein und sie reiten sehen könnte. Sie ist fest entschlossen, sie stolz zu machen.

„Heute werden wir beide unsere Mütter mit Stolz erfüllen, Bree", flüstert sie der Stute zu, die unter ihr rastlos herumtänzelt. „Du musst das heute für Amina durchziehen."

Santi überreicht ihr feierlich das blau-weiße Banner von Al Hummar. Nach jedem Wettkampf wird eine Flagge an den fünf Fahnenmasten gehisst werden. Wenn sie gewinnen, ist es die blau-weiße Fahne von Al Hummar, doch wenn sie verlieren, ist es Bashirs rot-goldene Flagge.

„Bist du bereit?"

Haya nickt.

„Dann los, gib dein Bestes und möge Allah dich beschützen!", sagt Santi.

Als die Trompetenfanfare ertönt, treibt Haya Bree direkt in einen leichten Galopp und die Männer von Al Hummar folgen ihr. Während sie durch die Arena reiten, treibt sie ihr Pferd in den gestreckten Galopp und die Hufe der anderen Pferde trommeln so gleichmäßig wie Motorkolben auf den Sand, als sie hinter ihr herjagen. Die blau-weiße Fahne flattert heftig in Hayas Hand, der Wind zerrt so stark an dem Stoff, dass Haya die Faust ganz fest ballen muss, um die Fahnenstange überhaupt halten zu können. Sie jagen an den Tribünen vorbei, als ob die Schweife ihrer Pferde in Flammen stünden.

Ihr dramatischer Einritt wird von der Zuschauermenge mit einem donnernden Applaus belohnt und Bree antwortet auf ihr Jubeln, indem sie noch schneller rennt. Haya dreht sich um und schaut über ihre Schulter. Zayn, Yusef, Attah und Radi folgen ihr in einer Reihe und halten in absolutem Gleichschritt mit ihr mit.

Dann schwärmen sie zur Mitte der Arena hin aus, reihen sich in halsbrecherischer Geschwindigkeit rechts und links neben ihr ein und parieren ihre Pferde zum Halten durch. Der

Sand spritzt zu allen Seiten weg, als die fünf einen *Sliding Stop* hinlegen und nebeneinander in einer perfekten Linie vor der königlichen Loge zum Stehen kommen. Haya schaut zu ihrem Vater und ihrem Bruder hinauf. Die vier Wertungsrichter in der Reihe vor den beiden verziehen keine Miene.

„Kompanie, präsentiert die Säbel!"

Hayas hohe, süße Stimme tönt durch die Arena, als sie das Kommando gibt. Ein Kichern darüber, wie dieses kleine Mäuschen mit einem Piepsen ihre vier Löwen befehligt, huscht durch die Menge. Haya schenkt dem belustigten Murmeln keine Beachtung, sondern bewahrt ihre feierliche Miene, als sie ihre Flagge hebt und als Salut emporhält. Sie ist so schwer, dass ihr Arm vor Anstrengung zittert, um sie überhaupt oben halten zu können. Die Männer, die sie flankieren, ziehen ihre Schwerter, um dem König zu salutieren. Im Vergleich zu Bashir und seinen Offizieren ist ihr Salut ein wenig ungelenk und Haya weiß, dass sie das Punkte kosten wird. Sie spürt, wie ihr Schweißtropfen auf die Stirn treten, so schwer ist die Fahne. Endlich erwidert der König ihren Gruß und sie kann den Arm wieder sinken lassen. Erleichtert reicht sie die Flagge dem Fahnenträger in der Arena, der sie zur königlichen Loge trägt. Ihre Muskeln sind völlig erschöpft und sie muss sich sehr zusammenreißen, damit ihr Arm nicht zu sehr zittert, während sie die Zügel wieder aufnimmt.

„Kompanie, links marsch!" Als sie dieses Kommando gibt, hat ihre Stimme schon mehr Tiefe. Die Männer reihen sich im

Gleichschritt hinter ihr ein, während Haya Bree antraben lässt. Die Zügel hält sie in der einen Hand, mit der anderen winkt sie dem Publikum noch einmal zu und treibt ihre Stute in einen federnden Galopp. Sie galoppieren die Mittellinie hinunter, dann vollführen sie eine Hinterhandwendung, sodass sie jetzt in die entgegengesetzte Richtung schauen und Radi, der eben noch das Schlusslicht bildete, die Abteilung nun anführt. Sie teilen sich in zwei Reihen auf, die eine reitet in die eine Richtung, die andere in die entgegengesetzte, um dann in der Mitte ihre Wege zu kreuzen und akkurat zwischeneinander durchzureiten. Während sie in perfektem Timing die Arena durchreiten, ist Haya zum ersten Mal dankbar für all die langweiligen Quadrille-Stunden im Internat!

Als sie ein letztes Mal um die Einzäunung der Arena galoppieren, lassen sie sich von der Welle der Begeisterung, die aus der Zuschauermenge zu ihnen herunterschwappt, tragen. Dann reiten sie nebeneinander in einer Linie auf und halten exakt gleichzeitig vor dem König, um ihm noch einmal zu salutieren.

Hayas Vater erhebt sich, um ihre Darbietung zu würdigen, und sie kann ein kleines Lächeln erkennen, das seine Lippen umspielt, während er ihren Salut erwidert. Ali, der neben ihrem Vater aufgestanden ist, schneidet eine Grimasse, als auch er ihr zuwinkt. Haya kann sich ein Grinsen gerade so verkneifen. Dann wendet sie Bree und galoppiert mit ihr an, um die Arena zu verlassen. Die fünf Reiter preschen zurück in die

Stallgasse. Schwer atmend kommen ihre Pferde zum Stehen. Haya hat ein knallrotes Gesicht und ihre Baumwollbluse ist schweißnass.

„War das in Ordnung?“, fragt Haya Zayn. „Hast du gesehen, wie meine Hand, mit der ich die Flagge gehalten habe, gezittert hat? Ich konnte sie einfach nicht ruhig halten.“

„Du warst großartig“, versichert Zayn ihr.

„Das war eine kühne Reitvorstellung“, lobt Santi sie, als er sich zu ihnen gesellt. „Aber Bashirs Darbietung war absolut formvollendet. Jetzt müssen wir abwarten, was die Richter meinen.“

In den Stallgassen drängen sich alle Reiter zusammen und starren gespannt hinaus zu den fünf Fahnenmasten in der Arena, an denen gleich die erste Flagge gehisst werden wird. Wird es die blau-weiße Fahne von Al Hummar sein? Keiner von ihnen sagt ein Wort; die einzigen Geräusche, die zu hören sind, während der Fahnenträger seine Anweisungen von den vier Kampfrichtern bekommt, sind das Schnauben und Stampfen der Pferde. Schließlich befestigt der Fahnenträger eine Flagge am Seil und hisst sie. Die Zuschauermenge bricht in Jubel aus.

Die Fahne ist rot und gold.

„Vergesst nicht, dass Bashirs Männer jeden Tag auf diese Weise exerzieren“, schärft Santi seiner Mannschaft ein. „Wir hatten nie damit gerechnet, sie in dieser Disziplin zu schlagen.“

„Wenn ich nur die Flagge ruhiger gehalten hätte …“, wendet Haya ein. Aber Santi schüttelt bloß den Kopf.

„Hätte, könnte, würde bringt uns nicht weiter. Es hat keinen Sinn, sich im Nachhinein zu zerfleischen. Wir müssen uns jetzt auf den nächsten Wettkampf konzentrieren. Immerhin gibt es noch vier Flaggen, die wir gewinnen können."

*

Aus jeder Mannschaft wurden schon im Voraus drei Reiter ausgewählt, um im *Tent pegging* gegeneinander anzutreten, und der Jubel der Zuschauer ruft die sechs Reiter hinaus in den goldenen Sand der Arena. Bree bebt vor Aufregung. Sie weiß, dass ein Rennen ansteht. Und sie ist bereit davonzuschnellen.

„Noch nicht", flüstert Haya der Stute zu, die unter ihr erzittert.

„Reiter, auf die Plätze ..."

In dem Augenblick, in dem sie „Los!" hört, schnellt Bree vorwärts. Sie kommen als Erste von der Startlinie weg. Das Donnern der Hufe erschüttert das Stadion. Das hier ist kein Vergleich mit ihren Trainingseinheiten; die Reiter drängen und schieben einander im Galopp weg, keiner bleibt auf seiner Bahn. Der Reiter rechts von ihr bedrängt sie auf seinem großen Fuchs und als Haya ihm ausweicht, prallt sie direkt auf die Schimmelstute und ihren Reiter links von sich.

„Geht von meiner Bahn!", ruft Haya. Aber der Reiter der Berittenen Garde überhört ihr Flehen geflissentlich und drängt sie ab.

Haya verliert beinahe das Gleichgewicht und muss sich in

einer Strähne von Brees Mähne festkrallen, um nicht herunterzufallen, als Bree sich vertritt. Sie haben an Boden verloren, aber sie holen wieder auf, denn Bree streckt sich noch etwas mehr, als wollte sie den Boden unter sich mit jedem ihrer Galoppsprünge verschlingen. Haya stellt sich in ihre Steigbügel und hockt wie ein Jockey über dem Rücken ihrer Stute, um sie frei laufen lassen zu können. Bree hat die Ohren flach nach hinten angelegt und prescht vorwärts, was das Zeug hält.

Die Schimmelstute liegt vor ihnen und ist ebenfalls sehr schnell. Sie hat nur einen Hauch von einem Vorsprung, nicht mehr als einen Galoppsprung, als Haya ihr Ziel anvisiert. Sie lässt die rechte Schulter tief zum Boden fallen, den Arm mit der Lanze hält sie so, als ob sie nach einem Fisch im Wasser greifen wollte. In einer geschmeidigen, flinken Bewegung stößt sie die Lanze zu Boden und spießt das Papier genau in der Mitte auf. Dann hebt sie die Lanze mit ihrer flatternden Trophäe an der Spitze über ihren Kopf, wendet Bree und treibt sie voran in Richtung Ziellinie. Zwei Reiter von Bashirs Garde, die hinter ihr liegen, haben ihre Ziele verfehlt und müssen noch eine Runde drehen, aber der Reiter auf der Schimmelstute, Zayn und Yusef haben alle ihr Papier beim ersten Versuch aufgespießt. Sie liegen nur knapp hinter ihr.

Haya lehnt sich tief über Brees Hals und treibt sie beständig zur Ziellinie. Brees Atem kommt und geht in einem tiefen, rasselnden Schnauben. Haya weiß, dass die Schimmelstute ihnen dicht auf den Fersen ist. Trotzdem riskiert sie einen kurzen

Blick über ihre Schulter. Pferd und Reiter sind noch dichter hinter ihnen, als sie dachte! Aber die Ziellinie ist nicht mehr fern und die Zuschauermenge tost. Sie wird als Erste ins Ziel kommen! Als Haya auf Bree die Ziellinie knapp vor der Schimmelstute passiert hat, stellt sie sich in den Steigbügeln auf und reckt den Arm mit der Lanze in die Luft. Doch plötzlich ertönt ein enttäuschtes Stöhnen von den Zuschauerrängen. Zuerst kapiert Haya es nicht, doch als sie an ihrer Lanze entlangschaut, erstarrt sie. Das Papier ist weg! Es muss vom Wind davongetragen worden sein, bevor sie die Ziellinie erreicht hatte. Neben ihr reißt der Reiter auf der Schimmelstute seine Lanze in die Luft. Sein Papier steckt noch an der Spitze. Immer wieder stößt er die Faust im Rhythmus des Jubels seiner Anhänger in die Höhe.

Pech. So nennen es Hayas Mannschaftskameraden, als sie zurück im Stall ist. Aber niemand würde behaupten, es sei Glück gewesen, dass man gewonnen hat, oder? Wenn sie das Papier doch nur sorgfältiger aufgespießt hätte, wenn sie die Lanze auf dem Weg zur Ziellinie nur tiefer gehalten hätte, dann wäre es vielleicht nicht davongeflogen. Vielleicht ...

„Mach dir nichts draus“, sagt Santi. „Konzentriere dich auf den nächsten Wettkampf, wenn du gewinnen willst.“

Doch die beiden rot-goldenen Flaggen am Fahnenmast fühlen sich für Haya an wie ein Schlag ins Gesicht. Die nächste Disziplin wird über Sieg oder Niederlage entscheiden. Es gibt nur noch drei Flaggen zu gewinnen, es ist ihre letzte Chance.

Der silberne Accord

Zwei Tropfen Blut fallen von Hayas Hand in den goldenen Sand. Dick und schwarz wie Rübensirup. Sie hält den abgetrennten Vogelflügel eine Armlänge von sich entfernt, während sie ihn kritisch beäugt. Er wird einen guten Köder abgeben. Sie schüttelt noch einmal überschüssige Blutstropfen davon ab, dann befestigt sie eine lange Schnur als Sicherung daran und zieht den Knoten so fest zu, wie sie nur kann. Danach streckt sie den Arm nach Sama aus, der auf seiner Stange sitzt, und als der Vogel spürt, wie sie ihn an der Brust anstupst, hüpft er gehorsam auf ihre behandschuhte Faust.

„Also los“, wispert sie und hält den Sakerfalken hoch in die Luft. „Wir sind dran.“

Es gibt fünf Flaggen zu gewinnen, zwei haben sie schon verloren. Und nun steht sie da, mit Sama auf der Faust, und hofft, dass der Falke ihnen ihren ersten Sieg bescheren wird. Sie spürt, wie das Gewicht des Vogels auf ihrem Arm lastet. Sama ist in den paar Wochen, seit sie ihn hat, viel schwerer geworden. Er trägt jetzt sein vollständiges Erwachsenenfederkleid und ist fast doppelt so groß wie am Anfang. Diese Woche hat Haya ihn dreimal an der langen Schnur fliegen lassen und er ist jedes Mal brav auf ihre Hand zurückgekehrt. Aber das war im Garten des Palasts; jetzt sind sie nicht mehr daheim.

Haya stopft den Köderflügel zurück in ihre Schultertasche. Dann tritt sie mit Sama auf der Hand in die Arena und geht zu dem hölzernen Pfahl, der in der Mitte der Arena in den Sandboden gerammt worden ist. Sie hebt Sama auf die Höhe des Pfostens und der Vogel hüpft gehorsam von ihrer Faust auf die Stange.

Sama trägt heute seine Spezialhaube, die ihr der Falkner extra für diesen Anlass geschenkt hat. Sie ist mit einer Reihe bunter Federn verziert, die aus der Mitte der Haube herausstehen, als trüge der Falke eine Ananas auf dem Kopf. Haya findet, er sieht absolut prächtig aus, aber sie befürchtet, dass Sama sich selbst lächerlich vorkommt. Eine einfache Lederhaube würde ihm wohl besser stehen.

Haya löst die Lederriemen, streift ihm die Haube sicher und geschickt ab und verstaut sie mit der rechten Hand in ihrer Tasche. Die bernsteinfarbenen Augen des Vogels weiten sich, als er das Stadion mit den tausend Gesichtern, die auf ihn herabstarren, erblickt. „Alles ist gut, Sama", beruhigt Haya ihn. Die Zuschauermenge verstummt schlagartig, die Atmosphäre im Stadion wiegt schwer vor Erwartung, als Haya von dem Falken zurücktritt und ihre Schritte zählt, bis sie zwanzig Meter weit von dem Holzpfosten weg ist.

Sama legt den Kopf schief und beobachtet Haya genau dabei, wie sie den Köder aus ihrer Schultertasche hervorholt. Sie hält den Riemen fest in der Hand, an der sie den Handschuh trägt, und den Flügel mit der anderen. Sie wirft den Köder in die Luft und beginnt, ihn an der Schnur so zu schleudern, wie ein Cowboy sein Lasso schwingt. Als der Riemen sich zu spannen beginnt, lässt sie den Köder knapp über dem Boden kreisen. Sie fasst immer ein Stückchen Schnur nach und in immer größer werdenden Kreisen zieht sie den Köder in die Höhe, bis er so aussieht, als ob er von selbst fliegen würde. In hohem Bogen steigt er in den Himmel auf.

Als Sama von seiner Stange aufschaut, entdeckt er den Köder, erhebt sich mit zwei geschmeidigen Flügelschlägen von seinem Pfosten und fliegt empor. Er steigt so schnell in die Luft auf, dass Haya gut achtgeben muss, damit er nicht zuschlägt, bevor sie so weit ist. Das alles soll wie ein Tanz zwischen dem Falkner und seinem Vogel aussehen. Sama darf sich erst auf den Köder stürzen, wenn sie bereit ist, ihn ihm zu überlassen.

Am Himmel zieht Sama einen Kreis über dem Köder und stößt dann mit nach dem Flügel ausgestreckten Klauen herab. Aber Haya hat damit schon gerechnet und schwingt die Leine so, dass sich die Flugbahn des Köders verändert. Sama muss mitten im Flug plötzlich wieder nach oben ziehen und eine neue Attacke fliegen.

Haya kommt sich vor wie ein Matador, der mit seinem Stier Spielchen spielt. Sama unternimmt einen neuen Versuch, sich den Köder zu schnappen, aber auch das hat Haya vorhergesehen und die Flugbahn des Köders wieder so verändert, dass er zwar in verführerischer Nähe ist, aber doch für den Falken unerreichbar bleibt.

Der Tanz, den die beiden aufführen, sieht fließend und mühelos aus. Haya bringt den Falken dazu, herabzustoßen und wieder in den Himmel aufzusteigen, aber langsam spürt sie, wie ihr der Schweiß auf der Stirn steht. Sie schwingt den Köder mittlerweile an der vollen Schnurlänge. Sie weiß, je länger sie den Köder so kreisen lässt, umso mehr riskiert sie, einen Fehler zu machen und den Köder zum Absturz zu bringen. Oder den Falken im schlimmsten Falle zu langweilen, oder dass er sich vor der Zuschauermenge erschreckt und auf Nimmerwiedersehen davonfliegt.

Also reißt sie an der Schnur, sodass sich Sama in einem besonders schwierigen Winkel herabstürzen muss, und zieht den Köder dann wieder in die Höhe, indem sie ihn wie einen Propeller kreisen lässt. Dann öffnet sie ihre Hand und lässt den Köder fliegen. Der erreicht den Höhepunkt seiner Flugbahn und hängt über dem Falken in der Luft. Sama stürzt sich pfeilschnell auf seine Beute und schlägt die Klauen in den Flügel.

Haya hält den Atem an, während sie beobachtet, wie der Falke sich von hoch oben in der Luft hinunterstürzt, den Köder fest in seinen Klauen. Jetzt kommt ihre letzte Prüfung. Haya streckt den Arm, an dem sie den langen Lederhandschuh trägt, aus und pfeift nach dem Vogel. Sama schaut auf und fliegt sofort los. Er kommt zu Haya zurück, seine Beute immer noch fest in seinen Klauen.

Das Blut, das nun in den Sand tropft, ist hellrot, aber die dritte Flagge, die gehisst wird, ist himmelblau. Die blau-weiße Fahne von Al Hummar.

*

Haya denkt an das zurück, was Santi ihr über das Springreiten beim *King's Cup* erzählt hat, als sie zum ersten Mal davon gesprochen hat, daran teilzunehmen. Das hier ist nicht so ein gesittetes Hochglanzturnier wie die in England. Wenn sie ihm damals richtig zugehört hätte, wäre sie jetzt vielleicht nicht so schockiert vom Anblick und Ausmaß der Sprünge, die gerade in der Arena aufgebaut werden.

Das erste Hindernis ist nur zum Warmwerden, ein einfaches Rick, das nicht mal einen Meter hoch ist. Der zweite Sprung ist ein Doppelrick, fast eins zwanzig hoch und so breit, dass die Pferde forsch vorwärtsspringen und sich ordentlich langmachen müssen. Doch es ist das dritte Hindernis, das ein Raunen durch die Menge gehen lässt, als es aufgebaut wird.

Es ist ein Oxer, bei dem die obersten Stangen auf einem Meter vierzig Höhe liegen – fast so hoch wie die Hindernisse, die Haya in England beim S-Springen genommen hat. Allerdings stehen auch die Hindernisständer sehr weit auseinander, mindestens einen Meter fünfzig.

„Das ist eine riesige Kluft“, bemerkt Haya, als die unteren

Stangen aufgelegt werden. „Sie werden sie noch mit Blumen oder Strohballen oder so auffüllen müssen. Ansonsten könnten die Pferde es für eine In-Out-Kombination halten und zwischen den Stangen landen."

„Ich glaube nicht, dass sie Blumen verwenden werden", meint Zayn. Er zeigt mit dem Finger auf das Tor zur Arena. „Seht nur!"

Einer von Bashirs Reitern fährt ein Auto über den Sand. Es ist ein silberner Honda Accord. Seine Reifen graben sich wie Schlangen in den Sand und hinterlassen gewundene Spuren. Der Fahrer kurvt in großem Bogen um das erste Hindernis und fährt am Rand der Arena entlang. Dann biegt er im rechten Winkel ab und lenkt das Fahrzeug genau auf das dritte Hindernis zu. Ungläubig sieht Haya zu, wie das Auto anhält und mitten in den Stand des Hochweitsprunges gestellt wird.

„Du schaffst das", sagt Santi mit Bestimmtheit. „Du bist auf Shepperlands Copse schon höher als eins vierzig gesprungen."

„Aber nicht auf Bree", gibt Haya zurück.

„Sie packt die Höhe. Im Training ist sie schon fast so hoch gesprungen."

„Aber nicht über ein Auto!"

„Vergiss das Auto, konzentrier dich nur auf die Stangen."

„Wie könnte ich das Auto vergessen", platzt Haya heraus, „wenn es genau in der Mitte vom Hindernis steht?"

Die Regeln dieses Wettbewerbs sind einfach. Nur ein einziges Hindernis zählt – das Auto. Alle Reiter haben drei Versuche, es zu überwinden.

Haya hat schon einmal bei einem solchen Turnier zugesehen, es war ein Mächtigkeitsspringen, ein Hochsprungwettbewerb bei einem Turnier in Sussex. Die Ramsays hatten sie mit zu dem Turnier genommen und sie hatte mit Jemima und Lucinda am Rand des Reitplatzes gestanden und dabei zugesehen, wie die Helfer aus großen Holzbausteinen die Mauer aufgebaut haben. Sie war so hoch, dass die Teilnehmer beim Anreiten noch nicht einmal darüberschauen konnten.

Die Reiter trieben ihre Pferde dazu an, raumgreifende, kraftvolle Galoppsprünge zu machen. Kurz vor dem Hindernis versammelten sie sie so, dass sie mit der Hinterhand gut untertraten. Auf diese Weise hatten sie beim Absprung nicht nur ausreichend Kraft, um hoch genug zu springen, sondern auch hinreichend Geschwindigkeit, um die nötige Weite zu erreichen. Wenn sie da etwas falsch macht, wird es für sie übel ausgehen. Egal, was Santi sagt: Wenn man auf dem Auto landet oder gar in es hineinspringt, kann man sich aufs Schlimmste verletzen.

Die aufgeregte Zuschauermenge kann es kaum erwarten, dass das Springen beginnt. Haya steht mit Brees Zügeln in der Hand in der abgedunkelten Stallgasse und schaut bange hinaus in die Arena. „Siehst du zu?“, flüstert sie der braunen Stute ins Ohr. In diesem Augenblick schüttelt Bree den Kopf, als ob sie sagen wollte, dass sie ganz sicher nicht zuschauen wird, während die anderen den Parcours springen.

„Okay“, meint Haya und spielt liebevoll mit Brees Schopf.

„Vielleicht ist es auch besser, wenn du nicht hinsiehst. Aber ich werde zuschauen, in Ordnung?“

Haya ist erleichtert, dass sich die Männer von der Berittenen Garde darum gerissen haben, zuerst zu reiten.

„Haben sie schon angefangen?“ Zayn keucht und japst, nachdem er ganz vom anderen Ende der Stallungen zu ihr gerannt ist.

„Noch nicht“, erwidert Haya. „Aber der Erste startet jede Sekunde ...“

Der erste Reiter ist der mit der Schimmelstute, der sie beim *Tent pegging* geschlagen hat. Er reitet in einem halsbrecherischen Galopp ein.

„Er ist zu schnell“, erklärt Haya Zayn. „Er reitet zu wild und ungleichmäßig. So sollte man einen Sprung wie diesen nicht angehen.“

Nur einen Augenblick später zeigt sich, dass sie recht hat, als die Schimmelstute einen gewaltigen *Sliding Stop* hinlegt, eine Vollbremsung unmittelbar vor dem Auto. Das Ganze wiederholt sie noch zwei Mal und sie werden schließlich disqualifiziert.

Reiter auf Reiter erleidet dasselbe Schicksal. Die Berittene Garde scheint keine Ahnung zu haben, wie sie den Sprung über das Auto angehen soll. Sie reiten es entweder zu forsch oder zu verhalten an. Als Bashir selbst endlich an der Reihe ist, sind die Zuschauer bereits ernüchtert und glauben, dass niemand es über dieses Hindernis schaffen wird.

Haya hat keine Lust zuzusehen, wie Oberst Bashir sein Glück versucht. Stattdessen geht sie lieber auf den Abreitplatz und wärmt Bree auf, indem sie sie über ein paar Kreuze springen lässt. Sie hört das Gejubel der Menge, als Bashir auf das Hindernis zureitet, und das enttäuschte Stöhnen der Zuschauer, als auch er versagt. Totenstille hängt über der Arena, als Bashir vom Platz reitet und dabei bestürzt den Kopf schüttelt. Jetzt muss nur ein Reiter von Al Hummar es schaffen, um die Flagge für diesen Wettbewerb zu gewinnen. Und Haya ist als Erste von ihnen an der Reihe.

Santi und Ursula warten am Einlass auf sie. „Denk dran“, ermahnt Santi sie, während er den Kinnriemen ihrer Reitkappe festzurrt. „Vergiss das Auto. Lass deinen Blick nicht dorthin schweifen. Lass ihn oben, Haya, halte ihn immer oberhalb der Stangen – dort, wo du hinwillst. Wenn du das Auto anschaust, blickst du nach unten und dann wird Bree stehen bleiben.“

Es ist eine Sache, die Fehler der anderen vom Rand der Reitbahn aus festzustellen. Aber jetzt, wo sie selbst in der Arena ist, hat Haya das Gefühl, alles vergessen zu haben, was sie in all ihren Reitstunden gelernt hat. Ob sie die Nerven behalten wird? Sie treibt Bree in den Galopp und reitet ein paar Zirkel. Ruhig bleiben, ganz ruhig.

Aber es ist ein Auto!

Sie kann das. Sie ist bei den Ramsays schon oft so hoch gesprungen.

Ja, aber nicht auf Bree!

Sie galoppieren schwungvoll auf das erste Hindernis zu und sind nur noch wenige Galoppsprünge davon entfernt, als Haya spürt, wie ihre Stute sich zurückhält. Haya war in Gedanken so mit dem Auto beschäftigt, dass sie das erste Hindernis nicht forsch genug anreitet. Bree wird verweigern! Haya drückt der Stute fest die Fersen in die Flanken und treibt sie gerade noch rechtzeitig vorwärts.

Sie sind drüber! Ihr Sprung war zwar ein bisschen unbeholfen, aber sie sind fehlerfrei. Haya nimmt sich zusammen und konzentriert sich auf das zweite Hindernis. Die Zuschauer sind mucksmäuschenstill, als die beiden auf das Doppelrick zureiten, und konzentrieren sich ganz auf den Sprung. Dieses Mal galoppiert Bree schön vorwärts und fliegt mühelos über die Stangen. Haya nimmt die Zügel fester auf. Vor ihnen liegt das dritte Hindernis, der Hochweitsprung. Und unter den Stangen steht ein in der Sonne funkelndes silbernes Auto.

Vergiss das Auto!

Sie stellt Bree genau auf das Hindernis, es kommt immer näher. Sie reitet gut, sie sieht den Absprungpunkt, sie hält die Stute gerade gerichtet. Doch dann fällt Hayas Blick auf das Auto, und sie hört das Geschrei der Menge. Jetzt, wo ihr bewusst wird, dass so viele Augen auf sie gerichtet sind, legt sich in ihrem Kopf ein Schalter um. Auf einmal ist all ihr Selbstvertrauen weg, Zweifel machen sich in ihr breit.

Bree spürt, wie ihre Reiterin plötzlich zaudert, und reagiert sofort, indem sie sich instinktiv zurückhält. Pferd und Reiterin beginnen, sich gegenseitig zu verunsichern, und so wachsen ihre Angst und ihre Zweifel immer mehr. Als Haya den Schenkeldruck verstärkt und „Auf jetzt!“ ruft, hört Bree lediglich die Unsicherheit in ihrer Stimme.

In allerletzter Sekunde, als sie eigentlich abspringen müsste, taumelt die Stute zurück, legt unerwartet all ihr Gewicht auf die Hinterhand und beginnt zu schlittern. Brees Sprunggelenke graben sich tief in den Sand unter ihr, aber das reicht nicht aus, um sie zu bremsen. Das Publikum schnappt geschlossen nach Luft, als die Stute das Auto rammt, in seine blechernen Türen kracht und die Stangen und Ständer des Oxers über ihr zusammenfallen.

Haya wird mit einem heftigen Ruck nach vorne geworfen und in hohem Bogen aus dem Sattel geschleudert. Sie segelt durch die Luft und kommt hart auf der Motorhaube des Wagens auf. Im selben Augenblick fallen die Stangen des Hindernisses runter und prasseln auf sie nieder. Eine von ihnen trifft sie am Arm, eine andere streift ihre Reitkappe. Haya wird von den Stangen mitgerissen und purzelt schließlich von der Motorhaube in den Sand.

Vor dem blauen Himmel wehen drei Flaggen: zwei rot-goldene und eine blau-weiße. Das ist das Letzte, was Haya sieht, bevor ihr schwarz vor Augen wird.

Neun Uhr abends, 24. August 1986

Liebe Mama,
ich bin's noch mal. Baba hat mich rauf auf mein Zimmer geschickt, damit ich mich ausruhe. Ich beteuere ihm zwar immer wieder, dass es mir gut geht, aber er macht trotzdem jede Menge Aufhebens. Ich habe bloß ein bisschen Kopfweh, das ist schon alles, und das kommt auch nicht von dem Sturz, sondern davon, dass ich den ganzen Tag in der prallen Sonne verbracht habe.

Ich schätze, es muss ziemlich dramatisch ausgesehen haben, als ich gestürzt bin. Wie ich so dalag, ganz reglos im Sand. Ich war bewusstlos, als sie zu mir gerannt gekommen sind. Ali meinte, das wäre das einzige Mal, dass er mich mal still erlebt hätte!

Ich weiß noch, dass ich aufgewacht bin und dachte: *Was mache ich denn hier unten? Wo ist mein Pferd?* Und ich muss wohl laut geächzt haben, denn ich hörte jemanden sagen: „Sie kommt zu sich!"

Ich musste ganz viel blinzeln, denn die Sonne schien mir genau in die Augen und ich konnte nichts sehen. Ich habe gespürt, wie mich jemand in den Arm genommen hat, und ich muss wohl noch ein bisschen benommen gewesen sein, denn ich hätte schwören können, das wärst du gewesen. Du hast mich gehalten und beschützt. Ich habe deinen Namen gesagt. Dann haben sich plötzlich ganz viele Leute über mich gebeugt und mich von der Sonne abgeschirmt und dann konnte ich erkennen, dass das gar nicht du warst, sondern sie.

Frances kniete im Sand und hat mich in ihrem Arm gewiegt. Ich glaube ehrlich gesagt nicht, dass der Rettungsdienst das empfohlen hätte; ich vermute mal, es wäre besser, jemanden nach so einem Sturz in die stabile Seitenlage zu bringen, anstatt ihn fest an sich zu drücken. Und sie hat so besorgt ausgesehen. Das war nicht dieser falsche beunruhigte Blick, den sie manchmal vor Baba aufsetzt, sondern wirklich echte Sorge um mich.

„Haya! Bleib ganz ruhig. Hilfe ist unterwegs. Es ist alles in Ordnung, alles wird wieder gut." Das hat sie immer und immer wieder wiederholt. Und sie hat geweint. Ich habe gesehen, wie ihre Augen ganz rot und voller Tränen waren. Ich habe versucht, mich aufzusetzen, und da habe ich den Schmerz gespürt. Es war, als würde mir jemand ein Messer in den rechten Arm stechen.

Ich habe es noch nie jemandem erzählt, aber nachdem du gestorben warst, habe ich immer in Gedanken dieses Spiel gespielt. Na ja, nicht wirklich ein Spiel. Es war ... tja, vielleicht nennen wir es am besten eine Verhandlung. Ich wollte dich so unbedingt wiederhaben, dass ich ein Abkommen mit dem Schicksal schließen wollte. Am Anfang habe ich nur um meine Finger gefeilscht, sie einen nach dem anderen abgezählt, aber ich wusste, dass das nicht genug ist. Finger sind kein echtes Opfer. Also habe ich die Augen geschlossen und dem Schicksal meinen ganzen Arm angeboten. Ohne ihn hätte ich nie wieder reiten können, aber ich wollte dich so dringend zurückbekommen, dass es mir das wert gewesen wäre.

Wenn ich so daran zurückdenke, weiß ich gar nicht mehr, wie ich überhaupt darauf gekommen bin, zu glauben, ich könnte diesen Deal machen, indem ich so lange Teile von mir hergebe, bis ich dem Schicksal ein Schnippchen geschlagen habe. Aber dein Tod ergibt einfach keinen Sinn, weshalb also sollte ich damals vernünftig gedacht haben? Dein Tod hat mir so wehgetan und alles, was ich wollte, war dich zurückzubekommen.

Die meisten Kinder machen sich nie Gedanken über den Tod. Sie glauben, sie werden ewig leben. Aber ich bin dem Tod schon begegnet, ich weiß, dass er nicht mit sich handeln lässt.

Nachdem du verunglückt warst, hatte ich solche Angst, Baba auch noch zu verlieren. Ich hatte furchtbare Angst, dass die Kugel eines Attentäters ihn mir nehmen würde, dass sie diesmal sein Herz treffen würde, anstatt an seinen Orden auf der Brust abzuprallen.

Eines Tages, als ich einmal sehr traurig war, hat Baba mich

gefragt, was los sei, und ich habe ihm geantwortet, dass ich Angst um ihn habe. Er hat mich fest an sich gedrückt und gesagt, das könne er verstehen. Dass er mich auch nie verlieren möchte, aber dass ich es auch nicht zulasse dürfe, dass der Tod seine düsteren Schatten auf mich wirft.

Baba erzählte mir, dass er an dem Tag, an dem die Kugel an seinem Brustkorb abgeprallt ist, die Angst vor dem Tod für immer verloren hat. Entgegen allen Erwartungen war er am Leben und nur das Schicksal wusste, wann seine Zeit ablaufen würde. Und bis dahin wollte er tapfer im Dienst an seinem Königreich weiterleben, ohne weiter darüber nachzugrübeln. Das Schicksal allein bestimmt unser aller Weg voraus und daran können wir nichts ändern, egal wie sehr wir uns das wünschen würden. Aber wenn wir fest daran glauben, dass unser Schicksal vom Tag unserer Geburt an besiegelt ist, dann brauchen wir auch keine Angst mehr davor zu haben.

Angst war es, was ich in Frances' Augen sehen konnte, als sie mich in den Armen hielt, und da begriff ich, dass das eben ihre Art ist, ihr Leben zu leben. Sie hat vor allem Angst – davor, die falsche Gabel zu verwenden oder sich beim Reiten zu verletzten, davor, Schmutz in den Teppich zu treten oder sich die falschen Freunde zu suchen. Aber das ist keine Art zu leben.

Du hast mir beigebracht, tapfer zu sein, Mama. Du hast dich nicht von Furcht abhalten lassen, als du in den Hubschrauber gestiegen bist, der dich nach Tafilah bringen sollte. Wenn ich also heute tapfer bin, dann nur deinetwegen und Babas wegen.

Mein Arm hat schrecklich wehgetan, aber als ich versuchte, die Finger zu bewegen, ging es und ich wusste, dass ich mir nichts gebrochen hatte. Ich habe tief durchgeatmet, mich aufgerappelt und mich aus ihrer Umarmung befreit.

„Haya …" Frances sah so verloren aus, dass ich das Gefühl bekam, sie sei diejenige, die Hilfe brauchte, nicht ich.

„Mir geht's gut", antwortete ich. „Ich bin unverletzt."

Hinterher habe ich mir gewünscht, ich hätte etwas Netteres zu ihr gesagt, nur dieses eine Mal. Aber so läuft es nun mal nicht zwischen Frances und mir. Vielleicht wird sie mich niemals verstehen, aber wenigstens begreife ich jetzt, wie sie tickt.

Ich hatte ziemlich wackelige Knie, als ich aufstand, und wäre beinahe zurück in den Sand geplumpst. Aber dann spürte ich eine starke Hand in meinem Rücken, die mich aufrecht hielt, und dann war da Baba an meiner Seite.

„Baba?" Ich schaute zu ihm auf. „Wo ist Bree? Geht es ihr gut?"

Dann erblickte ich sie. Ali hielt sie am Zügel und führte sie zu mir herüber. Sie hatte eine kleine Schnittwunde am Knie, die der Aufprall auf das Auto verursacht hatte.

„Lahmt sie?", fragte Ali besorgt.

Ich schüttelte den Kopf. „Die Wunde ist nicht sehr tief, ich glaube nicht."

In diesem Augenblick stupste Bree mich mit dem Maul an, als ob sie sagen wollte: „Mir geht's gut." Trotzdem führte ich sie ein wenig auf dem Sandplatz herum und ließ sie traben, um ihr Bein zu begutachten. Sie war kerngesund.

„Hilfst du mir hoch?“, fragte ich Baba.

„Du willst es noch mal probieren?“ Baba schaute beunruhigt drein und zögerte zunächst. Aber ich sah ihm fest in die Augen und meinte: „Du kannst dem Schicksal ausrichten, dass es auf eine andere Gelegenheit an einem anderen Tag warten muss.“

Wieder auf Bree zu sitzen, hat sich sehr seltsam angefühlt. Ich habe immer noch ein wenig gezittert, als ich die Zügel aufnahm. Zum Glück hat es eine Weile gedauert, bis alle wieder aus der Arena draußen waren und der Sprung wieder aufgebaut werden konnte. Ali kam noch einmal zu mir herüber und brachte mir meine Gerte, die ich beim Sturz verloren hatte. „Versuch dieses Mal oben drüberzugehen, anstatt mitten hindurch“, meint er nur.

„Danke, da wäre ich von selbst gar nicht drauf gekommen.“ Ich grinste. Ich wollte Bree gerade wenden, da nahm Baba meine Hand und drückte sie ganz fest. „Haya.“ Seine Stimme klang ganz ruhig und voller Zuversicht. „Sie schafft das, Haya. Denk dran: Reite sie in einem gleichbleibenden Rhythmus an das Hindernis heran, dann stell dich in die Steigbügel und treibe sie bei den letzten beiden Galoppsprüngen ordentlich an.“

Dann mussten die beiden auch den Platz verlassen und ich war mit Bree wieder alleine in der Arena.

Bree schien der Sturz gar nichts ausgemacht zu haben. Im Gegenteil, sie zog eifriger an den Zügeln als je zuvor, während wir auf das Rick einschwenkten, und ich musste sie ordentlich zügeln, um ihr klarzumachen, dass ich das Kommando habe. Danach war sie wieder gehorsam und fiel in einen lebhaften Galopp, um das Doppelrick anzugehen. Als wir dann auf den Oxer einschwenkten, sah ich wieder, wie das Auto im Sonnenlicht glänzte. Egal was Santi sagte, man konnte einfach nicht so tun, als ob es nicht da wäre. Es war riesig.

Mir gingen tausend Dinge durch den Kopf, Mama. Aber als ich immer näher heranritt, um mich dem Auto zu stellen, hatte ich ganz genau dasselbe Gefühl wie damals, als ich zum ersten Mal auf Bree geritten bin. Ich spürte, dass mein Pferd gut auf mich achtgeben würde. Ich fühlte mich sicher. Und in dieser Sekunde wusste ich, dass wir es schaffen würden. „Komm schon, Bree“, flüsterte ich ihr zu. „Los! Los jetzt!“

Ich spürte, wie ihre Sprünge unter mir immer schneller wurden, ihre starken Gelenke kraftvoll wie die Kolben eines Motors hämmerten und jeder Muskel ihres Körpers erwartungsvoll angespannt war. Alles, was ich dann noch fühlen konnte, war die ungeheure Kraft, mit der sie einen letzten tollkühnen Satz machte, um dann über das Hindernis hinwegzufliegen. Und sie flog wirklich – wir müssen mehrere Zentimeter Luft gehabt haben zu den obersten Stangen. Es war ein unglaubliches Gefühl, als ob wir freischwebend in der Luft hängen würden. Dann spürte ich, wie sie mit der Hinterhand auskeilte, um auch die hinterste Stange nicht zu berühren, und wir landeten auf der anderen Seite des Hindernisses.

Ich hörte den Applaus aufbranden, ohrenbetäubend wie Donnergrollen, und ich wusste, das ganze Stadion hatte unseretwegen den Atem angehalten. Der Applaus brach in Wellen über uns herein und riss uns mit, während wir einmal um die Arena galoppierten. Ich stellte mich in die Steigbügel, die Zügel in einer Hand, und winkte den Zuschauern zu. Bree schnaubte und schäumte heftig, weil sie so auf dem Gebiss herumkaute; den Schweif hielt sie stolz erhoben, er wehte wie eine Fahne hinter ihr in der Luft wie bei einem echten Asil-Araber.

Während wir unsere Siegerrunde um die Arena drehten, konnte ich auch Baba und Ali erkennen. Sie klatschten wie verrückt und sogar Frances applaudierte begeistert, sodass ich breit grinsend zu ihnen heraufwinkte. Dann brandete erneut Jubel auf und als ich den Blick über Babas Kopf hinweghob, sah ich, wie meine Flagge am Fahnenmast gehisst wurde. Blauweiß flatterte sie am vierten Mast.

Ich war vollkommen berauscht, als wir zum Stall zurückkamen und alle zu uns herübergerannt kamen. Zayn war als Erster bei mir und wir klatschten einander ab. Doch dann fiel ihm wohl ein, dass das nicht die korrekte Geste war, um eine Prinzessin zu beglückwünschen, und er wurde ganz verlegen und murmelte: „Gut gemacht, Eure Königliche Hoheit."

Ich bin noch nie so aufgeregt gewesen. Wir sind über ein Auto gesprungen!

„Sie ist das beste Pferd auf der Welt", habe ich zu Zayn gesagt.

Und das meinte ich so, Mama. Sie ist wirklich das beste Pferd der Welt.

Dennoch hatten wir noch keine Zeit zu feiern. Das Voltigieren stand noch an und ich musste Bree dafür zurechtmachen. Zayn half mir und sattelte sie ab, während ich Eimer und Schwamm holte, um sie damit am ganzen Körper abzuwaschen und ihr etwas Abkühlung zu verschaffen. Ich verwendete das Schweißmesser, um ihr das Wasser wieder abzuziehen, und danach glänzte ihr Fell unglaublich in einem satten, tiefen Braunton. Ich spürte, wie glatt es war, und dachte sofort an das Bärenfell zu Hause. Damit hatte ich den Handstand auf der Mauerkrone hinbekommen, aber ich hatte es nicht mehr geschafft, noch mal auf Bree zu üben. Na ja, ich würde früh genug dazu Gelegenheit haben.

Bashirs Mannschaft trat auch beim Voltigieren als Erstes an. Zu ihrem Auftritt gehörte eine Menge Geschrei und Gejohle während des Ritts, aber im Grunde zeigten sie die gleichen alten Tricks wie sonst auch.

Ist das nicht merkwürdig, Mama? Sie wollten mich nicht mitmachen lassen, weil ich ein Mädchen bin, aber genau das hat sich in der letzten Disziplin als großer Vorteil erwiesen. Bashir und seine Leute waren groß und kräftig gebaut, schwerfällig auf ihren Pferden. Zayn und ich hingegen waren klein, leicht und flink. Wir ritten in die Arena ein – Zayn hinter Radi auf dessen Braunem und ich hinter Yusef auf dessen Schimmel – und ließen uns von unseren Mannschaftskameraden herumschleudern, als seien wir Marionetten und sie unsere Puppenspieler.

Wir sprangen von den Pferden, nur um uns sofort wieder hinaufzuschwingen, als ob der Boden unter uns ein großes Trampolin wäre! Einmal stand ich in vollem Galopp auf dem Rücken von Yusefs Schimmel und machte einen Riesensatz durch die Luft, um sauber hinter Attah auf dem Rücken seiner Fuchsstute wieder zu landen. Gleichzeitig war Zayn, der zusammen mit Radi auf dessen Braunem ritt, aus der entgegengesetzten Richtung abgesprungen und hinter Yusef genau an der Stelle gelandet, an der ich nur Sekunden zuvor noch gestanden hatte.

Wir ritten rücklings und winkten den Zuschauern von den Rücken der Pferde aus zu, bevor wir mit einem Flickflack abgingen und mit den Füßen dort landeten, wo gerade noch die Hufe der Pferde entlanggedonnert waren. Die Zuschauermenge hatte schon Bashir und seinen Leuten begeistert zugejubelt, aber jetzt hallte ihr Applaus wie Donner im Stadion wider und sie trampelten mit den Füßen im Takt zur Musik. Und als ich zu Baba in der königlichen Loge hinaufschaute, hatte er ein Wahnsinnsgrinsen im Gesicht. Es war mindestens so breit wie die Mäuler der Löwen im Al-Nadwa-Palast.

Der Zuschauerjubel war so laut in der Arena, dass ich Santi, als es Zeit war für unser großes Finale, kaum verstehen konnte, als er mit Bree auf den Platz gejoggt kam und mir ihre Zügel überreichte.

„Möge Allah dich beschützen!", sagte Santi. Dann half er mir hoch und während die anderen ein letztes Mal die Mittellinie hinaufgaloppierten und den Zuschauern zum Abschied zuwinkten, ritt ich auf Bree ein. Und auf einmal gab es nur noch uns beide, Bree und mich, vor den Augen all dieser Leute.

Sie ist so ein fantastisches Pferd, Mama. Ich wünschte, du hättest sie gekannt. Und ich wünschte, du könntest sehen, wie sehr ich sie liebe.

„Also los, zeigen wir's ihnen", wispere ich Bree ins Ohr. Und dann spüre ich, wie sie sich unter mir anspannt, also treibe ich sie vom Trab in den Galopp. Als ich hinunterschaue, sehe ich den goldenen Sand unter ihren Hufen dahinfliegen. Ich weiß, dass das Schicksal diesmal mein Leben fordern könnte, falls ich stürzen sollte. Aber davor habe ich keine Angst.

Ich setze mich aufrecht auf Brees Rücken und gebe die Zügel hin. Meine Arme strecke ich zur Seite aus wie die Tragflächen eines Flugzeugs. Ich atme tief durch. Ich spüre den Rhythmus ihres Galopps, das Trommeln ihrer Hufe auf dem Boden und mein Herz schlägt im gleichen Takt. *Eins – zwei – drei.*

Ich bin bereit. Ich lege meine Hände auf Brees seidiges Fell und drücke mich ab, sodass ich auf allen vieren auf ihrem Rücken kauere wie eine Katze. Einen Augenblick verweile ich in dieser Stellung, um einen Halt an ihrem Widerrist zu finden, die Finger gespreizt, mein ganzes Gewicht auf meinen Händen und Armen, die Beine bereit, um sich in die Höhe zu schwingen. Und dann stoße ich mich ab.

Eine Sekunde lang habe ich das Gefühl, ich habe zu viel Schwung und werde über Brees Hals kippen, aber ich mache meine Beine ganz steif, spreize die Finger weit und diesmal rutschen sie nicht ab, sondern krallen sich fest in Brees Widerrist. Ich richte mich auf, drücke den Rücken durch und strecke die Zehen ganz weit hinauf in den Himmel. Und dieses Mal halte ich den Handstand mit all meiner Kraft.

Und ich weiß, was auch immer geschieht – ich werde nicht fallen.

Epilog

Prinzessin Haya Bint Al Hussein war zwölf Jahre alt, als sie die Mannschaft des Königlich Jordanischen Gestüts im *King's Cup* zum Sieg über die Berittene Königliche Garde führte. Das war das erste Mal nach mehr als einem Jahrzehnt, dass Al Hummar diesen begehrten Preis gewonnen hat.

Im Alter von dreizehn Jahren war Prinzessin Haya die erste Reiterin, die ihr Land Jordanien im internationalen Reitsport vertreten hat. 1992 gewann sie zudem eine Bronzemedaille in der Einzelwertung der Springreiter bei den Pan Arabischen Reiterspielen. Bis heute ist sie die einzige Frau, die je eine Medaille bei diesem Turnier errungen hat.

Prinzessin Hayas Entscheidung, Profispringreiterin zu werden, wurde in ihrem Land kontrovers diskutiert, ihr Vater jedoch unterstützte sie dabei immer bedingungslos. Als sie als erste und bislang einzige Frau in Jordanien den Lkw-Führerschein erwarb, um ihre Pferde selbst zu den großen europäischen Turnieren fahren zu können, betitelte der König sie scherzhaft als „die Brummifahrerin". Er liebte es, Geschichten über ihr ausgesprochen wenig königliches Leben und ihre Abenteuer auf der Straße zu hören.

Im Jahr 2000 qualifizierte sich Prinzessin Haya für die Teilnahme als Springreiterin an den Olympischen Sommerspielen in Sydney, womit sie ihren rechtmäßigen Platz unter den besten Sportlern der Welt einnahm. Bei der Eröffnungszeremonie fungierte sie als Fahnenträgerin der jordanischen Flagge. Tragischerweise verstarb ihr Vater, König Hussein I., kurz vor den Spielen.

Als sie zwei Jahre später als erste arabische Frau an den Weltreiterspielen in Jerez de la Frontera, Spanien, teilnahm, lernte Prinzessin Haya ihren heutigen Ehemann Scheich Muhammad bin Rashid Al Maktum, den Herrscher von Dubai, kennen. Die beiden heirateten im Jahr 2004 und haben zwei Kinder, Ihre Königliche Hoheit Sheika Al Jalila und Seine Königliche Hoheit Scheich Zayed.

Bis vor Kurzem hatte Prinzessin Haya als gewählte Präsidentin der Internationalen Reiterlichen Vereinigung FEI eines der ehrenvollsten Ämter des Reitsports inne. Seit Beginn ihrer Amtszeit hat sie die Rolle des Vorsitzes der FEI revolutioniert und wurde 2010 wiedergewählt, was bisher noch keinem Präsidenten der FEI je gelungen ist. Der Bruder Prinzessin Hayas, Prinz Ali, den sie einst in den Speisenaufzug gesteckt hatte, ist heute der Vizepräsident des Exekutivkomitees des Internationalen Fußballverbandes FIFA, in dem er den asiatischen Kontinent repräsentiert.

Im Gedenken an ihre Mutter, Ihre verstorbene Majestät Königin Alia von Jordanien, hat Prinzessin Haya 2003 „Tkiyet Um Ali“ gegründet, die erste nichtstaatliche Nahrungsmittelhilfsorganisation der arabischen Welt, deren Vorstandsvorsitzende sie ist. Sie ist ebenfalls die erste Araberin sowie die erste Frau, die als Botschafterin des guten Willens für das Welternährungsprogramm der Vereinten Nationen tätig ist. 2007 wurde sie zudem zur UN-Friedensbotschafterin ernannt.

Bint Al-Reeh, das verwaiste Stutfohlen, das die Prinzessin aufgezogen hat, hat in ihrem Leben viele Wettbewerbe im Springreiten gewonnen, bevor sie ihren Lebensabend in wohlverdientem Ruhestand auf dem Gestüt von Al Hummar verbrachte.